从容书系

欲望：是恶魔？还是天使？

驾驭欲望

公常平[著]

长江出版社

图书在版编目(CIP)数据

驾驭欲望/公常平著. —武汉:长江出版社,2005.7

ISBN 7-80708-055-8

Ⅰ.驾... Ⅱ.公... Ⅲ.欲望—通俗读物

Ⅳ.B848.4-49

中国版本图书馆 CIP 数据核字(2005)第 083525 号

驾驭欲望 公常平著

责任编辑: 赵 冕 张艳艳 **技术编辑:** 王秀忠

装帧设计: 刘斯佳 **责任校对:** 李海振

出版发行: 长江出版社

地 址: 武汉市汉口解放大道 1863 号 **邮 编:** 430010

E-mail:cjpub@ vip. sina. com

电 话: (027)82927763(总编室)

(027)82926806(市场营销部)

经 销: 各地新华书店

印 刷: 通山县九宫印务有限公司

规 格: 960mm×640mm 1/16 12.625 印张 185 千字

版 次: 2005 年 8 月第 1 版 2005 年 8 月第 1 次印刷

ISBN 7-80708-055-8/Z·1

定 价: 19.80 元

失败的人生是被欲望驾驭的人生，成功的人生是成功地驾驭欲望的人生。痛苦的人是驾驭欲望失败的人，快乐的人是驾驭欲望成功的人。

——作者题记

目　　录

解读欲望

欲望伴你度人生——欲之形

欲望是航行于大海中的船，擅驾者乘风破浪，不擅驾者葬身海底；欲望是奔驰于大地上的马，擅驾者驰骋万里，不擅驾者跌落悬崖。

灵魂深处欲望多——欲之类

凡欲，重之为货利，轻之为衣饮，浓之为声色，淡之为花草，俗之为田宅舆马，雅之为琴书，大之为功名，小之为技艺。

——明·黄宗羲

雨雪霏霏雀劳利——欲之境

叶绿花红，鸟雀在茂叶中悠然自得。白雪皑皑，鸟雀唧唧喳喳竞相觅食。雨雪阴晴的变化会使鸟雀劳闲各异，主客观环境的变化也会使人的欲望冷热不同。

为伊消得人憔悴——成也欲

欲望就是人的本质。从这个意义上讲，可以认为人的任何一个行为都是由情感所决定的。

——荷兰·斯宾诺莎

飞蛾扑火几时尽——败也欲

尽管有祖祖辈辈留下的经验教训，可是火中仍有飞蛾扑来，覆辙上仍有新车倾倒，人生因欲望而失败的事仍一天一天地在续写下去。

欲望种种

志在成功，必有一成——成功欲

每一个成功者的背后都有股巨大的力量，在支持和推动着他们不断地向前迈进，这股力量就是成功欲。

人生是一个不断变化的多边形——完美欲

人的一生是一个不断变化的多边形，有的人的边少，面积小，离圆相去甚远；有的人的边不断增多，面积不断增大，不断趋向于圆，接近于完美。

登高而招，见者远——权位欲

权位存在于所有人群中，也存在于所有人的脑海中。它可以让你从奴隶到将军，也可以让你从将军到奴隶。

君子爱财，取之、用之皆有道——财货欲

生活需要金钱，但生活不仅是金钱。金钱能否给人带来快乐是不一定的，但容易给人带来痛苦则是一定的。

撒向人间都是爱——情爱欲

在情爱的浇灌下，人生之路处处开出幸福的花。缺少情爱，你将不能快乐走过人生。

珍爱生命，让生命实现它的价值——生命欲

在生命欲望的面前，一切欲望都显得渺小，能懂得生命的人才知道：活着真好！能把握生命的人会知道：活出价值！

驾驭法则

用之则为虎，不用则为鼠——用欲

欲犹水，水能载舟，也能覆舟；欲能载你，也能覆你。载你，你会变成一只勇猛异常的老虎；覆你，你会成为一只人人喊打的老鼠。

守如处女出如脱兔——把握原则

想左右天下的人，须先能左右自己；想战胜别人的人，须先能战胜自己。左右自己的关键在于左右自己的欲望；战胜自己的秘诀在于驾驭自己的欲望。

是馅饼还是陷阱——看清诱惑

鱼吞饵，蛾扑火，未得而先丧其身；猩醉醴，蚊饱血，已得而随亡其躯；鹚食鱼，蜂酿蜜，虽得而不享其利。

——清·金兰生

为者常成,往昔常至——走好五步路

管子说:“事者,生于虑,成于务,失于傲。”欲望的选择只是第一步,最终能否满足还要靠双手日日做,靠双脚天天行。

前欲之辙,后欲之师——从已过欲望的圈子中走出来

一个人的欲望,无论是满足,还是未满足,总会给人留下一段深浅不一的印记,并在这个印记上长出下一个欲望的胚胎。这个胚胎的基因如何(包括欲望的识别、选择,欲望满足的成败等)取决于你对前欲的借鉴和创新程度。

解读欲望

欲望伴你度人生——欲之形

YUWANG BAN NI DU RENSHENG

欲望是航行于大海中的船，擅驾者乘风破浪，不擅驾者葬身海底；欲望是奔驰于大地上的马，擅驾者驰骋万里，不擅驾者跌落悬崖。

古今多少事都付欲望中

多少年，多少事，多少人，自沉而浮，由浮而沉；自无而有，由成而败；自乱而治，由盛而衰；自辱而荣，由荣而辱；自和平而战争，由战争而和平；自发展而衰落，由衰落而发展……生生不息，源源不断，一件接一件，一代传一代。导引这个过程的因素会因事件的不同、人的不同、时代的不同、地域的不同而不同，但是其中有一个共同的重要因素，那就是欲望。中外多少人，古今多少事，哪个能例外，哪个能幸免？人物一个个作古，事件一件件消失，欲望之河则随着人类的繁衍而源远流长。有的人善借欲河之力，乘风破浪；有的人不习欲力，沉舟于欲河之中。

无论是成功的人还是失败的人，都不可避免地有过这样的感受。德国著名物理学家玻恩在他的《我的一生和我的观点》中对这种感受描述得非常清楚。他写道：“我一开始就觉得研究工作是很大的乐事，直到今天，仍然是一种享受。这种乐趣有点像解决十字谜的人所体会到的那种乐趣。然而它比那还有趣得多。也许，除艺术外，它甚至比在其他职业方面做创造性的工作更有乐趣。这种乐趣就在于体会到洞察自然界的奥秘，发现创造的秘密，并为这个混乱世界某一部分带来某种情理和秩序。它是一种哲学上的乐事。……因此，从个人观点来看，科学已经给了我一个所能期望于他的职业的一切可能的满足和愉快。”正是这种渴望科学、探究未知的欲望，这种创新、创造的欲望伴随着他、激励着他、牵引着他、推动着他，使他致力于科学研究，最终创立了量子力学，并于1954年获得诺贝尔物理学奖。

我国明朝末年的农民起义领袖李自成从1629年参加起义军时，就有一种强烈的对封建统治阶级的仇恨之欲，继而又产生了一种“均田免粮”、“割富济贫”的欲望，形成了他在斗争道路上一往无前的坚强决心。在部分起义将领投降、叛变，起义军力量遭受严重削弱，甚至在他带领的数万名起义军壮烈牺牲，只剩数十人的严重挫折下，他也没有动摇过、退却过。心中的欲望仍在燃烧，终于再树“闯”字大旗，在短短几年中使起义军迅速发展到100多万人，并于公元1644年攻破京城，推翻了统治中国276年的明王朝。

随着明王朝的灭亡，李自成对封建统治阶级的仇恨之欲以及“割贫济富”等欲望似乎得到了暂时的满足，而没有进一步产生从政治、经济、军事等方面巩固成果、发展成果的新欲望，倒是他的将士们产生了一种中饱私囊、贪图享乐的欲望。刘宗敏、李过、田见秀等将领都住进明朝大官僚的豪华府第，过起了莺歌燕舞的享乐生活；下层的士兵，也抵制不住腐朽生活的诱惑，军纪开始败坏，斗志消沉，战斗力大为削弱，最终使这次农民起义走向了失败。欲望失控的教训是惨痛的。

再说隋朝，隋文帝开国之时，一改先朝弊政，励精图治。然后，北逐强胡，南灭残陈，结束了近400年的大分裂局面，建立起一个强大统一的隋帝国。隋文帝治国有方，建立了三省六部制的中央机构，创立科举制，改革府兵制，统一货币和度量衡，采取轻徭薄赋、鼓励农民的政策，使生产蒸蒸日上，国势日趋强盛。隋文帝自己起初也十分倡导节俭，平日一顿饭不过一种肉，宫廷用物残坏了经过修补再用。达官贵人也以节俭朴素为荣，逐渐形成了隋初崇尚节俭的社会风气。隋文帝在节俭之欲、富民之欲的驱使下，治国20多年，国家安定，经济繁荣，百姓乐业，一片兴旺景象。粮食布帛府足民有，后来隋末在洛阳被围困时，城内布帛如山，以致用布帛当柴烧，用绢做绳汲水。唐朝代隋之后，当时堆积的布帛还用了20多年。

但国强民富后隋文帝骄奢之欲日盛，晚年“雅好符瑞，暗于大道”，生活上追求享乐，建造仁寿宫，开山填谷。建造中，民工累死上万人；建成后，大肆赏赐。后又建行宫十二座，耗费大量人力物力。政治上昏愦猜忌，贬杀功臣，“其草创元勋及有功诸将，诛夷罪退，罕有存者”，激化了矛盾，以致其次子杨广乘其卧病期间，指使心腹将其刺杀，魂断仁寿宫。

同一个人，短短20多年，欲望的变化导致了生活与为政的变化。起初因节俭、富民之欲，驱使他修制定策，形成了历史罕见的富庶景况；之后因骄奢猜忌之欲，牵引他耗费财物，扼杀贤才，最终失去了繁荣盛世，也丢掉了自己的性命。

在历史的长卷中，多少英雄豪杰，多少懦夫败类，多少骇人之作，多少惊世之事，都曾经在欲河中或沉或浮，都脱不了欲望的影子。

燃烧生命的欲望之火

火本来是一种自然现象。在还没有人类的时候，火就在地球上肆虐了。雷电击中森林会引起大火，炎热干旱的天气会使干燥的草木自然引发燎原之势，火山爆发喷出的岩浆会引燃植物。大火所到之处，热浪冲天，烟雾弥漫，光芒四射，生命尽失。当人类不懂火 、更没能力制服火的时候，他们是多么的惊恐、惧怕，会见“火”色变，迅速远离，逃之夭夭。

当人类懂得了火的性能以后，人类便能掌握它、控制它了。能控制火势的大小、温度的高低，还能用火为自己服务，使自己的食物、工具、生产方式等都发生了重大变化，实现了人类社会发展的重要飞跃。

人类面临的另一种火就是欲望。人们习惯于把“欲”与“火”联在一起，说成“欲火”。表明“欲”与“火”有着相同的热势与疯狂，如果不予控制，它将摧残人、损害人、侵蚀人的一切。同时也表明“欲”与“火”一样也有从不被人认识、不被人掌握，到被人认识与掌握的性能。当我们的祖先还没有能力驾驭欲望的时候，他们还只是与动物一样，没有从动物群中分离出来。就此而言，驾驭欲望能力的高低，也成了人类和动物区别的一个重要方面。

一个人从其诞生开始就有了欲望，欲望之火就一直伴随着他的一生燃烧，并随着时间的推移、认识能力的提高和环境的变化而不断地变化着、发展着。如：婴儿时期有吃的欲望、喝的欲望和被爱抚的欲望，幼儿期有较多的游戏欲望，儿童期出现较多的求知欲望，少年期有较强的交友欲望，青年时期有性的欲望，中年时期有强烈的成就欲望，老年时期有强烈的健康欲望，等等。虽然随着年龄、环境，认知水平的变化，人的欲望也在不断变化，各人的欲望指向、大小以及满足欲望的途径等会有所不同，但一个人不管自身状况如何、周围环境如何，欲望始终都陪伴着他、追随着他，欲望之火无时无刻不在牵引着他、燃烧着他。欲火旺，牵引的力量就大；欲火弱，牵引的力量就小，大小全在于他自身的驾驭能力。

成语“玩火自焚”用到“欲望”上来是很准确的，玩“欲”也会自焚。一个人如果不能以严肃认真的态度对待欲望，不能有效地驾驭欲望，让欲望无限制地膨胀、泛滥，那欲望之火也会与自然之火一样失去控制，会焚毁你的一切，甚至使你的生命在欲火中焚烧完结。某些人，靠着竭力钻营，在短短的数年内使自己的官位节节攀升，成了政治上的暴发户。其间依权仗势、滥用职权，巧取豪贪、生活奢靡。自以为在官场、财场、色场能收放自如，实际上，权欲、财欲、色欲全面膨胀，全面失控，结果由一个“政治新星”变成了“政治流星”，被强烈的欲望之火焚毁了自己短暂的一生。

但是欲望之火也并不可怕,它自己不可能肆无忌惮地疯狂燃烧,可怕的是人对欲望的放任和失控。欲望之火像自然之火一样也是可以被人控制、为人所用的。如果一个人控制、驾驭欲望之火的能力强,既能点燃欲火,又能控制它的大小强弱,掌握它的火候与火势,那欲望之火就会使他的生命力越烧越旺,越烧越红火。

中国人大多知道“铁杵磨成针”的故事，但多数人不知道外国有一个类似的“铁疙瘩锉成方”的故事。那是发生在德国著名的火箭专家、现代航天之父——布劳恩身上的一件事。

布劳恩征服宇宙的欲望从小就已显现。当他在教堂行坚信礼时，他妈妈不是按惯例给他一块金表，而是给了他一架望远镜。从此，他产生了探索宇宙的欲望，并对了解把人送上月球的飞行器产生了强烈的冲动。这种欲望一直伴随着他的一生，促使他不折不挠地围绕这一欲望做着一系列惊险艰苦的事情。

十一二岁时，他购买了6支特大号焰火，绑在自己的滑板车上，制造了他的第一辆火箭车，此后他接连不断地发射了许多自制的焰火，以致耽误了功课，特别是物理、数学两门功课极差。13岁时他买到了一本奥伯特的《通向星际空间之路》的书。看到书名后，他决心为征服宇宙空间挺身以赴，贡献力量。但打开书，面对满纸五花八门的数字公式，他吓呆了。征服宇宙的欲望激励着他，渴望弄懂奥伯特航天书里的各种符号的欲望支持着他，他知难而进，全力攻读物理、数学，不久竟成了班上功课最好的学生。此后他进入一所工学院。按照学院的规定，他必须同时在一家大机器厂当学徒。

进厂头一天，一个留着长胡子的工头交给他一块和小孩子头一样大的铁疙瘩，对他说："把它做成一个完好的立方体，每个角都磨成直角，每一面都要十分光滑，每条边都得相等。"说着又交给布劳恩一把锉刀和一把老虎钳。几天以后，他把做好的立方体交上去。工头发现有几个角不行就命令他继续锉。两星期后，他第二次把锉好的铁块交上去。工头看了一下还是吩咐他继续锉。时间一天天过去，他从恼火到烦躁到平静，决心磨出一个工头挑不出毛病的立方体来。五个星期过去了，铁块一天天小下去，他的手指一天天粗糙。最后，他把竭尽全力做出来的成品交给工头，工头说了一声"好"，这时的铁块只有胡桃那样大了。在以后的工作中，每遇到困难、挫折，他都会想起这个铁块。

征服宇宙的欲望之火在布劳恩心中燃烧，使他能够面对一切艰难繁琐的事，能够克服常人难以克服的困难。1969年，他领导研制的"土星号"巨型火箭把第一艘载人飞船"阿波罗号"送上了月球，圆了他的航天梦，使他征服宇宙的欲望得到了满足。

人的一生就是这样，在欲望之火中燃烧，在欲望之火中锻炼。

人生不足生欲望

人饿了要吃，渴了要喝；身体胖了想瘦，瘦了想胖；个子矮的想高，太高的想矮；立久了想坐，坐久了想立；在城外的要进城，在城内的要出去；还有的男的想做女的，女的想做男的……形形色色、无穷无尽的欲望在人类和个人身上年复一年、日复一日不断地产生，不断地熄灭。不管你的国别、民族、职业如何，也不管你是男是女，是长是幼，欲望的大小、强弱等可能会有所不同，但欲望的生生息息毫无二致，其产生的原因不外乎不足、不满、不快等。

不同的种族有着各自不同的造人传说，然而在造人的欲望上却惊人地相似。中国的传说是女神女娲造人。她在莽苍的原野上感到十分孤独，想让大地充满生气，于是用黄泥捏成了“人”。捏了一个“人”以后，她又感到一个人太孤独，于是又不停地工作，造出了许许多多的人。大地上有了人以后，她又考虑到人是要死亡的，死了一批再造一批太麻烦。因此，她想了一个办法：把那些人分成男女，让男人和女人结合起来自己去创造后代。这样，人类就世世代代繁衍下来了。

西方的耶和华神是用地上的尘土造了人后，将生气吹在他的鼻孔里，使那人有了灵魂，取名叫亚当。耶和华神把亚当安置在伊甸园里，让他看管园中的一切，后来他觉得亚当一个人太孤单，就又用尘土造成了各种飞禽走兽。但还是觉得不足，于是又从亚当身上取出一根肋骨造成一个女人，取名夏娃，与亚当结为夫妻，一起在伊甸园中生活。

不同民族的传说，揭示的是同一个道理。两位神虽神通广大，但却感到孤寂，缺乏生气，因而产生了造“人”的欲望，由此用泥造成了人；又感一个人太势单力薄，因而产生使人旺盛下去的欲望，于是再造出更多的人、动物以及女人。由此可见，即使是神他也常有不足，也会因不足而产生出各种欲望。

现实中的人更是这样了。就整个人类来说，在其历史发展进程中有着许许多多的不足，使历代的人产生出了各种各样的欲望。经过努力有的得到了满足，并使人类前进了一步。

就拿种植水稻来说吧。上古人类起初都是以采收大自然食物来维持生存的，后来由于人口不断增长，对食物需求增加，而天然食物物源短缺，虽未达到匮乏的地步，但已感食物资源不足，也给人们生活造成了相当的压力。人们产生了一种能够比较稳定提供食物的欲望。由此，人类迈出了从事种植生产活动的第一步，开辟了增加食源的崭新途径。然而从种植稻谷到驯化形成栽培稻，再到稻作农业确立，最后形成原始农耕社会，经过了一个十分漫长的发展过程。

语言的出现、文字的出现、书写纸张的出现等人类许许多多的发现发明，都是由最初的不足而引发欲望的。经过一代代人的摸索创造，不断地满足，又不断有新的不足，由此推动着人类的文明和进步。

就某一个人来说，从出生开始，要维持生命，要成长，就需要不断补充食物。这些进食填补了他的不足，但当他在不断地成长、运动等消耗之后，又会有新的不足，因而就产生新的进食欲望。随着人的成长，除食物外，还会不断有各种新的不足，产生各种新的欲望。比如睡眠不足，想睡觉；惧怕、缺乏安全，需要慰抚；等等。

不足产生欲望，也不是所有的不足都会产生欲望，不足只是欲望产生的前提。有之未必然，无之必不然。有了“不足”不一定产生欲望，但没有“不足”一定不会产生什么欲望。

不足产生欲望有三个条件，一是不足要得到主体的认可。主体不认为不足，尽管是实实在在的不足，那也不会使主体产生某种欲望。二是主体认为有弥补这个不足的主客观条件，也就是说主体认为从不足到满足是经过努力可以实现的。三是主体认为这个不足满足的结果会给他带来快感，带来某种享受，否则也不会使他产生某种欲望。

不足又可以分为两大类，一是物质上的不足，二是心理上的不足。物质上的不足又可分两类。一是绝对的不足，二是相对的不足。绝对的不足，是达不到基本标准，有残缺，入不敷出，消耗多于补充等。相对的不足，是相比较而得出的欠缺，一般因外界刺激而引起。比如某一个人一天需摄入1公斤的食物，而他一天能得到的只有0.5公斤，这种状况下的不足就是绝对不足，他就会受饥挨饿。如果他一天能得到2公斤米饭，他会有结余，他就没有不足。但他如果看到别人不但有2公斤米饭，还有鱼、肉等菜吃，他又会因“食无鱼”而感到不足，这就是相对不足了。心理上的不足是人心理活动中的欠缺，心理上的挫折、折磨、痛苦等等，是与现实生活紧密联系在一起的。比如一个人在他所处的团体内经常受到歧视、欺负，他在心理上就有一种受人尊重和人的尊严方面的不足，他会产生一种摆脱这种局面的欲望。因这种欲望，他可能会采取一些行动。他也许会努力学习、努力工作，通过提高能力、水平来赢得尊重；他也许会改掉自己的恶习，克服自己的缺点来赢得尊重；他也许会选择离开这个团体，到另一团体中重新确立自己的地位；他也许会采取报复行动来打击歧视他、欺负他的人。总之有了不足，就可能产生某一种欲望，有了某一欲望，他又可能会选择一些努力的途径，以满足他的欲望，弥补他的不足。

万般行为一欲牵

欲望是贯穿于人的生理、心理失衡到平衡整个过程的一种力。人们总是由生理上、心理上的欠缺或失衡而产生欲望，采取各种行动，促使生理、心理上逐渐平衡，一旦完成了这个过程，取得了平衡，这个力就不起作用，趋于消失了。

有这样一个故事，一位农夫赶着一头驴子去送货。农夫一手拿着驴子喜欢吃的胡萝卜，一手拿着大棒子。他不时给驴喂胡萝卜，驴子乖乖地往前跑。当驴子东张西望、停止不前，不好好走时，他就挥舞大棒子在驴子屁股后面抽打。这样，很快就到达了目的地。对农夫来说，要让驴子按照他的意图好好干活，采取的办法就是“胡萝卜加大棒子”。用胡萝卜鼓励它正确的行为，用大棒子惩罚它不好的行为。就驴子来说，好好地向前走，是为了满足“美食”的欲望；改变不良行走行为是为了满足躲避痛苦的欲望。

讲的是动物的事，折射的是人的道理。世间的事情千差万别，但都有一个相同的起点，那就是欲望。人或人类的各种行为中总能找到欲望的影子，其行为之后总能找到欲望那只无形的手。

秦始皇焚书坑儒，将除《秦记》、占卜之类书籍之外的史书和民间收藏的《诗》、《书》、百家语等一律烧毁，蕴含着他一统天下之后还要一统思想的欲望。林则徐虎门销烟，共销毁英、美烟贩的鸦片 118 万多公斤，蕴含着林则徐等众多有识之士挽救民族衰亡抵御外来侵略的欲望。八国联军攻占北京，侵略者火烧圆明园，不仅蕴含着侵略者掠夺人间宝物的贪婪欲望，也蕴含着侵略者自己不拥有也不允许别人拥有的丑恶欲望。

欲望是一种力，是推动和拉动人的行为的一种力，是推动社会进步的一种力。人类从野蛮到文明，总是随着一些不足逐步得到满足而一步步走过来的。从旧石器到新石器到现代文明；从结绳记事到甲骨文，到现代文字；从独木为舟到万吨巨轮，到航天飞机……太多太多的进步，无不是由人类的欠缺、不足而产生前进的欲望，由欲望促使人们去思考、去探索、去追求、去行动，最终实现了一个个的欲望，又产生了一个个新的欲望，从而不断地推动社会的进步。

一言一行辨欲望

欲望是一个无形的东西，是人的一种心理活动，主观色彩很浓，看不到，摸不着。正常人除了自己对自己的欲望心知肚明外，对别人的欲望很难直接把握。但欲望裹着一件有形的外衣，通过这件外衣可以显现出它的真实面貌。这件外衣就是人的言和行。人们可以通过言和行来了解他的欲望。

有些欲望会很明显地表白出来，这时人的言行与欲望是基本一致的。但在很多情况下，人们欲望与人的言行并不一致，这就需要通过对人的语言和行为的分析才能了解。

有时同一种欲望会显示不同的言行。有一种情况是主体不愿意将心中的欲望让别人知道而用语言和行为来掩饰。或其欲望不可告人，或怕别人知道了会影响他欲望的满足而故意将欲望隐藏了，表面上在言语行为上没有表露，暗地里却在为满足欲望而行动。

春秋时期越王勾践兵败会稽后发誓报仇雪耻。为防止自己因安逸而淡化报仇的欲望，他特地在座位上方悬挂一只苦胆，每逢吃饭，必先尝苦胆。又用柴草代替席子，每天必卧其上。一般人很难从他这种行为中看出他真正的欲望。与此同时，勾践又不断向吴国进贡各种珍宝、良驹和美女。有时候，勾践还亲自率人到吴国朝见夫差。夫差见此，以为勾践已臣服于己，便对勾践放松了警惕。只有吴国的大臣伍子胥能够识破，他在吴王夫差自恃兵强马壮要攻打齐国时劝道：“我听说勾践卧薪尝胆，与百姓同苦乐，把国家治理得日渐兴盛，看样子一定是想报仇的。此人不除，后患无穷，愿大王先去灭了越国。”

可惜吴王夫差未能辨出越王勾践卧薪尝胆掩盖下的报仇欲望，不但没有听取伍子胥的意见，反而听信谗言，逼迫伍子胥自杀。其后越王勾践起兵伐吴，最终灭吴称霸，完成了他报仇的欲望。为了这一欲望的满足，他暗暗地准备了近10年。他没有大张旗鼓地向吴王夫差宣誓报仇，如果那样，吴王知道他要报仇的欲望，就会在他无力实现时就将这一欲望扑灭。相反，是用卧薪尝胆使这一欲望在隐蔽的状态下持续膨胀，最终有足够的力量去实现这一欲望。

也有一种情况是客观条件对满足某一欲望不利，在当时客观条件下满足某一欲望难度很大，满足欲望的可能性很小，主体有可能在言行上不予表露。卧薪尝胆的越王勾践之所以采取这么一着，也有一个原因，就是当时他根本没有力量去报仇。当时吴国兵马强壮，越国刚受重创，如果急于报仇，不但仇报不成，反而会被吴国彻底消灭。因此，只有把报仇之欲暂时压一压，暗暗地准备，创造报仇的条件。

还有一种情况是同时有几个欲望需满足，主体为了满足自认为首先应该满足的那些欲望，而将另一些欲望压抑下去。陶渊明不为五斗米折腰，正是为了满足他不愿卑躬屈膝的欲望，而压抑他享受生活的欲望。

有时一种言行会隐含着不同的欲望，如同是地上湿了，有时会是天上下雨，有时会是人为浇水，有时会是地下水上冒，等等。一种言行会因不同的人，在不同的环境下显示出不同的欲望。同是“读书”，有的人期望书中的“黄金屋”、“颜如玉”；有的人是为了增长某一方面的智能、技能；有的人是为了消遣娱乐；有的人是为了实现某种志向。现象差不多，实质千差万别，大不相同。

有时一种欲望的显示会有不同的言行，如同到北京，目的地是一个，但走法很多，途径很多，不同的人有不同的走法，有不同的途径，就是同一个人也有不同的走法和途径。同是对财富的欲望，有的人靠辛苦劳作，有的人靠巧取豪夺，有的人则不劳而获。

不管什么状况，人的欲望总是会通过言行表现出来的。表现的方式也会千姿百态，有时一是一、二是二，有时声东击西，有时则心猿意马，但万变不离其宗，总会从人的一言一行之中发现欲望的蛛丝马迹。

骑着欲望走天涯

自古以来，人们对欲望就有着许多不同的态度。有一些人把欲望比做深渊，取其永远填不满之意；有人把欲望比做水，取其会泛滥成灾之意。这些态度千差万别，不一而足，但归纳起来，大致有纵欲、禁欲、节欲几类。

公开主张纵欲的人并不多，大部分只是在情绪或行动上表现出来。一些人叹人生苦短，劝人及时行乐，表现出一种纵欲的情绪。战国时的杨朱提出过“纵情恣欲”的观点，字面上是提了，但实际上他并不是纵欲主张的代表。多数情况下，在社会上只具有这样一类人，对自己某一方面或某些方面的欲望过度放纵，如西晋时“竹林七贤”中的刘伶等对酒的嗜好，《金瓶梅》中西门庆对色的放纵，明代魏忠贤对权力的孜孜以求，清代和珅对财宝的贪婪等，都是达到了疯狂的程度，最后都未有好结果。

与纵欲相反的是禁欲。两者的方式虽不同，但基本点却是一致的，那就是都把人降到低等动物一类，都在灭绝人性。禁欲主义，完全排斥物质的乐利与感官的满足。中世纪的欧洲是典型的禁欲时期，从对人生理欲望的禁止到对人思想欲望的禁锢，无不体现了当时统治阶级对有碍统治的欲望的禁绝。哥白尼、伽利略等科学家为表达自己对科学真理追求的欲望而遭到统治阶级的残酷迫害。直到文艺复兴时期，许多禁忌、禁锢才被打破，人的个性才逐步得到解放。在古代印度，瑜珈派以主张禁欲主义著称，他们主张绝欲弃智，习作苦行，以谋超越现实，得到解脱。中国的封建社会也有许多的禁锢，女人的小脚就是对女人欲望摧残的典型事例。“存天理、灭人欲”是封建社会禁欲的重要体现。“礼”作为统治阶级禁止老百姓各种欲望的重要借口，不断地禁绝着、压制着人性，成为统治阶级统治人民的重要工具，使多少人成为封建礼教的牺牲品。

更多的人是主张节欲。我国古代著作《菜根谭》中说：“情之同处即为性，舍情则性不可见；欲之公处即为理，舍欲则理不可明。故君子不能灭情，惟事平情而已；不能绝欲，惟期寡欲而已。”古人又说：“饮食男女，人之大欲存焉。制之若无，斯为圣人；节而不纵，可为贤人；纵而不节，是为下愚。”绝大多数人对欲望的态度，既不赞成禁绝，也不赞成放纵，而主张在量上予以节制。孟子就主张：“养心莫善于寡欲。其为人也寡欲，虽有不存焉者寡矣。其为人也多欲，虽有存焉者寡也。”这里的“寡”是减少欲望的意思。

一些宗教流派也有这种主张。佛教有这样一个故事：有一个人赶路时口很渴，突然见一只木桶中有清净的流水，就畅饮起来。喝够了以后，就对木桶说“我已经喝足了，水不要再来”。虽然他说了这个话，但水还是像原来一样地流个不尽。这个人便气愤地说：“我已喝足了，叫你不要再流来，你怎么还要让水流个不停！”有人看见了，对他说：“你真愚笨之极，你为什么自己不离开呢？你说要水不来，就远远离开木桶。”在这则故事之后有这样一段议论：“世上的人也是如此，为了生死渴爱，喝饮五欲脏水，当被五欲弄得疲惫不堪之后，便要色声香味不要再来。然而，这五欲依然相继不断。但有智慧的人便知道，要脱离五欲，只有摄痴情，闭恶意，不生妄念才行。”

佛家称色、声、香、味、触为五欲，认为它们能引发人们的贪欲之心，使世间充满罪恶。儒、释、道都有一些成规戒律，要求人们戒除某些欲望。后来有人归纳为：“儒戒声色货利，释戒色声香味，道戒酒色财气，总归之无欲。此三氏所同也。儒衣儒冠而多欲，怎笑得释道。”其实，要求人们戒绝这些欲望，本身也是一种违反自然本性的行为。从这些方面看，儒、释、道都有禁欲的倾向，但他们禁的范围是比较窄的，因而不能归到禁欲一类。

古代留下许多隐居山林的隐士故事。他们是以隐居的形式，对某些欲望加以节制，是另一种所谓看破红尘的典型。商朝末期的伯夷、叔齐，先是互相推让君位，后双双投奔到周，再逃到首阳山，因“不食周粟”而死。春秋时的介子推隐居绵山，晋文公为了逼他出来而放火烧山，他终因不愿出山而被烧死。还有战国时的鲁仲连、东晋时的陶渊明、东汉时的梁鸿等都是这类人。这些人中大多对当时统治者不满，不愿合作，或看破当时形势发展趋势而退隐，节制的仅仅是入仕的欲望，未及其他欲望。

在主张节欲的人中提倡对欲望以淡泊态度的比较多。《菜根谭》中说：“人生只为‘欲’字所累，便如马如牛，听人羁络，为鹰为犬，任物鞭笞。若果一念清明，淡然无欲，天地也不能转动我，鬼神也不能役使我，况一切区区事物乎?”像《菜根谭》这样的许多古代劝善书中都承认人的欲望，但都劝人们“恬淡寡欲”，对欲望加以节制。

这里禁欲、纵欲、节欲的欲都不是指人类的所有欲望，只是在人类欲望的一个很窄的范围内。我国古代的“欲”最窄的含义就是性欲，扩大一点也就是指七情六欲。因而，禁也好，纵也好，节也罢，都是在一个很小的范围里对人欲望治理的做法。

其实对欲望本身的禁、纵、节都没有多大意义，哪些欲该禁、该纵、该节并不很重要，重要的是支配欲望的人，看欲望的主体怎样行动，看他怎么驾驭欲。人的一生注定要与欲望相伴，但不是每个人都能与它和谐相伴。骑着欲望走天涯，并不是每个人都是好骑手。有的人骑着它会在原地打转，有的人骑着它会马失前蹄，有的人会被它带进万丈深渊，有的人则能跃马扬鞭，翻山越岭，阅尽人间春色。总之，“欲望”这匹坐骑会使你走向成熟，走向成功，也会使你走向失败，走向消亡，关键看你如何驾驭。

灵魂深处欲望多——欲之类

LINGHUN SHENCHU YUWANG DUO

凡欲，重之为货利，轻之为衣饮，浓之为声色，淡之为花草，俗之为田宅舆马，雅之为琴书，大之为功名，小之为技艺。

——明·黄宗羲

一枝一叶都是欲

19 世纪俄国作家谢德林写过一篇《鲟鱼干》的童话故事，讲到：一条鲟鱼被挖去内脏，晒成了鱼干，肚腹皱了，脑袋干了，脑髓也风干了。但他却高兴地说："这太好了！我已经办过手续啦！现在我没有多余的思想了，也没有多余的感情，更没有多余的良心。今后这类东西一点也没有啦！我的一切多余之物都风干了、挖掉了、干瘪了，今后我谨小慎微，平平安安，走自己的路！"对于"多余的东西"，他从不羡慕，从不想入非非，连靠不住的朋友，也敬而远之。当他听到鮈鱼们高谈阔论，大讲宪法时，他便立刻在水草丛里躲起来。尽管如此，他仍然诚惶诚恐，担心万一会出什么事情。面对生活，他不横冲，不直闯，不抗议，不发誓，而是合情合理地高谈种种合情合理的事情。谈得最多的是"耳朵长得不会高过额头"，是"两次不会有，一次免不了"；他向周围的同类灌输的思想是"你不碰动谁，谁也不碰动你"，给他们看的救命符是"耳朵长得不会高过额头"。混进官场之后，他竭力主张严守官场秘密，必须讲究推敲词句，以便"让谁也不知道，谁也没有任何怀疑，谁也不懂得，让大家迷迷糊糊像喝醉似的"。当他挤进"得宠人才"的行列，他奉行的是"自古以来的规矩"："如果问，就禀呈；不问，你就坐着，好好记住，耳朵不会长得高过额头！”在评判人类的谬误时，他因为全然没有良心，因此也总铁面无私：该全身残废的，就弄他个全身残废，这是咎由自取；该部分残废的，就叫他残废一部分，这叫以儆效尤！尽管如此，当局并不赏识，也不愿容忍他，最后还是被消灭了。

这则童话故事是讽刺那些没有坚定信仰和灵魂，没有感情和良心，卑躬屈膝，卖身求荣的庸人的。今天我们从另一个角度来读这则童话也很有意思。这条鱼，既没有了内脏，也没有脑袋，更没有了脑髓，他自己也说“没有多余的思想，也没有多余的感情，更没有多余的良心”，然而，就是这样一条什么也没有的“鱼”仍然还要教诲别人，还要高谈阔论，还有如此大的官欲、权欲……可见“欲望”的“生命力”之强之大。

人的欲望与生俱来，于死即去。“生”是欲望的开始，“死”是欲望的终结，是一个由少到多，由多到无的过程。欲就像一棵树一样，开始是一根枝条，很快分了许多杈，长了许多叶，如人刚有生命之后步入婴儿期、幼儿期、童年期，欲望起初少，后渐渐增多。随着时间的推移，阅历的加深，枝更多、叶更密，其间也有败叶，也有枯枝，但挡不住它的枝繁叶茂，直到鼎盛时期，如人进入青年、中年期，欲望十分丰富。之后逐渐衰弱，枝叶渐稀，到寿终正寝时，也就枝枯叶落了，如人到了老年，欲望渐少，至死亡，欲望也就随着生命而去了。

然而不同的树有不同的枝，不同的叶，同一棵树上枝与枝、叶与叶也是各不相同的。不同的人会有同一种欲望，也会有不同的欲望；同一个人也会有各种不同的欲望；同一种欲望在不同的人身上，或在同一个人不同的情况下也会有不相同的表现或结果。由此可见，欲望是一个十分庞大、十分复杂的体系。只要是人，就会有其共同的欲望。但不同的人其欲望的产生和满足又有其明显的个性特点。

从年龄角度看，不同年龄的人，因生理和心理素质的不同，其欲望的产生和满足会表现出明显的年龄特征，欲望的强烈程度和指向范围会有明显的不同。如一个婴儿饥饿，他会用啼哭的方式通知大人去满足他的欲望；而一个成人饥饿会自行去寻找食物，也可能会忍受一会儿再行满足。一个儿童一般不会有就业的欲望，而一个青年则对心中的职业非常憧憬，具有较强的择业欲望。这是欲望在年龄上的差异。生理、心理愈趋向于成熟，对欲望满足能力和调节能力愈强。

从性别角度看，因男女生理结构、生活方式和思维方式等的不同，其欲望和满足也会显示出男女不同的特点。就人们童年期对玩具的欲望来说，女孩多对娃娃、小动物等感兴趣，而男孩大多对枪、车等感兴趣。同是统治一个国家，唐代李世民南征北战、叱咤战场，称霸四方；而武则天则是通过掌握唐高宗、中宗等人，同样使千万臣民俯首帖耳。难怪有“男人通过武力征服世界，女人通过征服男人征服世界”的说法。

此外，遗传、民族、地域、职业、文化、地位、财富等众多方面的差别，也同样会使人欲望的产生和满足存在差异。正如鲁迅关于不同读者评价《红楼梦》时所说的那样，“经学家看见易，道学家看见淫，才子看见缠绵，革命家看见排满，流言家看见宫闱秘事”。

尽管欲望的个性特点十分明显，但其共性也是客观存在的，如果从欲望满足后的情况去划分，大致有波浪式、阶梯式和螺旋式几种类型（以后详述）。从欲望对人行为的影响看，又可分为“正向的”、“中性的”和“反向的”三类。“正向的”欲望，一般是指那些顺应时代社会发展的，那些推动人奋发向上的欲望，如求知欲望。“中性的”欲望，一般是指那些本身无所谓好或坏的欲望，关键看欲望的主体能否把握其中的度，以及怎么去满足它，如财富欲、性欲等等。这类欲望最多，人们也最难把握。“反向的”欲望，一般指那些对人有害的欲望，如吸毒、赌博等等。这只是在一般情况下的分类，情况发生变化后，这些欲望也会发生变化，有时会相互转化，这也是一些人对欲望难以把握的一个重要方面。

奔向食品箱的两只老鼠

西方心理学家在研究心理学问题时进行过这样一个实验：让两只老鼠在各自笔直的小道上奔跑，目标是一个装有食品的箱子。结果是两只老鼠在小径上奔跑的速度、到达食品箱后吃东西的时间以及所吃东西的量大不一样。心理学家们事先用科学手段使这两只老鼠在遗传和学习经历两方面基本相同，那么出现以上不同的情况的原因是，其中一只老鼠在放到小径上奔跑前，已喂足了干酪，而另一只老鼠则有一段时间没吃东西。此后，心理学家再实验，延长不给老鼠食物的时间，结果是刚吃过食物的老鼠不如那些24小时没吃食物的老鼠跑得快。

这个实验是心理学家用来研究动机问题的。但我们从这个实验中可以看到另一方面的问题。24小时没进食的那只老鼠已是相当饥饿，对食物的需求较为强烈，处于进食欲望的高潮阶段，相当于在食欲的波峰部位。而那只刚吃过食物的老鼠，对再进食不是很感兴趣，进食欲望已从高潮到低潮，相当于在食欲的波谷部位。如果再过一段时间情况可能就会相反：前一只老鼠的食欲会暂时不强烈，从食欲的波峰进入了波谷；而后一只老鼠却有了饥饿感，会对进食有较强的欲求，从食欲的波谷又上升到了波峰。两只老鼠的食欲就像波浪一样，一会高，一会低，满足前就高，满足后就低。

人身上也存在着大量的这种波浪式的欲望。在维持人的各种器官正常运转过程中产生的欲望，一般来说都是属于这一类的欲望。它就像大海中的波浪，时涨时落，一波未平一波又起，一浪一浪地向前推进，连绵不断。人的生活中对食、水、性、睡眠、排泄等的欲望就是这一类，具有遗传性、体内平衡及不断重复等特征。

遗传性特征是指这类欲望带有明显的先天遗传特征，它是由上一辈通过DNA分子的复制把这类欲望的信息传给后代的。人从母体中出生后，这些欲望就会相继出现，就会随着不同器官的成熟次第产生，只是因后天因素的影响，其表现形式不同而已。

体内平衡特征是指这类欲望都是在维持人的生命过程中产生的。实际上人的体内存在着一种生理系统来调节这类欲望。如果一个人对食物和水产生欲望，就会使本身的机体倾向于吃喝或去做那些根据经验会带来食物和水的事情。吃饱喝足以后，人的生理系统察觉到这一点，人就会不再倾向于吃喝。可以说人的复杂的生理系统是按体内平衡的原则来调节欲望，决定行动的。犹如一间房子里的智能空调，设定温度26℃后，自动控制温度的装置就开始工作，自动检测对热量的需要，温度太高，它就会启动压缩机，但室温下降到26℃时，它又会关闭压缩机。人体内的这一生理系统也像智能空调一样维持着体内平衡。

不断重复的特征首先是指长期性。这种欲望会在人身上持续一段相当长的时间，有的伴随着生命的始终，生命生它即生，生命亡它就无。如对食物、水、氧气、排泄、睡眠等方面的欲望。有的则是随着人的某一方面器官的成熟而逐步产生，随着这一器官的衰弱而衰弱，如性欲，只是在人生中的某一个阶段会产生。其次是重复性。这类欲望由逐步产生到一定的程度后得到满足，便会减弱衰退，进入低潮；然后又逐步产生，再到高潮，再满足，再减弱，处在这样一种跌宕起伏的不断连续下去的过程中。

上天之梯

前面所说波浪式的欲望基本都与人自身生存需要、生命的延续相关，在某一欲望得到满足后，隔一段时间这一欲望又会产生；而这里说的一类欲望是在某一欲望满足后，会产生层次更高的欲望，而不是简单地重复原来的欲望。就像俄国诗人普希金的童话诗《渔夫和金鱼的故事》中描写的那样。

渔夫和他的老伴住在海边，过着非常穷苦的生活。一天，老渔夫在海里打到一条金鱼。金鱼求老人把它放回到大海，并以满足老人提出的愿望作为酬谢。老渔夫没有索取报酬，便将金鱼放回了大海。回到家里后，老渔夫将此事告诉了老太婆，老太婆责骂老头是傻瓜，让他去向金鱼要一只新木盆，因为家里的木盆已经破旧不堪。老头只好把老太婆的要求转告给金鱼。金鱼满足了他的要求，于是他家里有了一只新木盆。没过几天，老太婆又逼着老头向金鱼要一幢新房子，她要过贵妇人的生活。金鱼满足了这一要求，将破旧的海边小屋变成了一幢宽敞的住房。过了一些日子，老太婆要渔夫对金鱼说，她要做女皇，要金鱼把房子建成一座城堡。金鱼又满足了老太婆的愿望，将那幢新住房变成了一座高大宏伟的宫殿，门前还站着一排卫兵，戴着皇冠的老太婆正对着臣仆们下着指令。又过了一段时间，她又提出要成为创造世界的神，并让金鱼做她的奴仆。老渔夫无可奈何，又一次来到海边呼唤金鱼。这时大海发出愤怒的咆哮，金鱼听完渔夫的诉说，一言不发，稍后便消失在海里。渔夫拖着沉重的脚步回到家里时，城堡已无影无踪，一切又恢复了原来的样子，破旧的小屋在风雨中摇晃，衣衫褴褛的老太婆面前摆放的还是那只破木盆。

这则童话表述的意思非常了然，那老太婆获得了改善生活的良好机遇，本当适可而止，安度晚年，哪知她一贪再贪，欲望不断膨胀，不断升级，结果从天上一下跌回地下，失去了已经拥有的一切。

我国明代朱载在一首《十不足》的诗中写道：

整日奔忙只为饥，才得有食又思衣。
置下绫罗身上穿，抬头又嫌房屋低。
盖下高楼并大厦，床前缺少美娇妻。
娇妻美妾都要下，又虑出门没马骑。
将钱买下高头马，马后缺少跟班的。
家人招下十数个，有钱没势被人欺。
一铨铨到知县位，又说官小势位卑。
一攀攀到阁老位，每日思想要登基。
一日面南坐天下，又想神仙下象棋。
洞宾与他把棋下，又问哪是上天梯。
上天梯子未做下，阎王发牌把魂拘。
若非此人大限到，上到天上还嫌低。

此诗对这一类欲望的描写真是惟妙惟肖，淋漓尽致。我们也可看出这一类欲望主要包括权力、金钱、地位等方面，它们具有不断攀升、风险性和社会性等特征。

攀升特征是指一种欲望满足后会产生更高的欲望，欲望不断升级，似乎难有止境，刹不住车。其中的一部分欲望，如果不加以控制，到了自己的意志难以控制的时候，就会完全被欲望牵着鼻子走。为了满足不断升级的欲望，他会采取一些非常规的手段，其结果反而适得其反。

风险性特征是指欲望的满足会存在一定的风险。就像一只气球，它能承受多少气体，要看这只气球的质料、大小、质量以及它周围环境等方面，如果不顾这些因素的影响，一味地充气，让气球不断地膨胀，最后的结果只有气球爆炸。

社会性特征是指这类欲望都带有社会化的烙印。是否满足、满足的程度与途径等都受到社会诸多因素的制衡。有时是因社会因素的刺激而产生欲望。有时是因自身有社会某一方面的因素，或者获得一方面的因素而产生欲望。有的原是生理性的要求，融入社会化的因素，就成了这一类欲望，如性欲，在上一类欲望称之为“性”，如果与“权”、“钱”等结合起来，超出了生理上正常的需求，超出了社会某些规范的框子，就变成了“色”和“淫”。这类欲望是人类较难驾驭又必须驾驭好的欲望，稍有不慎，一个人就会被这类欲望带进万丈深渊。古往今来，多少人就毁在这类欲望上。

山回路转又一层

这是一种螺旋式的欲望。它有第一类波浪式重复的特点，但又不是简单的重复，是在更高层次上的重复，有第二类阶梯式上升的特点，但又不是直线上升，是一种盘旋式的上升。因而这一类欲望的特点就是其复杂性。

美国心理学家米勒用一黑一白两个分隔的实验箱对老鼠做了这样一个实验。把一只老鼠放在白色的分隔箱里，打开电击，并允许老鼠跑进黑间隔箱中以躲避电击。这个程序重复进行许多次直到这只老鼠学会了通过逃离白色间隔箱的方法避免电击。其后，尽管在没有电击时把这只老鼠放到白色间隔箱中，它仍然显得十分害怕，还是要跑到黑色间隔箱中。

这只老鼠起初是为了逃避电击而离开白色间隔箱，后来却不是逃避真正的电击，而是为了逃避电击的威胁，是摆脱对电击恐惧的欲望。表面上看起来都是逃避白色间隔箱，但欲望有了变化。

求知欲是这类欲望比较典型的代表。这种欲望的产生有时（或有的人）是为了实现家长的希望，为了报答父母，逐渐发展到履行教师的要求，希望受到别人的鼓励或避免责备，对集体的责任感、荣誉感和对社会建设的向往，以及为个人的前途、名誉、地位等等。随着个体的成熟、所处环境的变化，这种欲望也会有所发展，显示出复杂性。这种复杂性主要体现在以下几个方面：

一是同一种欲望有不同的层次。《孟子》中有一则“齐人乞食”的寓言，写一个男人每次外出回来都是酒足饭饱，他的妻子问他一起吃喝的都是什么人，他回答说都是与富贵之人在一起吃喝。但他妻子并不相信，因为她没看到有地位的人到她家来过，也没看到他在城中与哪个富贵之人有交谈来往。终于有一天妻子跟踪他后才发现，原来丈夫每次只是到城东门外的墓地中游荡，吃的是祭品。其实，这个丈夫为了维持生命去吃点祭品，也只不过是满足一定的生理需要，但他回家吹嘘，则已不仅仅是满足生理的需要，还在满足一种心理的欲望，就是虚荣心的需要。

二是一种欲望包含着几种欲望。其中一种欲望是主流，其他几种是支流。主流欲望得到满足，其他几种支流欲望也会满足。就是所谓的大河水满，沟里也会满。例如一个农村中学生，渴望能到京城去读书，又想进京城见见世面，能与先在京城读书的朋友常常见面，同时还想得到教师的赞扬、家长夸奖等。这几种欲望在这位农村中学生身上同时存在。这种欲望中有主流欲望，有支流欲望。后来，他考上了京城一所大学，满足了“进京读书”的欲望，同时其他几种欲望也得到了满足。这“进京读书”就是这位同学几种欲望中的主流欲望。支流欲望的满足不代表其他欲望都能满足，而主流欲望的满足，其他欲望就同时或相继得到满足。

三是衡量的复杂性。前面所述的欲望一般可以用大小、多少、轻重、高低、长短等量化指标来衡量，这一类欲望的衡量则比较复杂，很难用定量的方法单独去衡量。一般是用定性的方法去描述，或定量与定性相结合来衡量。比如人追求成功的欲望，很难用量规定一个标准，只能用定性的方法去描述成功是什么。但具体到某一个人、某一个方面来说，有时也可用定量的指标来看是否成功。如一支球队以赢几场球，得几分表示成功；一位肢体伤残的病人以能走几步来表示某天或某月的成功；等等。

雨雪霏霏雀劳利——欲之境

YUXUE FEIFEI QUE LAO LI ■ ■ ■ ■

叶绿花红，鸟雀在茂叶中悠然自得。白雪皑皑，鸟雀唧唧喳喳竞相觅食。雨雪阴晴的变化会使鸟雀劳闲各异，主客观环境的变化也会使人的欲望冷热不同。

上求鱼，臣乾谷

《淮南子·说山训》有这样两句话："上求材，臣残木；上求鱼，臣乾谷。"意思是：君王如果寻求木材，臣子们就会去毁坏树林；君王如果寻求鱼，臣子们就会去抽干河谷。君王有某一方面的欲望，臣子在这一方面就有强烈的欲望。"上之所好，下必甚焉"的例子比比皆是，比较典型的就有"楚王好细腰"，"越王好勇"，"齐灵王好妇人"。

楚灵王喜爱腰细的人，因此，灵王的臣子们都节制饮食，每天只吃一顿饭。搞得臣子们身体十分衰弱，喘半天气才能系上腰带，扶着墙壁才能站起身来。等到一年之后，满朝臣子个个面色黧黑。

越王勾践喜欢战士都具有勇敢顽强的战斗精神，因此，常常以此教导训诫其臣下。有一次，越王暗自派人放火烧船，以观察其部下。越王望着火势对部下说"咱们越国的宝物在这条船上"，并亲自击鼓以激励部下冲上船去。部下听见鼓声，奋勇争先，奔赴火海，结果有 100 多名"勇士"被烧死。用这样的方法来锻炼勇敢的精神未免太残忍了！

齐灵公喜欢女人穿着男人服饰，于是齐国妇女都穿男装。灵公派官吏去禁绝此风，他下令：“凡是女子穿男装的，撕裂她的衣服，割断她的带子。”一时，被撕裂的衣服、带子满路都能看到，但仍不能止住女子穿男装。灵公问晏婴为什么这样还不能禁止。晏婴说：“君王在宫内让女扮男装，却在宫外禁绝此风，这犹如在店门旁挂着牛头，而在店铺里卖马肉。您为什么不下令宫内妇女不许女扮男装？这样，宫外还能有谁敢违此令。”于是灵公不让宫内妇女再穿男装，不到一个月，全国上下没有谁再女扮男装了。

可见，君王欲望对臣子欲望的影响力是很大的。“上”对“下”的欲望的产生、变化、强度等许多方面都会有较大的影响力。“下”的欲望往往随着“上”的欲望的变化而变化。这里的“上”不仅仅是指君王了，“上”可以是一个人，也可以是一类人。凡是在一定环境中，对他人欲望产生一定影响的都可称之为“上”。甚至还有心理中的“上”，就是崇拜、敬仰、敬重的人，对自己欲望的产生、改变也会产生较大的影响。如一个学生崇拜某一科学家，他就会在这位科学家的影响下产生强烈的求知欲，勤奋地学习，立志成为一名类似于那位科学家的人，等等。

这种“上”对“下”的影响一般会有这样几种情况：一种是上行下效。上边的人怎么做，有什么欲望，下边就跟着怎么做，就会产生什么欲望。就像人们平时所说的：榜样的力量是无穷的。在战场上，一个指挥官从战壕中跃起冲向敌阵，后边的战士必然会产生一种冲向敌阵、与敌人作殊死搏斗的欲望，也会跟着冲上去。还有一种是上下同欲。上边的人所想的，也是下边的人所想的，上下一致，这样就会产生巨大的力量。正如《孙子》中所说的：“上下同欲者胜”，“百将一心，三军并力，人人欲战，则所向无前矣。”

为什么“上”会对“下”的欲望有如此大的影响？这主要是“上”的个性影响力和他的职权。个性影响力包括个人的思想道德、文化等方面的素养，职权则是指他处在“上”这个位置所应有的领导权力。从个性影响力来说，“上”对“下”欲望的影响表现在：“下”要成为“上”那种人，或要做成“上”做成的事，以“上”的行动标准为自己的标准。从职权的影响力来说，“上”对“下”有一种压力是明显的，“下”的欲望必须向“上”的欲望靠近，他的欲望才有可能满足，也有的是想赢得“上”的喜欢，或借“上”的成功来争取自己的成功。

可见“上”的欲望和言行对“下”一群人的影响力之大。如果是教师，会影响学生；如果是家长，会影响孩子；如果是一个村长，会影响一村人；如是一个市长，会影响一市人。如此，处“上”位的人必须有一种强烈的责任感，必须考虑你对一群人言行的影响，对一群人命运的影响。一人俭则百官俭，百官俭，则庶民知耻费。因此，“上之所好恶，不可不慎也”。由此，在对待职权上，就不能超范围使用职权，就不能滥用职权；在个人的修养上，就应该具有较高的思想文化素养，有较强的决策指挥能力，有强烈的进取精神，这样才能对下属有一个正确的影响，才能使一个团队成为正气十足，奋发向上的团队。

人云亦云，众欲亦欲

一个人的欲望不仅会受到“上”的影响，还会受到群体的影响，当人在群体中与多数成员欲望或意见不一致时，会感到一种心理上的压力，这就是来自群体的压力。一部分人会在这种群体压力的影响下改变自己的欲望或意见，采取和大多数人一致的意见。于是便会出现“人云亦云，众欲亦欲”，这在心理学上叫从众。虽然不是每个人都是“人云亦云，众欲亦欲”，但群体对个体欲望的影响力还是比较大的。

20 世纪 20 年代末到 30 年代初，哈佛大学教授梅约为了探知提高生产率的因素到底有哪些，在西方电气公司霍桑工厂做了一个著名的“霍桑实验”。先后进行了“照明度实验”、“福利实验”、“访谈实验”和“群体实验”。其中，“群体实验”是这样进行的：

研究者选择了 14 名男工，隔离在一间观察室中进行中央交换机设备中接线器的装配工作，工作中实行集体计件工资制，以小组的总产量为依据对每个工人付酬，并强调必须进行互相协作。研究者原来设想这种计件工资的方式，可以使工作效率高的职工迫使工作效率低的职工提高工作效率，但观察发现，产量维持在中等水平上，并注意到工厂部门中的社会群体能对各个成员的生产行为进行强有力的控制。工人们自己认为如果产量过高，会导致降低工资或提高产量标准；如果产量过低，会引起监工的不满。

每个工人的共同感觉是，不要超过那个非正式的标准而成为一个“生产冒尖者”，也不要低于那非正式的标准而成为一个“生产落后者”，从而使同伴受到损失。为了使这一工人内部的“规范”得以实行，群体中的成员还采用了一些内部“纪律”措施，如嘲笑、讽刺等。因此，工人们采取各种秘密的措施来维持自己在这个群体中的资格。如一个工人在产量较多的日子，会把多余的产量隐瞒起来，而只报告符合群体规范的数量，以后他放慢速度而从隐藏的产量中逐渐取出一部分补充不足之数。

根据这个实验，梅约提出了“非正式群体”的概念，认为在正式的组织内存在着自发形成的非正式群体。这种特殊的组织有自己的特殊规范，并对其成员的行为有较大的影响。在这个群体里，大家没有超过“非正式指标”的欲望，某一个人也就不能有这一欲望，大家有达到“非正式指标”的欲望，你也应该有这一欲望，否则你将被这个群体所孤立。

其实，不管是正式组织，还是非正式组织，他们都有一种规范，其群体对个体欲望的影响，正是通过这种规范施加的。这个规范是群体成员的一种共同的意识标准，共同的思想观念，具有强迫个体成员接受的力量。这种规范有的是明文规定的，有的则是非正式的，是约定俗成的默契标准，这种默契就成为群体对个体成员影响的一种潜在的力量。

正如苏洵在《六国论》中写到的“六国破灭，非兵不利，战不善，弊在赂秦”。战国时期韩、魏、楚三国争着赂秦，“今日割五城，明日割十城”，最后还是被秦所灭。这几国包括齐国，竞相依附于秦国，正是受到这一群体的影响。他们似乎觉得，谁不赂秦，就可能会先被秦国所灭，不如贿赂以求得“一夕安寝”，免得“不赂者以赂者丧”。但如果形成另一群体对个体施加影响，结果又会不同，那就是几国都有团结一致抗秦的欲望，相互影响，结果可能会不同。正如苏洵说的：“以赂秦之地，封天下之谋臣，以事秦之心，礼天下之奇才，并力西向，则吾恐秦人食之不得下咽也。”

1951 年，美国心理学家阿希做了一个“三垂线实验”。他把被试者每 7 人编成一组，让他们坐在教室里看 18 套卡片，每套两张。一张卡片上画着一垂直的线段“S”，另一张卡片上则画有三条长短不一的垂直线段“A、B、C”，让大家比较并作出“S”与“A、

B、C”三条垂直线中哪一条长度相等的判断。每组被试者中，只有1名是真被试，其余6名都是假被试，是研究人员请来的合作者。由于阿希在实验前预先作了布置，要求6名假被试者故意作出一致的错误判断，而那个真被试者却不知道这种预先的安排。实验中，让这个真被试者在知道那6个人的判断之后作出自己的判断。结果发现有40%左右的人放弃了自己与其他人不一致的判断，而服从附和群体的判断。

这种“从众”现象是很著遍的。一般来说，个人的能力、自信心、年龄、性别不同，从众行为出现的程度也不同。那些智力较差、缺乏自信、依赖性强的人，容易有从众行为。另一方面，如果你在这个群体中的地位高于他人则不易出现从众行为，反而会影响别人。

不易产生从众行为、不受群体压力影响的情况有两种。一种是独立思考、独辟蹊径发展事业、作出成就的人。如“众醉独醒”的屈原，“人弃我取、人取我与”的战国商人白圭，“众皆钓其名，我则钓其道”的吕尚等。另一种是越轨行为，脱离群众规范约束，我行我素，作出不符合社会规范、群体规范的行为。轻者如学生违反课堂纪律，不遵守作息制度；重者如违法乱纪等。

怒于室者色于市

一个人的欲望受到干扰或阻碍，他就会有挫折感，就会感到失意，挫折与失意降临到一个人身上，人总会作出反应，或形于色，或表于言，表现各异，但大多会对他们欲望的产生和调整作出重要的影响。有的是正向的，有的是反向的，这就要看个人是如何把握了。把握不好，不但不会改变目前的窘境，反会陷入绝境。

《检察日报》有一篇《下派一年捞钱十万》的报道，记叙了这样一个下派的村官失意后又失格的事情：

李某出生在湖南农村一个贫苦农民家中。他从小聪明好学且孝敬父母。专科毕业后分配到一个县级卫生防疫站工作，在工作岗位上，他积极向上，不到两年就被任命为该站防控科副主任。他边干边学，很快又取得了大学本科文凭。此时，县委组织部将他列为年轻后备干部进行重点培养。2002年，县委决定让他到该县一个有上亿元资产的富裕村担任党委副书记，挂职锻炼，以备将来提拔重用。此前，他曾参加县里某局副局长岗位的竞选。他的笔试、面试成绩均排名第一，可在最后的录用名单上，他却榜上无名。这件事当然使他有一种失意感，对待这一失意，他认为是自己既没靠山又没钱活动的结果。认为在当今社会，没有钱简直寸步难行。由于有了这种想法，对他下派锻炼这件事，他不认为这是组织对他的培养，而是他没钱"打点"的必然结果。于是在竞争"副局"失意之后，他产生了要搞钱的欲望。在为村里送定金给一家公司时收了第一笔贿款5000元，然后又在负责本村一个企业搞环保测评书时拿到了3万元的"业务费"，接着又在负责洽谈变电站工程设计时拿了10万元……最后以贪污罪、受贿罪被判刑8年。

他的关键之点是在他竞争"副局"岗位失败后，没有把握好自己的欲望，错误地调整了自己的欲望，使自己陷入了泥潭。

一般的人在遭到挫折与失败，在其人生失意的时候会有两种反应：

第一种反应是会产生一种保卫自尊的欲望。人遭受挫折、遇到失败，会对自尊心产生伤害；接连遭受挫折，或遭受重大挫折，自尊心会受到严重的打击。这时，他会产生保卫自尊、挽回自尊的欲望，或者是文饰自己的欲望，或者是攻击别人的欲望。有的人会因第一种欲望而采取行动，有的人会因第二欲望而采取行动，有的人会兼而有之。

满足文饰自己的欲望，是为了掩饰自己并希望能维护自尊。主要是采取"酸葡萄"战略，找一些自圆其说的"美好理由"来代替"真理"，对自己的失意与挫折给予"合理"的解释，从中得到自我安慰。如一个人求偶未成，就说并不喜欢对方的性格，以个人的"好恶"为理由来掩饰自己、维护自尊。又如，一个学生考研究生没考上，他可能会说，我本来就没有准备考，老是读书把人都读"呆"了，不如毕业后先去工作，以自己志不在研究生而在工作来掩饰自己的挫折，保持个人的自尊。这种战略类似鲁迅小说《阿Q正传》中所描写的"阿Q精神"。这种战略临时用来缓解自己的压力是可以的，但一直沉浸在"酸葡萄"假象中也是不可取的。

攻击别人的欲望，是在遇到挫折与失败时，由愤怒的情绪而转化而来的。这种欲望体现在言语上，就是抱怨、批评、指责别人，把挫折与失败归咎于自身以外的原因，诿过于人，推卸责任。如一个球队输了一场比赛，这个球队可能会怪场地太滑，或指责裁判不公等。体现在行动上，则采取非理性的攻击。这种攻击可能会有三种不同的表现：一是对造成挫折的人或物直接攻击，有时包括对自己；二是觉得引起挫折的真正对象不能攻击时，便把愤怒的情绪发泄到别的人或物上去，如打小孩、砸汽车等；三是挫折来源不明，没有明显的对象可以攻击，甚至个人不知如何攻击，这可能是日常生活中许多小挫折的累积而产生的一种莫名的烦恼，于是将这种闷闷不乐的情绪发泄到与挫折不相干的人或物上面。这些非理智的反应，如果听之任之，就会加重受挫折者的痛苦，有时会造成更大更多的挫折。

第二种反应是调整改变自己的欲望。一是补偿。一个人在某一方面受了挫折，想在另一方面得到补偿。一种欲望没有得到满足，在其他欲望上得到了满足，也就减轻了因前一种欲望未满足而造成的精神压力。如 20 世纪 50 ~ 60 年代出生的人，因在“文革”时期没有好的学习环境，大多数人没有机会上大学，求知欲没有得到很好的满足，会有一种遗憾，但有的通过自学走上了成才之路，有的创造条件让自己的子女上了大学等，都是一种补偿。二是升华。调整社会不认可的欲望使之符合社会标准，改变策略再作尝试。在自己遭到挫折和失败后，冷静地观察、分析和思考，认真地总结经验教训，找出失败的真正原因，然后调整方向，改变策略和手段，再去努力。三是躲避。有的人遇到挫折，就畏难退缩，放弃原来的欲望，甘拜下风。有的人则心存余悸，杯弓蛇影，回避矛盾，从此意志消沉，一蹶不振，万事了了，以致看破红尘，厌世逃世。这是一种消极心理，是不成熟的表现。四是反向。对原来自己的欲望，反而在行为上极力排斥，表现出相反的行为，内在欲望与外在行为相矛盾。如有人对上司逢迎谄媚，可能他内心对上司却怀有敌意或仇视；有的过分炫耀自己的优点惹人注意，可能是他内心自卑；等等。

挫折与失败会对自己的欲望产生影响，要在失意中冷静地分析与调整，在失意中奋起向前。

得意的猫儿雄似虎

初生牛犊不怕虎，是因为它涉世不深，根本不知道虎的厉害；得意的猫儿雄似虎，是因为它屡战屡胜，自信心得到了无限放大。人也有得意的时候。有的人会因一点小的成功而得意洋洋，有的人会因一次又一次的成功而飘飘然；有的人会因一些大的、出人意料的成功而得意忘形。

春秋时期齐国宰相晏子的御者因给晏子驾车而得意。一次他的妻子偷偷地看他给宰相驾车，只见宰相的车子上张着宽大的篷盖，他丈夫卖力地驾着拉车的四匹高头大马，显得十分得意。这时她心里很不高兴，丈夫一回来，她便不满地说：“晏子高不满六尺，做了齐国的宰相，名显诸侯，但却常常存着自居人下的心思；你身高八尺，做了驾车的仆从，倒很自傲，所以我要离开你啊。”从此丈夫就谨慎起来了，后来因晏子的推荐当了大夫。若不是这个贤慧的妻子，他可能永远是个马车夫。

人在得意的时候会忘形，会飘飘然，因而，自信心会膨胀，欲望会膨胀，言行会扭曲。这个时候人的免疫力下降，一切有害的诱惑会乘虚而入，有的人可能会膨胀到一切都不在话下，成为老子天下第一。这时有的人就会自认为自己说的一切都对，句句是真理；听一切都顺，因为能进他耳里的话都是“好听”的；看一切都小，因为成功，站到了一定的高度，自以为可以俯视天下，大有“登东山而小鲁，登泰山而小天下”的架势，俨然一个神话中的人物。

处在这种心态下的人，其欲望会受到很大的影响。特别是那些不能冷静看待过去得失，不能客观总结过去成功经验的人，他会逐渐与成功绝缘，走上失败的道路。因为这个时候，他的欲望常常会向三个方向转变：

一是得一望十，得陇望蜀，欲望不断膨胀。唐朝的魏征曾向唐太宗讲述这样一件事。他说：过去魏文侯问李克，诸侯谁先亡国？李克说：“吴国先亡。”魏文侯说：“为什么这么说呢？”李克说：“吴国多次发动战争，却都打了胜仗，屡次得胜，国君就会骄傲自满；屡次征战，百姓疲敝，怎么会不很快亡国呢！”正如古诗中写到的“可怜蜂蝶频投网，却因高飞得意时”。不要以为只是失败时人的欲望会难以把握，实际上得意时人的欲望更难把握。

俄罗斯科学家将一群雄鼠关在大笼子里，用带孔的透明隔断隔开，让它们可以看到、听到对方，但互相都不能有身体的接触。科学家每天拆除隔断一次，这时雄鼠便迫不及待地厮杀一番，想要争出强弱。每天的胜利者都会陶醉于自己的成功。得胜次数多的老鼠会变得非常好动，富有侵略性，易激动、易忧虑。它们不放弃任何机会宣泄这一情绪，或者攻击同类，或者对雌鼠发威，甚至去咬实验员的手。过去显得相当积极的求胜心演变成了公然的侵略性。研究表明，人也会出现这种情况。如果一个人屡获成功，心里便无法遏制地产生渴求常胜的欲望。

*二是得意至尊。*得意的人会产生一种至高无上的欲望，特别是在他成功过的领域，有一种强烈的自尊欲望。他惟一相信的就是自己，只相信自己的判断，自己的意见。其结局则往往是可悲的。大发明家爱迪生一生有过1000多项改变人们生产和生活的发明，但他在晚年自尊欲望过强，自傲情绪过旺，在自己最得意的领域坚持了自认为是真理的错误，固执地坚决反对交流输电，一味坚持直流输电，导致惨败。原来以他的名字命名的公司也不得不改为“通用电气公司”。

*三是得意尽欢。*成功以后没有什么高尚的追求，降低了自己欲望的标准，趋向于低级趣味的欲望、追求，甚至滑进了违法犯罪的泥坑。

总之，成功令人喜悦，令人满足，给人以再战的勇气和智慧。但成功又是一个转折点，如果注意总结，她会帮你走向另一个成功；如果得意自傲，她会把你引向失败。

在什么山上唱什么歌

时空印刻着人的变化，时空也影响着人的变化。人的欲望也一样随时空增减，在时空中明灭。这里不是说什么欲望都会随时空的变化而变化，而只是强调时空的变化对欲望的影响。在时间和空间变化的影响下，一些人始终坚持其人生欲望，矢志不渝，大目标始终不变，只是在一些生活上的欲望或者一时一地的欲望上发生变化；一些人则会受到较大影响，种种欲望都会发生程度不同的变化。

首先是人在空间中的变化对人的欲望的影响。人在空间中的变化，主要是立足点发生了变化。立足点发生了变化，其欲望必然会受到影响。上的山不同，唱的歌也就不同了。

人在空间中地域的变化会对人的欲望产生影响。在新的地域中，可能会有“东廓看见西廓好，南楼遥望北楼强”的想法，可能会觉得原来的一些欲望很可笑，也可能会把后来不屑一顾的东西当作现在梦寐以求的欲望。当一个健康的人因病失去工作住院的时候，他就会放弃原来那追名逐利的欲望，奢望能有一天恢复劳动能力，每天能做一些简简单单的工作；当一个正常的人因犯罪失去自由被关押在监狱里的时候，他就会放弃原来那不顾一切追求享受的欲望，奢望能有一天恢复自由，走出监狱门，每天能随便在大街上走走，能与家人在一起吃饭，过平平淡淡的生活。这是地域的变化对人的欲望产生的影响。

人在空间中地位的变化也会对人的欲望产生影响，因为地位变了，看问题的立足点不一样了，视角也变了。地位的变化包括职位的升迁、职业的改变、角度的转变、社会尊重的多寡等等。地位的变化会使人改变原有的欲望，有的人官位越向上升，其防御能力越弱，这是十分危险的。高处不胜寒，随着地位的上升，对自身抵挡诱惑、把握欲望的能力应越来越高，对自身的素质要求应越来越高。只有这样，才能坚定自己正确的人生方向，追求正当的人生欲望。否则，地位越升，诱惑越多，升得越高，跌得越重。

其次是人在时间中的变化对人欲望的影响。这也包括两个方面：一是速度快的，时间短的；二是速度慢的，时间长的。

速度快的，在短时间里接触的，就像人们平时常说的“先入为主”。现在有些人常常抱怨吃什么都没味，但一想到小时候吃的东西，想到妈妈烧的菜那真会“垂涎三尺”，食欲猛增了。其实，不光是吃，小时候首先碰到的某一个敬仰的人或某一方面感兴趣的知识，都可能成为他今后一生追求的欲望。在心理上，这又叫首因效因，就是指人们在人与人、人与物之间首次交往、接触时的第一印象，对个人以后认知的影响作用较大，它会影响人们对以后一系列行为的指向和评价。但如果这第一印象是假象，是恶人先告状，人们又会被这先入为主的东西所迷惑，反而会混淆是非，颠倒黑白。

速度慢的，在较长时间里接触的。这对人欲望的影响有两种情况：一是潜移默化，有“润物细无声”的作用。人在不知不觉、长期的熏陶中改变、调整自己的欲望。古人“入芝兰之室，久而不闻其香；居鲍鱼之肆，久而不知其臭”。对一些事物因长久接触能使原有的对该事物的欲望逐渐淡化，“喜新厌旧”、“司空见惯”便属此类，从而转向对一些没接触过的、新鲜的事物产生欲望。

在现实生活中，当自己被某一种欲望纠缠不清，搞得神魂颠倒时，不仿使自己换一下“时空”，真实地到另一地域，或者虚拟地在心中换一下地域思考一下，或者打一打“时间差”也许会走出另一番新天地来。

踏遍青山何所欲

在英国伦敦，有个年轻人叫斯尔曼，他的父母是著名登山家。在他 11 岁时，他的父母在乞力马扎罗山遇雪崩不幸双双遇难。父母临行前，给年幼的斯尔曼留下了遗嘱，希望他们的儿子斯尔曼能像他们一样，不断攀登世界著名的高山。

可实际上，斯尔曼从小因一条腿患上了慢性肌肉萎缩症，走起路来都有些跛，甚至有资深医生预测说：“用不了多少年，斯尔曼必须锯掉他的那条残腿！”但捧着父母遗嘱的那一刻，残疾的斯尔曼并没有害怕和退缩，他说：“爸爸、妈妈，请你们在那几座高山之巅等待我，我一定会征服那一座座高山，并在世界之巅和你们的灵魂相会。”以后的六七年里，斯尔曼抱着征服世界巅峰的坚定信念，坚持不懈地锻炼着自己年轻却又残疾的躯体：他跛着腿参加越野长跑，跟着南极科考队到南极适应冰天雪地的艰苦生活，到非洲撒哈拉大沙漠上考验自己的野外生存能力。终于，他 19 岁登上珠穆朗玛峰，21 岁登上阿尔卑斯山，22 岁登上乞力马扎罗山……28 岁前，斯尔曼一座一座地登上了父母遗嘱中所开列给他的全部高山。在他登完最后一座高山后，为了表达对这位身残志坚的勇士的崇敬与钦佩之意，欧洲多家慈善机构联合捐助，请来世界上最优秀的外科医生，为斯尔曼实施了截肢手术，给他装上了世界上最先进的脉感反应假肢。当人们为他祝福并满怀期待地希望他能再创下其他纪录时，却传来令人惊骇不已的消息：28 岁那年的秋天，斯尔曼在他的寓所里触电自杀了！

在自杀现场，人们看到了斯尔曼留下的遗言。在遗言中，斯尔曼不无颓废地写道："这些年来，作为一个残疾人，我创造了那么多征服世界著名高山的壮举，那都是父母的遗嘱给了我生命的一种信念。如今，当我攀登完那些高山后，功成名就的我感觉无事可做了，我没有了新的目标。我厌倦爬山、上楼甚至走路，对生活和生命有了一种乏味的感觉。假若再有几座比珠穆朗玛峰更高的山峰，或许我会攀登到50 岁或60 岁，可现在没有。我感到了无奈和绝望……"

征服一座座世界高峰，对一个正常人来说也是非常困难的事，而对一个残疾人来说，那是难上加难了。斯尔曼没有被这难上加难所吓倒，反而产生一种征服它们的强烈欲望。在这一欲望的燃烧下，他站在了一座座高山之巅，满足了他实现父母遗愿、征服世界高峰的欲望。当他这一欲望真正得到满足之后，放眼世界已无高峰可攀，他感到了无聊和失望，没有了追求的目标，没有了征服的欲望，因而也就丧失了斗志和生活的勇气。

其实，人普遍有一种好奇心，这种好奇心驱使着人们去探索、去追求，越是"难的"越会激发一些人战胜它、征服它的欲望。这在现实生活中也是普遍存在的。

人们竞相攀登险峰是因为那里有难得一见的无限风光；人们不惜以生命为代价去探求自然界和宇宙的秘密，是因为揭开谜团带来的喜悦；人们费尽心思去获取难以得到的事物，正因为所谓"得不到的最珍贵"。

"难得的"事物会调动人的神经，激发人的思维，引起人去战胜它的欲望；战胜后他会有很大的喜悦，会有不一般的满足。兴奋之余，有的会追逐更大更难的目标；有的会意志消沉，无所事事，这时，就又需要及时调整人生的欲望了。

为伊消得人憔悴——成也欲

WEI YI XIAO DE REN QIAOCUI ■ ■ ■

欲望就是人的本质。从这个意义上讲，可以认为人的任何一个行为都是由情感所决定的。

——荷兰·斯宾诺莎

“学一人敌”与“学万人敌”

小时看有关楚汉战争的连环画，觉得项羽是一个很有本领的人，对他的英勇挺佩服，对他的失败挺惋惜的。稍大以后读到司马迁的《史记·项羽本纪》中对项羽孩时的一段描述，更佩服他那深远的目光。

《史记·项羽本纪》中这样写道：“项籍少时，学书不成，去；学剑，又不成。项梁怒之。籍曰：‘书，足以记名姓而已；剑，一人敌，不足学——学万人敌。’”

我们小时候都想学个舞剑耍棍的本事，遇到不平之事时能撂倒几个地痞流氓，因而，对那些会武术的特别羡慕。然而项羽则对此不屑一顾，不愿学，而要学能敌千万人的本领。这是我们小时所想不到，也是后来佩服他的地方。可以想象，他如果当时真是一心一意学剑术，那么后来与刘邦争天下的就不是项羽，而可能是张羽、李羽之类的了。学“一人敌”或学“万人敌”看起来是随口说说的，实际上隐含着不同的人生欲望。学“万人敌”的欲望是项羽后来成功地率领千军万马，叱咤风云几十年迈出的第一步，是他后来称霸一方的起始点，没有这个点就不可能有后来“敌千万人”的成功。这个点与“志向、理想、人生目标”如出一辙，都是人生欲望，是人生走向成功的原点。有这个点就有了成功的起步，就有了成功的走向，任何成功都离不开这个起始点。

卡尔·马克思少年时代，就对当时社会的不平等现象感到不满，对那种官吏、牧师们巧取豪夺，债主、富商敲诈勒索，农民被无穷无尽的苛捐杂税压得喘不过气来的不平等现象，有了初步的观察和思考，并逐渐树立起为人类幸福而奋斗的宏伟志向。他后来在中学毕业论文《青年在选择职业时的考虑》中写道："对于那些思想高尚、致力于为全人类服务的人们，历史称之为伟大的人物；对于曾使大多数人幸福的人，历史颂之为幸福的人。"他立志要学习那些高尚的、伟大人物，明确提出了要"选择最能为人类幸福而劳动的职业"。正是这种伟大志向促使他把毕生的精力投入到宏伟巨著《资本论》中去。为了写《资本论》，他从19世纪40年代起至80年代逝世，用了近40年的时间，在大英博物馆经常是从早上9时工作到晚上7时。由于他读书、研究资料时精神高度集中，以致常常情不自禁地在座位上用脚来回擦地，长年累月，竟把地面磨去了一层。为了某一问题的研究、写作，为了他的志向，他常常废寝忘食，后来他风趣地说：我们在为争取8小时工作制而斗争，可是我们自己的工作时间却往往两倍于此。

青年时代的人生欲望，使马克思明确了自己今后人生道路的方向，这个目标一直伴随着他，激励着他，并最终得以实现，成就了马克思青年时的志向。

由此观之，人生欲望在人生道路上有着非常重要的作用。有的人人生欲望远大、高尚，有的人短浅、卑微，有的人无所谓"高"，无所谓"低"。但不管怎样，不管他是不是自觉，他的心中都会有一种人生欲望，而不同的人生欲望必然会造就不同的人生。这是因为不同的人生欲望，体现着不同的人生态度。

一个人对人生、对生活、对事业的看法，对世界、物质和社会的认识一定会在他的欲望中体现出来。某一个人之所以确定某一种人生欲望，也正是基于他当时的人生观、价值观和世界观，学"一人敌"和"万人敌"就体现了对当时社会的不同认识。因而不同的人生观、价值观和世界观会产生不同的人生欲望。人生观、价值观、世界观模糊，他的人生欲望也不会清晰，其人生欲望会处在一种飘忽不定的状态之中，此时的人生欲望多数只是想想而已，大多不能实现。人生观、价值观、世界观符合自然规律，符合时代潮流，他的人生欲望也会体现客观规律，跟上时代步伐；反之，如果人生观、价值观、世界观反映少数人的利益或者是自己的一己之利，那他的人生欲望也只能是肤浅的、短视的，甚至是违背时代精神的，他的人生欲望会是很难实现的。即使实现，要么是只对自己有利，对社会无益；要么是对自己有利，对社会有害；要么是对己、对社会都有害。古人说“审堂下之阴，而知日月之行，阴阳之变；见瓶水之冰，而知天下之寒，鱼鳖之藏；尝一脔肉，而知一镬之味，一鼎之调”。由此，看一个人的人生欲望，便可知其对人生的态度，也可推知其今后的人生之路。

人生欲望的远近高低

笔者在农村上小学时有三个要好的朋友，一个叫李跃余，一个叫潘进富，还有一个叫潘有林。李跃余是下放干部的子女，他是上五年级时插班进来的。潘进富和潘有林都是土生土长的农村人。后来，我们三人都在城市工作，只有潘有林一直在农村生活，在一次聚会时各自叙述的过来之路颇让人感慨。

按照我们几人的眼光，毕业后“混得最好”的应该是李跃余。他大学毕业直接分配到省级机关工作，从办事员、副科长一直到正处长共用了11年时间，平均两年一个台阶。同学们都认为他是最成功的，而且还将继续“成功”下去。憨厚的潘有林说，再过几年我们只有把电话接到中央才能找到你了。他自己也很自信。然而，没想到这个正处长一坐就是14年。比他迟当处长的有的已是正厅级干部了。近几次聚会他都有一种失意的感觉，说话是一种看破红尘的味儿。

潘进富多少年一直没有什么变化，始终是一种斗志昂扬的状态。他拿到硕士学位后到一家日商投资的软件公司技术部工作，三年后任技术部副经理一年后升任经理。第六年竞争公司副总经理时，因对日商设置的不公平竞争环境不满而辞职，自己与几个大学同学一起也办了一个软件公司，发誓一定要超过日商公司。七八年下来，已形成了年销售收入4000多万元的一个企业，但他原任职的那家企业年销售收入已接近亿元。但他也没有歇气，还在不断努力着。

大家认为“混得较差”的是潘有林，他高中毕业后就回村务农了，但他自己却感到很满足。他说他年年有喜事，干什么成什么。比较得意的事有不少，如娶了不少小伙子追求的“村花”，而且家庭和睦；承包村里380亩水面搞养殖，每年有几万元的收入，吃穿不愁；儿子考上了师范学院。最得意的是去年村委会换届选举时，镇里在他们村搞直选，他被选为村委会主任，得票率高达82%。

潘有林自认为干什么成什么，对生活感到很满意，虽然比较起来，似乎他的人生欲望并不是很高，但平平淡淡的生活中却隐含着老百姓的家庭幸福。他们家庭一个个小欲望的满足构筑了整个社会文明稳定的基础。李跃余和潘进富在人生道路上一个个欲望的满足，走上一个个成功的台阶，人生欲望也在不断变化、不断上升。李跃余在同学中职位最高，但李跃余深感自己人生道路并不成功；潘进富开始的道路也是很顺的，一步步实现自己的人生欲望，一年年收获成功的果实，直到他当到副总经理的欲望未实现，才促使他产生另一种人生欲望——自己当老板。当老板后也干得不错，取得了不小的成果，但仍感到还需拼命努力，只是因为他要超过日商企业的欲望尚未实现。

从这几个同学看，他们的人生欲望有高有低、有远有近。其实，世上几十亿人，人生欲望也是千差万别的。正如诗云“横看成岭侧成峰，远近高低各不同”。2000多年前，孔子与子路、曾皙、冉有、公西华等弟子谈论志向时就表明了这层意思。

几人在座谈时，子路首先说出了人生欲望：一千辆兵车的国家，处在几个大国的中间，外面有军队侵犯它，国内又发生灾荒。我去治理，用三年的时间，可以使人人有勇气、懂道理。

冉有则表示：国土纵横各六七十里或五六十里的小国家，我去治理，用三年时间，可以使人人富足。至于修明礼乐，那只有等待贤人君子了。

公西华说：不敢说我能够做什么，我希望得到学习的机会。在国君祭礼或者诸侯会盟的时候，我愿意穿着礼服，戴着礼冠，做一个小司仪。

曾皙的志向与前三位有较大差异，他表达的是：暮春三月，穿着春天的夹衣，与五六位成年人，六七个小孩，在河水旁边洗洗澡，在舞雩台上吹吹风，然后一路吟咏而归。

四人有四种不同的人生欲望，显现了人生欲望的“远近高低”，不仅如此，时代不同，人们对这“远近高低”的看法也有不同的观点，不同的人也有不同的评论。孔子对他这几个弟子人生欲望的评论就有他自己的见解。他最终赞成曾皙的志向。在他眼里，曾皙的志向“高远”，因为符合他的学说精神。他对子路的表达是“哂之”，是因为子路不够谦让；对冉求、公西华的志向都有点不以为然，尤其对公西华有点失望，指出“赤也为之小，孰能为之大?”认为他的人生欲望远低于他自身的能力。

诚然，不同的人，其人生欲望也有“远近高低”，就是在同一个人身上，其人生欲望的“远近高低”也是存在的。“近”、“低”的欲望贴近自己的实际，例如一口一口地吃饭，一步一步地走路，聚集一个个小的成功；“远”、“高”的欲望还必须符合时代精神，伴着时代的步伐前进，任何有悖于时代前进方向的欲望都是注定不能实现的。

把自己的钱包抛过墙

《生活中的另类思考》中有这样一则轶事：有一位富翁在与人谈其成功经验时，在场的一位听众提出这样一个问题“假如您遇到了一道高墙，翻不过去时，您会怎么做呢?”那位富翁思考了片刻，便答道：“将自己的钱包先抛过去。”这句话听起来平淡，思考起来却很值得回味。

当把自己的钱包抛过高墙的另一面时，他当然会不顾一切地翻越过去。也许在平常，他确实越不过这样的高度，但此时他会翻越过去了。因为墙那边的钱包里有他的血汗，有他的辛劳，不能放弃它，不能没有它。因而，它激发起他的激情，使他最终跨越高墙。这钱包成了“拉”他过墙的牵引力。

再次获得自己的钱包是一种欲望，而人生欲望也是一种“钱包”，是希望将来要获得的“钱包”。高墙那边的钱包是曾成功地拥有并且渴望再次获得的东西；人生欲望是还未得到而渴望不远的将来成功获得的东西。两者在对人行为推动的意义上是一致的，都会促使人积极行动，尽快地获得；都会促使人调动一切能调动的因素，去跨越未曾跨越的“高墙”，去获得自己所想获得的成功。

美国人约翰·富勒的故事是千千万万把未曾获得过的“钱包”抛过高墙的人之一。他家中有7个兄弟姐妹，他从5岁开始工作，9岁就会赶骡子。他有一位了不起的母亲，她经常和儿子谈到自己的梦想：“我们不应该这么穷，不要说贫穷是上帝的旨意。我们很穷，但不能怨天尤人，那是因为你爸爸从未有过改变贫穷的欲望，家中每一个人都胸无大志。”这些话深深根植在富勒的心中，他一心想跻身于富人之列，开始努力追求改变贫穷的欲望。12年后，富勒接手一家拍卖公司，并且还陆续收购了7家公司。

谈及成功的秘诀，他还是用多年前母亲的话回答：“我们很穷，但不能怨天尤人，那是因为爸爸从未有过改变贫穷的欲望，家中每一个人都胸无大志。”富勒在多次受邀演讲中说道：“虽然我不能成为富人的后代，但我可以成为富人的祖先。”

一个人有了某种欲望之后便会调动各种因素指向它，靠近它，围绕着它不断地创新，不断地追求，直到真正地成功。那位富翁把钱包抛过高墙是如此，富勒要做富人的祖先也是如此。在我们的学习、工作和生活中，如果也有这种取得高墙那边“钱包”的欲望，就会有成功的希望；你的欲望有多强烈，就能爆发出多大的力量。当你有足够强烈的欲望去改变自己命运的时候，所有的困难、挫折、阻挠都会为你让路。这种欲望有多大，就能克服多大的困难，就能战胜多大的阻挠。当你在人生道路上有抛过高墙的“钱包”时，你就有了激发成功的欲望，你就会挖掘生命中巨大的潜能，去获得你未曾想过的成功。

决蹯求生的老虎

蹯，音fán，义为脚爪；决蹯，指挣断脚爪。这是先秦“老虎求生”寓言中的词，这则寓言说的是：有人埋下一个绳套而捕到一只老虎，老虎气恨交加，一怒之下竟挣断脚爪逃走了。

这是“老虎求生”的简单情节，文中写道：“虎之情，非不爱其蹯也，然而不以环寸之蹯，害七尺之躯者，权也。”意思是说，就老虎的心理来说，它并非不爱惜自己的脚爪，可是不能因为一个脚爪，而毁掉自己的整个生命。这就要权衡利弊看谁轻谁重了。

老虎最初的欲望是寻到食物，没想到落进了圈套，如果不改变原来的欲望，有可能整个生命就此终结。只有作出选择，舍弃一爪，逃脱成功，才能获得完全的生命。当然，实际生活中老虎会不会权衡，会不会有这种舍足保身、改变欲望的选择那是另一回事。但现实生活中，因环境和形势的变化，使原来的欲望已不大可能，或完全不可能实现，从而调整自己的欲望，重新向成功迈进，倒是明智之举。

如果说，形势和环境已发生变化，而欲望不随之作出适当的调整，那必然只有败路一条；如果说自己的内在因素，如能力、知识结构、思想水平等发生了变化，那你的欲望也就有变化的必要，如果不作适当调整，想要成功就很难了。实际上每一个人都会面临调整欲望的时刻，每个人也都会有调整欲望的经验。只不过是调整的多少、调整的大小、调整后的成败不同而已。不根据环境、不从自身实际出发频繁调整、不适当地调整或不调整都有可能白忙一生，得不到成功。从以往的成功经验看，大致有以下几种调整形式。

爱因斯坦式。爱因斯坦 1921 年获诺贝尔物理学奖，是一位很有才能的大科学家，但很少有人知道他在音乐方面也很有天赋，6 岁时就学拉小提琴，后来的水平已相当不错，曾经在西班牙宫廷乐队中担任过第一小提琴手。在他 12 岁那年读一本关于欧几里德平面几何的小书时，他又经历了一次新的惊奇，对他调整对小提琴的欲望产生了一定的影响。在得到此书之前，他已经成功地证明了毕达哥拉斯定理。通过这些定理证明，他明白了一切奥秘的神秘面纱都能够通过观察与思考来揭开，这促使他下定了研究自然界，解决宏观世界之谜的决心。在追求音乐和物理学两个人生欲望面前，他作出了选择，进行了调整，虽然后来小提琴终生不离其身，但对它的欲望已调整为业余爱好，而把大量的精力花在了自然科学的研究上。这种形式的调整是舍弃一种次要的欲望，而把毕生精力始终放在主要的、重要的欲望上。这里爱因斯坦舍弃的是音乐，而音乐后来实际上伴随了他的一生，对他的研究有启发，对他的成功有帮助。如果是一些无益、无助甚至于对主要欲望有阻碍的小欲望、次要欲望，就要果断地加以舍弃，以保证主干枝繁叶茂。

居里夫人式。人常常有一些并列的不同的人生欲望，并列一段时间后出现分歧，必须选择一个。犹如一个人在登山观风景，开始是一条路向上，有好几个风景区都在这一方向，走了一段时间后，出现了岔路，向右上方的路有一部分风景区，向左上方的路有一部分风景区，不可同时兼得，必须作出选择和调整。居里夫人就是这样一位登山者。她从小在私立学校读书时，算术、历史、文学、德文、法文、教义问题等各门功课都是第一。在青少年时期，她研究文学，精通英、德、俄、波兰等几国文字；她甚至要认识奥古斯特·孔德，要研究社会进化；她要改革既定的秩序，启发人民大众，她把门第和财富看得毫无价值。在20岁做教师时，她读社会学、物理学，同时与父亲通信借以增加数学知识。她是一个天资聪颖的人，觉得自己有能力学习人类已经发现的一切东西。就她青少年时期形成的民族意识、人道主义思想和在智力方面的发展，她完全有能力成功地多欣赏几处“风景”，但她没有骄傲地要“阅尽人间春色”，还是对自己的众多欲望进行了调整。她在40年后回忆当时的情景时写道：“我对于文学，也和对于社会学和科学一样地感兴趣。不过在这些年的工作中，我试着慢慢地找出我的真正兴趣所在，而我终于转向数学和物理学。”由此，她便有步骤地、耐心地向她选择的人生欲望攀登——24岁时进入法国的索尔本理学院；26岁得到物理学学士学位；27岁得到数学学士学位；再后来两获诺贝尔奖。

鲁迅式。鲁迅24岁不顾清政府指定入东京帝大工科所属采矿冶金科深造的规定，也无视当时清朝驻日公使和留学生监督的不满，毅然决意学医。可见他当时学医、成为一名医生的欲望是很强烈的。他说“学医的原因之一是因为我确知道新的医学对于日本的维新有很大的助力”，又说，当时“我的梦很美满，预备卒业回来，救治像我父亲似的被误的病人的疾苦，战争时候便去当军医，一面又促进了国人对于维新的信仰”。“做医生不是为了赚钱，而是为劳苦同胞治病出力。清政府以民脂民膏给我们出国留学，我们应报答劳苦大众”。

但是，后来一系列的事情使鲁迅的思想发生了变化，促使他要改变学医的欲望。首先是在一些受军国主义教育毒害的日本学生眼里，“中国是弱国，所以中国人当然是低能儿，分数在六十分以上，便不是自己的能力了”，这引起了鲁迅对于“医学救国”道路的怀疑。后来有一次在课间看画片时，看到了“久违的许多中国人，一个绑在中间，许多站在左右，一样是强壮的体格，而显出麻木的神情。据解说，那绑着的是替俄国做了军事上的侦探，正要被日军砍下头颅来示众，而围着的便是来赏鉴这示众的盛举的人们。”从那以后，他便觉得医学并非一件紧要的事，凡是愚弱的国民，即使体格如何健全，如何茁壮，也只能做毫无意义的示众的材料和看客。“所以我们的第一要著，是在改变他们的精神，而善于改变精神的是，我那时以为当然要推文艺，于是想提倡文艺运动了。”因而他放弃了学医的欲望，燃起了从文的欲望，最后成为伟大的文学家、思想家、革命家。

这种调整不是好高骛远的调整，不是空中楼阁的调整，而是基于对周围环境的正确分析、对自身实力正确估价上的脚踏实地的调整。这种调整有两种情况，一种是调高一个层面，一种是降低一个层面。如两个人登泰山，本来是要登到南天门就下山。一个人登到中天门就体力不支，觉得要登上南天门已无能为力，自身能力的不足促使他调整原先的欲望，主动降低一个层面，只在中天门北望岱顶，南瞰汶河。而另一个到了南天门后尚有余力，时间又宽裕，便产生新的欲望，要登上玉皇顶，领略“会当临绝顶，一览众山小”的韵味。人就是这样，不断地调整着自己的人生欲望，获得各种不同的成功，度过自己完整的一生。

人生欲望的机遇之缘

人们常说机遇难得，稍纵即逝，这是对那些没有心理准备的人而言的。实际上，机遇常常会以不同的形式，在不同的时间光顾每一个人，只有那些有强烈人生欲望的人才能识别它、抓住它，从而利用它助己走向成功。正如法国人尼科尔·贝弗里奇在《科学研究的艺术》中说的：机遇只垂青那些懂得怎样追求的人。

大家都知道达尔文的《物种起源》，他在书中提出的“进化论”对整个人类思想史产生了深远而广泛的影响，也是19世纪自然科学的三大发现之一。而这一宏伟巨著，这一伟大发现的重要基础，是一次机遇，那就是达尔文从1831年冬天开始随英国海军的“贝格尔”号舰进行的为时5年的环球考察。让我们翻开历史看看这次重要机遇是如何与达尔文的人生欲望碰撞的。

1831 年 8 月，剑桥大学博物学家汉斯罗收到了天文学教授皮克的一封信，要他推荐一位合适的人作为博物学家随“贝格尔”号参加一次约需要 3 年时间的（实际进行了 5 年）远海航行考察。首先，汉斯罗邀请了酷爱自然史的亲戚詹宁斯。詹宁斯起初欣然接受了这一邀请，但他是一位教区牧师，管辖着两个教区，因此他最终还是婉言谢绝了。后来汉斯罗自己也想去，不过他不愿使妻子伤心，所以决定留下来。最后，他想起了他年轻的朋友达尔文，并给达尔文写了一封信，邀请他参加这次远航。

达尔文是怎么对待这一邀请的呢？在这件事上发生了一系列动摇不定和意想不到的事情，这些情况一会儿使他几乎决心要去，一会儿又使他决定不去。他在笔记中写道：“我读了这一邀请之后，马上表示同意。”但是第二天早晨，达尔文因确信他父亲一定会坚决反对整个旅行计划，于是他就给皮克和汉斯罗回信谢绝了这一邀请。他在信中表述他父亲的反对意见时写道：“航行对我这个未来的牧师来说是不合适的。我既没有航海的习惯，准备的时间又太短；还有我可能同菲茨·罗伊舰长合不来。当然最主要的反对意见是进行一切准备的时间太短，因为不仅是在身体方面，就是在精神方面，都要对此有所准备。”

谢绝邀请后，他又重新过起那种他所习惯的生活。后来有一次他到舅舅家去打猎时说起这件事，他舅舅全家都主张他去。于是在舅舅家他就给父亲写了一封信，信中说，父亲非常敬重的乔斯舅舅与父亲的看法完全不同，请求父亲再一次考虑一下自己的决定，并且承诺，如果父亲坚决拒绝这次旅行，他就绝对服从。还肯定地说，以后永远不再提这个问题。另一方面，他把父亲向他列举的反对这次旅行的各种理由都一一写了下来，乔斯舅舅对其中每一条理由都提出了自己的反驳意见。

第二天，父亲非常恳切地表示同意这次旅行，于是他便立即奔赴剑桥，并且给皮克又寄了一封信。

可是突然又出现了一个意想不到的情况。菲茨·罗伊舰长表示反对达尔文陪同他去。这对达尔文来说，不啻当头泼了一桶冷水。

达尔文完全确信，他这次旅行已经吹了。不过他还是按照原先的打算，来到了伦敦，并且抱着侥幸的心理去拜访了菲茨·罗伊舰长。舰长非常热情地接待了他，对自己说的话作了解释：当时他希望他的朋友切斯捷尔先生能作为他的旅伴同他一道去。但是在达尔文来到之前的5分钟，他收到了切斯捷尔最后谢绝前往的通知。这样，这个位置就还空着。推荐达尔文来是再好不过了。多年以后，菲茨·罗伊向达尔文承认，由于他的鼻子的形状，他当时险些遭到谢绝。因为菲茨·罗伊的一个好朋友曾对他说，有着像达尔文这样鼻子的人，是不会具备这次航海所必需的精力和决心的。不过，他当时显然是把自己的怀疑藏在心里，立即同意了。

起航日期一拖再拖，达尔文的情绪低落了，他想念亲人，并且想到一离别就是3年，就感到害怕。天气不断使人感到郁闷和沮丧。此外，他还感到心脏有点痛，心跳过速，于是他就像那些只有一知半解的医学知识的青年人所经常表现的那样，猜想自己得了严重的心脏病，不过他没有去找医生，因为他怕医生不让他去航行。

直到这一年的12月27日，达尔文的环球航行才开始。如果不是达尔文自青少年时期逐步培养起来的对大自然探索的强烈欲望，这样的机遇，不用几经周折早就稍纵即逝了。

因而，机遇会公平地来到每一个人的面前，但机遇的大门不是对每一个人都敞开的，它只是对那些具有强烈人生欲望的人敞开，它只与那些有强烈追求的人结缘。

欲望之手操纵“飞来之功”

世界上任何会飞的东西都有动力的作用，“飞来之功”自然也有它的动力，这个动力就是欲望。一些人很羡慕成功者的好运，慨叹好运总是向成功者倾斜，认为成功的人都被天上掉下来的馅饼砸过。事实并非如此。

《生活文摘》2004年第4期上登过这样一则日本民间故事：

一个猎人出门打猎碰掉桌上的瓦罐，瓦罐落地摔得粉碎。大家认为这是不祥之兆，代表坏运气，劝他不要去打猎。这位猎人不信，坚持出门打猎。结果他打中了一只野鸭子；野鸭挣扎的时候，将一条大鲤鱼拍打到岸上；猎人收好野鸭去抓鲤鱼，又抓住了躲在草丛中的野兔的后腿；野兔拼命地挣扎，掘出了25个芋头；猎人去捡芋头，捡着了一只野鸡；猎人捡起野鸡，下面是13个鸡蛋；猎人捡起了鸡蛋，下面有好多蘑菇；猎人回到家，脱下他的肥裤子，里面蹦出了一大群湖虾。幸运的猎人最后满载而归。这一连串的好运就这样连珠炮式地砸向了猎人。

表面上看，猎人一连串的好运气是随着野鸭子的降临而降临的，而实际上他的好运是由他自己带来的，是由他的欲望之手操纵着的。猎人出门之前已有“不宜出门”的征兆，似乎出门打猎一定会有恶运相随，轻则一无所获，重则伤及自身。尽管如此，他仍然是力排众阻，毅然扛着猎抢去打猎。没有一种强烈的欲望推动着他，他是不可能这样固执地坚持出门的。这样，欲望对于他来说可能有三种。一种情况是，如果他是一个打猎爱好者的话，只是以出门完成这项运动为欲望；另一种情况是，他一心想获得猎物，哪怕只有一只野鸭，这是他燃烧在心的欲望；还有一种情况是，他只不过以打猎为借口，出门去会心上人。不过从这位猎人看，真正驱使他出门打猎的强烈欲望还是获得猎物，只有这个欲望才成就了他后来获得一连串东西的好运。如果是第一、第三种欲望，遇到那些东西他会不屑一顾，会对那些好运不领情，因为那时注意的应该是“运动”或者是“心上人”。由此看来，好运并不是空穴来风，而是受到欲望控制的，没有欲望，就没有好运。

有人说守株待兔故事里的守株人开始只是在大树下乘凉休息，并没有要得到一只野兔的欲望，那只野兔为什么找上门来呢？那位守株者如果平时没有喜吃野味的欲望，他自然不会感觉到那只兔子是送给他的“飞来之物”。正因为他有这种吃野味的欲望，他才把那只死兔子当成好运了。试想，如果那位守株者是一位动物保护者，他会感到是恶运，他会有安葬好那只野兔的欲望；如果他是一位素食者，更不会觉得是交了什么好运。

世界上许许多多的好运都是这样，一个没有与好运有关欲望的人，即使好运砸到他头上，他也会不识其貌，更不会迎接它、抓住它。

在苹果树下被掉下来的苹果砸到的人，牛顿不是惟一的一位，而被树上其他果实砸到的就更不知其数。惟有牛顿从中悟出科学定律。这就是苹果给牛顿带来的“好运”。但数千年来，苹果一直是向下掉落的，对于这一自然现象，人们早已司空见惯，没有要去探究什么的欲望，不去在意它，不去追究它后面所隐藏的玄机，没有动力促使人们去深入地思考问题。而牛顿却有着对自然科学进行探索的强烈欲望，正是这种强烈欲望驱使他去寻根究底，从一个人人可见的自然现象中获得启示，提出万有引力定律。

可见，好运是与人生欲望相连的。一个希望好运降临的人，不应在大树下等待，不应在野鸭边徘徊，而应认真地确定你的人生欲望，并沿着你人生目标的轨迹一步步地走下去，“飞来之功”就会在你的人生道路上等着你，好运会在你的人生旅途中降临到你身边。

飞蛾扑火几时尽——败也欲

FEI'E PU HUO JISHI JIN

尽管有祖祖辈辈留下的经验教训，可是火中仍有飞蛾扑来，覆辙上仍有新车倾倒，人生因欲望而失败的事仍一天一天地在续写下去。

喝干海水吃驴肉

天上龙肉，地下驴肉，说的是美味佳肴。“龙肉”没看人吃过，“驴肉”就成了这美味中的“精品”了。这不，法国作家拉封丹笔下的两条狗竟要喝干海水吃驴肉呢。

他的寓言诗《一头死驴和两只狗》写的是两只狗看到远处的海面上漂着一头死驴。那死驴被风吹着，离他俩越来越远。甲看到死驴觉得可以用来填饱肚皮，但不知如何才能弄到手，因为死驴离它们太远了。它灵机一动，对乙说“我们还是来把这片水喝干吧，到那时，驴肉也晾干了，我们一个星期的食粮也有了”。于是两只狗便拼命地喝起海水来，喝得上气不接下气，一直喝到胀破肚皮断了气。作者最后写道：

人也生来如此。当他热衷于某件事，
头脑里就从未想过办不到。
他有过多少心愿，又为此到处奔波，
他对荣华富贵又存有过分的奢望：
要是我能扩充疆土，
要是我能把钱柜装满金币，
要是我能……

所有这一切，就是要喝的海水，

但是人们觉得大大的不够。

为了满足一个人的头脑里的种种计划，

人就得有三头六臂，而且我想，也许还不能完成任务，

只落得个半途而废。

这两只狗自然是以失败而告终。它们的失败是它们的欲望严重脱离实际造成的。它们既对自己的能力缺乏正确的估量，又对客观事物一无所知，失败是可想而知的。可是人们在取笑狗的时候，自己往往也在干傻事。狗是不知不可为而拼命为，人是明知不可为而为之，自觉和不自觉地干着“喝干海水”的事，膨胀着“喝干海水”的欲望。这种膨胀了的欲望主要有三种情况：

一是好高骛远。《孽海花》中有一个人物叫珏斋，曾朴这样写他：“珏斋尤其生就一副绝顶聪明的头脑，带些好高骛远的性情，恨不得把古往今来名人的学问事业，被他一个人做尽了才称心。”古往今来多少名人？珏斋不知道。不说他的头脑是否能抵得上一个名人的，就是他有三头六臂又怎么能达到他这样的欲望，不是想“喝干海水”是什么？欲望远远高于自己的能力，怎么努力也达不到，到头来只能耗时、耗财、耗精力，而且什么成果也得不到。那为什么又劝人志存高远呢？“志存高远”与“好高骛远”是有本质区别的。“志存高远”的“高远”是现实情况下自己经过拼搏可以达到的；“好高骛远”的“高远”是现实情况下没有条件（即使拼命）也达不到的。

二是贪大求全。不顾客观情况和环境的变化一味地求大、求全。改革开放以来，我国出现了不少“富豪”，资产在几年内超千万、超亿元，恨不得全国的钱都给他们赚，但不过几年又迅速“小”下去，不见了他们的踪影。不仅在中国，外国也是这样。不少企业迅速地“发展壮大”，资产按几何级数不断地增长，但最后又迅速地倒闭、破产，最终没能逃脱喝干海水的失败。这些例子太多了。

印尼阿斯特拉国际有限公司的创始人谢建隆以 2.5 万美元起家，经过不懈努力，终于建立起一个以汽车装配和销售为主的王国。鼎盛时期，公司拥有 15 亿美元的资产，年营业额达 25 亿美元，占领着 55% 的印尼汽车市场。1979 年，谢建隆的大儿子以2.5

万美元成立第一家企业——苏玛银行。当时印尼经济刚开始腾飞，政府信用扩充，天时配合。又凭着“谢建隆”这个金字招牌，他以很少的抵押就贷到了大笔资金。接着，他投资金融保险业和房地产开发，资本迅速扩张，并在10年之内形成包括投资金融、保险和房地产开发等产业的10亿美元的资产。然而，这一切是建立在债务上，而不是稳扎稳打上的。他10年的经营似乎只知道“以债养债”，不计代价地成长，基础极其脆弱，没有一些像样的经济实体与之配合，如果形势变化，危险便会接踵而来。果然，到了1990年底，印尼政府实行一系列紧缩政策，银根收紧。苏玛集团顿时陷入难堪的境地——苏玛银行的贷款无法回收，经营的房地产又不易脱手，而高达5亿美元的债务，单是20%以上的利息就足够拖垮集团。而当储户们听说苏玛银行出现问题时，又开始抢兑，从而一发不可收拾，苏玛集团岌岌可危。谢建隆惟一能采取的补救措施是以阿斯特拉的股票作抵押来为儿子筹措资金。想不到，“屋漏偏逢连夜雨”，阿斯特拉公司的股票又因印尼经济萎缩，汽车市场疲软而价格下跌，结果犹如推倒多米诺骨牌那样，父子俩同时破产。

三是求全之毁。这个成语本意是要求完美无缺，反而遭到诋毁。这里借用是说在欲望上要求完美无缺，反而导致失败。你看那些体育比赛的运动员，头脑里越是想动作完美、不能有半点差错，越是失误频发。这种十全十美的欲望，对人要求十全十美，对自己要求完美无缺，对事要求尽善尽美，这都是不符合客观规律的，最终是失望、绝望，从而走向失败。

这几种情况归根结底，就是脱离实际，脱离客观环境的实际，脱离自身条件的实际，这样只能在“好高”“贪大”“求全”中走向失败，在失败的“海水”中挣扎。

东家就食西家宿

南宋诗人范成大的《偶事》一诗中有这样几句：“出处由人不系天，痴儿富贵更求仙。东家就食西家宿，世事何缘得两全。”其中“东食西宿”的故事讲的是：战国时齐国有个美丽的女子，有两家都向她求婚。东家的儿子长得丑，但富有；西家的儿子贫穷，但英俊。她的父母一时难以作出决定，就征求女儿的意见，问她愿意嫁给谁？那女子想说又没开口，父母以为女儿不好意思开口，就说："喜欢东家就举出左手，喜欢西家就举起右手，以让我们明白。"谁知女儿举起了双手，父母吃惊地问女儿是什么意思。她羞羞答答地说："我愿意嫁到东家去吃饭，嫁到西家去过夜。"

嫁人是一辈子的事，齐女嫁出以后要过好日子也无可厚非，但她要一女同时二嫁，谁家能接受呢？如果她坚持两个欲望都要满足，恐怕只能是嫁不出去的结果了。

不要笑这位美丽的齐女奇怪的决定，其实一个人在社会生活中经常会碰到这种两难选择，在鱼和熊掌不可兼得的情况下，肯定会有一些人作出像齐女那样的决定。有时面对的不仅是两种欲望，可能是更多的欲望，不管有多少欲望，那个齐女的决定都是不可取的，因为这样的决定可能会有让她面对失败的结局。

一种可能是会出现什么都落空的结局。什么都想要却什么都要不到，欲望过多，方向不一，力量分散，结果是什么也没得到，一个欲望也不会得到满足。史书上记有一个楚王打猎的故事：楚王在猎场正到处寻觅，突然一只兔子从草丛中蹿出，楚王弯弓搭箭；正要射猎时，忽然从他的左边蹦出一只山羊，于是他把箭头又对准山羊；正在此时，右边又跳出一只梅花鹿，楚王又重新掉转箭头对准了梅花鹿；忽然从树梢飞出一只苍鹰，楚王最终选择了苍鹰，待要瞄准时，苍鹰已迅速在空中划过一道弧线远遁而去。待到楚王回过头来找其他的猎物时，前面的目标早已无迹可寻。楚王拿着箭比划了半天，结果一无所获。

前面一个欲望还未满足，接着就放弃，产生一个新的欲望。从兔子到山羊，到梅花鹿，再到苍鹰，猎物一个接一个，只要楚王盯住一个就有可能获得猎物，但可惜楚王眼花缭乱，结果个个想得，一个未得。当这么多欲望出现在眼前时，必须忍痛割爱，选定一个，追求下去。或打时间差等第一个欲望满足之后再去追求下一个欲望。道理很简单，做起来却不容易。要懂得这时"忍痛"是"小痛"，是为了今后不两手空空而"大痛"的道理。如果这时不愿"忍小痛"，什么都要拥有，什么都不放，什么都不舍，那今后你就得承受什么也没有的"大痛"。其实放弃多个目标是为了突出放大一个目标，此时忍痛是为了今后不痛。

另一种可能是会出现拣了芝麻丢了西瓜的结局。在许多欲望面前，如果样样都不放过，个个都想拥有，最后出现的很可能是得到的是小芝麻，而放掉的是一个大西瓜。个个都想拥有，说明他根本不懂选择，不会选择，不知孰轻孰重，最后即使得到了一定的满足，也只能是次要的、微小的，而放掉的则是本质的、重要的。所以人们常常讲“伤其十指不如断其一指”，这“一指”就是“西瓜”，就是重要的关键的东西。在众多欲望面前要有所选择，有所放弃，才能有所得。

还有一种可能会出现四不像的结局。有的人自以为聪明过人，能同时享受几种欲望，同时抓住几只兔子，而实际上几种欲望都未实现，几只“兔子”都不是真兔子，而是“四不像”。就如荀子在《劝学》中所描写的梧鼠。

其实，任何人都不可能同时逮住不同方向同时奔跑的两只兔子。都不能满足同时出现的几种同样吸引人的欲望，鱼和熊掌总要有所选择，有所放弃。既要有眼光、有能力抓住你最喜欢的那只兔子，又要放弃那些抓不到的或一般的兔子，坚决放弃那些难以实现的欲望。这里的放弃不是消极避世，不是不思进取，而是一种明智的选择，是一种切合实际而又科学合理的追求。

布利丹笔下的毛驴

前面说过，同时出现几个对自己来说都有吸引力的目标，如果不果断地作出抉择，就只能坐失良机，只能与失败为伴。然而还有一些人在面临数种选择时，迟疑不决，左右摇摆，任凭那些目标在自己眼前飘忽，最终就像布利丹笔下的那头什么都没得到的毛驴。

布利丹是14世纪法国哲学家，他曾用过一个毛驴的例子。如果一头毛驴处于两堆数量、质量和离它距离都完全相等的干草之间，它虽有充分的选择自由，但因没有任何理由确定两堆干草的优势，它也只能站在原地不动，最后只能饿死。

这个例子看起来有点过于典型，但说明的道理是很清楚的，就是借毛驴来讽刺那些在多种事物的选择中优柔寡断、动摇不定的人。在两堆同样的食物面前，毛驴想的是两堆同时拥有的问题，还是想的是先吃哪堆、后吃哪堆的问题，不得而知。但它在两堆美食之间犹豫不决、踌躇不前，确实让人感到他是在进行激烈的思想斗争，可惜没有个结果，反而把救自己生命的宝贵时间白白浪费，让能成功自救的机会越走越远。

现实生活中有三种人在机会面前、在决策的时候会优柔寡断：

一种是利欲熏心的人。利欲熏心的人满眼都是私利，看不清需要决策对象的优劣利弊，看不清事物的轻重缓急。只要是利他都要，一个也不能丢，一点也不能少，只要是害他都不能承受，也不愿承受，更不懂去化害为利。这样的人被一己之利所蒙蔽，只能像那只毛驴一样左右草堆都想要，最后都得不到。

一种是缺乏自信的人。对问题的状况不清，对事物的发展判断不准，或者是作出了判断又犹豫不定，反反复复改变自己的判断、推测和决定。成语“首鼠两端”就是这些人的写照：老鼠生性多疑，走出洞外时，总是两头观望，畏首畏尾，进一步、退一步，又要顾这头，又要顾那头。那种缺乏自信的人，正是与这老鼠一样没有主见、畏畏缩缩、遇事举棋不定，只能是落得大事办不了、小事办不成的结局。

一种是无知无智的人。犹豫不决是以无知为基础的。对事物缺乏全局的理解，无认识事物所需的知识，无判断事物所需的智慧，他就不可能审时度势，不可能抓住事物的本质，由此不是犹豫不决就是轻举妄动。果断正确地决策，靠的是一个人对问题、对事物的全面深刻的了解，靠的是对解决问题的方法、途径的正确选择和把握。因而，指望那些没有科学知识、缺乏正确思维方法、缺少判断能力的人去作出果断、正确的选择是不可能的。

心理学家认为，如果一个人在确立目的的过程中同时具有两个或多个起作用的动机，而这些动机又不可能同时得到满足，就会产生动机冲突。上述不同欲望的抉择实际上就是心理学家所说的动机冲突。动机冲突的情况是很复杂的，心理学家勒温按接近和回避两种倾向的结合方式，作了如下分类：

双趋式冲突。有时，一个人的面前同时存在两个并存的目标，而且这两个目标具有同样的吸引力或引起程度差不多的欲望，当这个人因实际条件的限制无法同时实现两个目标时，就会在心理上造成左右为难，难以取舍的冲突，形成双趋冲突，又可叫正正冲突。例如，三角恋爱，一个考生同时收到两所他都喜欢的不同大学的入学通知书，等等。左右为难，难以决定。等你做了决定，就会体验到一种挫折。因为你得到的只是其中之一，虽然得到了自己喜欢的，但失去的也是自己喜欢的。解决这种冲突的办法是必须放弃其中的一个目标，二者不可兼得。

双避式冲突。当同时产生两个对人都具有危害性的事件时，个体当然都想躲避。但迫于情势，如果想躲开一件，则无法躲开另一件。在这种情况下，这个人将不得不选择其中一件，作为避开另一件的条件，而在作出这种抉择时，就会出现双避冲突，又叫“负负冲突”。如“前怕狼、后怕虎”，就必须要勇敢地面对一个，这种进退两难的处境便要引起双避式冲突。解决这种冲突的办法是“两害相权取其轻”。

趋避式冲突。一个人为了实现某个有意义的目标，必须付出代价，有时甚至会有生命的危险，或胜负参半。在这样的情况下作出抉择，就会导致趋避式冲突，又叫“正负冲突”。例如，一名学生想参加校足球队为学校争光，又怕耽误时间影响自己的学习等，这就是趋避式冲突。西汉政治家贾谊写的“投鼠忌器”的比喻也是属于这一类的问题，解决这种冲突的最好办法是“舍利取义”。

双重趋避式冲突。这种冲突往往在两个或多个目标对一个人同时既有利又有弊、既有好处又有害处的情况下发生。如，在选择工作岗位时，一种岗位物质待遇优厚但地位不高，另一岗位地位高但物质待遇差，这样的情况会引起双重趋避式的冲突，又叫“双重正负冲突”。

朝秦暮楚悟空脸

明知是死胡同，仍然一条死巷走到底，不作方向、路径的调整，这不是眼盲，而是心盲；不明前途是否可行，就不时地拐弯转向，忙得团团转的，不是真忙，而是瞎忙。一个人的人生欲望确定以后，必须有一种持之以恒的精神，有一种坚持走下去的力量，在这条路上调整不调整，必须看与人生欲望相关联的主客观是否发生了变化，主客观发生变化，你的人生道路就应随之作相应的调整。这时如果不变，那就只能是固步自封或是墨守成规了。但是，主客观未发出需调整的信息，却不住地调整自己的人生欲望，像孙悟空的脸一样多变、善变，变得太频太多，那只能说你没有成熟或没有主见。

《列子·说符》中用了一个成语，叫“歧路亡羊”，意思是岔道太多，无法找到丢失了的羊。这是很多人都听说过的。而战国时的哲学家听说这故事后，又引出了一个故事，这就是“亡羊悲思”。杨朱听了“歧路亡羊”后脸色忧伤，整日没有言笑。他的门人很奇怪，就问杨朱：“羊只不过是一头畜牲，又不是你的家财，你为什么为丢羊的事闷闷不乐呢?”杨朱没有回答，后来有一个叫心都子的弟子通过与杨朱交谈悟出了他的心思：“羊因为道路有许多岔道而跑失了，学习也是一样，如果没有确定的目标将一事无成。”实际上所有的人生欲望都是这样，如果“岔道”过多，也将一事无成。这里的“羊”就是欲望所指向的目标，“岔道”就是指变来变去的欲望。实际道路上的岔道人有时还能辨认，而人生欲望中的“岔道”却不易辨认，有时是在自觉或不自觉之中走上了岔道。使自己的人生欲望多变的情况主要有下面几种，我们必须加以注意。

人生欲望随“大流”而变。确定了人生欲望，然而环顾左右不少人与自己的指向目标不一样，便改变自己的人生欲望，使之与其他大多数相一致。这种人多数知识、能力水平较低，对自己缺乏自信，只能随“大流”。人家想的就是自己想的，人家的欲望就是自己的欲望，随着大家的人生欲望变化而变化。就像一个不懂得开拓市场的人，跟着流行走。看到今年流行“这个”，他去做“这个”；流行“那个”，他去做“那个”。到他的产品做出来，市场上又流行别的了。结果总是慢人一拍，人家成功了，他却失败了。一个真正有坚定的世界观、价值观的人是不会盲目随“大流”变化而变化的，他会坚定不移地走自己的路，去开辟自己的前程。

人生欲望随“权威”而变。唯“权威”是瞻，随“权威”而转，或是屈从于霸权，或是服从长官意志，或是遵从学术权威，致使自己的人生欲望不切合自己的实际，自然也很难有成功的机会。

弗洛伊德从书中读到，有些印第安人嚼食含有可卡因的古柯叶可以增强体力，让人精力旺盛，适应各种贫困和艰苦的生活。弗洛伊德在自己身上试验了从别人手里赊购来的可卡因。他只服用了0.05克，马上愉快地发现，自己处于一种“惬意状态”，好像刚刚美美地吃过一顿似的，什么也不想，什么也不必想。于是他便视可卡因为一种奇特的神药，向外界宣称，“服用可卡因根本就没有酒精兴奋引起的衰老感觉，也没有服用酒精后的不适感……”他还说，“在首次或多次服用了可卡因之后，根本没有出现过想再服可卡因的要求，反而会无缘无故地对这种物质产生一定的厌恶”。后来的事实证明，弗洛伊德因受那本书的“权威”影响，自己的实验草草收兵，草率下结论；后来他的朋友以及其他人受他的“权威”影响服用可卡因走上吸毒的道路，他的一位同事在他的推荐下服用可卡因上瘾，最后毒性发作痛苦地死去。

人生欲望随着“假象”而变。人生欲望要根据主观、客观的实际而定、而变，但主客观有时会呈出一种假象，如果看到这假象就认为是转向的信号，那又会上当受骗，走上失败的道路。在我国古代战争史有过许多像“声东击西”、“围魏救赵”、“空城计”等之类利用假象蒙蔽敌人的战例。

不因时而变，你的人生欲望不会成功；但浅尝辄止，变换不止，你一样不可能有人生欲望的成功。

声色犬马《后庭花》

唐代诗人杜牧有一首千古流传的七绝，叫《泊秦淮》，诗中写道：“烟笼寒水月笼沙，夜泊秦淮近酒家。商女不知亡国恨，隔江犹唱后庭花。”

《后庭花》又叫《玉树后庭花》，是南朝陈后主所谱的一首歌曲。内容是形容其贵妃的美丽姿色。词句格调低下，淫秽轻薄。陈后主又是一个什么样的人呢？他是一个亡国之君。其之所以亡国，一个重要的原因是他不理朝政，酷好声色。陈后主为讨嫔妃欢喜修建了三栋楼阁。三栋楼阁的窗户、悬楣、栏杆等都是用沉木和檀木制成，并用黄金、玉石或珍珠、翡翠加以装饰，门窗外挂珠帘，内设宝床宝帐，珍奇宝物数不胜数。三阁建好后，整天与嫔妃在三阁中轮流取乐。公元588年底，正当陈后主带着他的贵妃浅斟低吟，表演《玉树后庭花》之时，隋文帝杨坚派遣的大军已向江南进军。消息传入南陈，陈后主自恃长江天险，每日仍奏乐歌舞，纵情饮宴。当隋军攻入宫门，文武大臣都跑光了，这位迷于声色的皇帝才急忙带着二位贵妃躲入后庭景阳殿前的枯井中。陈朝遂亡。后来，人们就把他们吟唱的《玉树后庭花》等曲称为亡国之音。

一国之君的欲望不在治理国家，使国家强盛、人民富裕，而在声色之中，亡国是必然的。声色本身并无大害，关键在于什么人去近声色，什么时候近声色，近什么样的声色。就一个乐师来说，整天声来乐去，只能说他精益求精；就一国之君来说，整天沉溺于声色之中，那就是亡国之君。

有了这些低层次欲望的追求，就不可能有国家的强盛、人民的富裕，不可能有家业的兴旺、个人的成功，只会造成治国的亡国、治家的败家、治学的荒业。因为，沉溺于低层次的欲望中，就只能追求自己一时的物质感官的刺激，追求一己之利，追求个人的享乐，就不可能去追求生命中更高价值的东西。这种人“处利则要人做君子，我做小人；处名则要人做小人，我做君子”，“以奢为有福，以杀为有禄，以淫为有缘，以诈为有谋，以贪为有为，以吝为有守，以争为有气，以嗔为有威，以赌为有技，以讼为有才”。而不是如德国哲学家黑格尔所说的：“理想的人物不仅要在物质需要的满足上，还要在精神旨趣的满足上得到表现。”一个人只有具有了那种高尚的精神，他才会充满活力，奋勇向前，才会在高尚的人生欲望追求中获得满足。

生不逢时天亡我

《史记·项羽本纪》对项羽最后由困而灭的过程有三段这样的记述：

项王军壁垓下，兵少食尽，汉军及诸侯兵围之数重。夜闻汉军四面楚歌，项王乃大惊曰：“汉皆已得楚乎？是何楚人之多也！”……于是项王乃悲歌忼慨，自为诗曰：“力拔山兮气盖世，时不利兮骓不逝。骓不逝兮可奈何！虞兮虞兮奈若何！”

……至东城，乃有二十八骑。汉骑追者数千人。项王自度不得脱，谓其骑曰：“吾起兵至今八岁矣，身七十余战，所当者破，所击者服，未尝败北，遂霸天下；然今卒困于此。此天亡我，非战之罪也。今日固决死，愿为诸君快战，必三胜之，为诸君溃围，斩将，刈旗，令诸君知天亡我，非战之罪也。”

……乌江亭长舣船待，谓项王曰：“江东虽小，地方千里，众数十万人，亦足王也。愿大王急渡。今独臣有船，汉军至，无以渡。”项王笑曰：“天之亡我，我何渡为！且籍与江东子弟八千人渡江而西，今无一人还，纵江东父兄怜而王我，我何面目见之！纵彼不言，籍独不愧于心乎！”……乃自刎而死。

一代霸王，几年时间由盛到衰到亡，最后自刎而死，场面惨烈悲壮。他在临刎前一次说到“时不利兮”，三次说到“天之亡我”，可憾可叹，更可悲。诚然，先是“四面楚歌”，后又有老汉故意指错路将他逼入沼泽，一困再困，似乎真的已到山穷水尽之时。同时，他为了证明不是自己无能而是“天亡我”的失败原因，还使出“力拔山兮气盖世”的“英雄”本色，左冲右突，“溃围、斩将、刈旗”，三胜追兵，确实显示他的勇猛无比，但再神还是没逃脱失败灭亡的结局。他把自己失败的原因归之为“时不利兮”“天之亡我”。天真的想灭他吗？天真的能灭他吗？其实，天无绝人之路。就是在那样看来再也逃不脱的绝境中，竟然迎面过来一条船，且茫茫乌江仅有这一条船，渡过去便又有了生机，又有了东山再起的机会。但他没有渡河，而是选择了死。可见，想灭他，能灭他的不是“天”而是他自己，是他的欲望。

在攻克咸阳之后，他衣锦还乡、光耀故里的欲望，使他失去了称霸天下的基础；此后刚愎自用，有过强的自尊欲望，而无半点困境中奋进、东山再起的欲望，使他很难听得进别人的意见，更不可能检讨自己的过失、承认自己的失误。即使是死到临头，还是死要面子，不能放弃“至高无上”的欲望，不低头思考一下失败的原因，不敢在强敌面前承认暂时的失败，不敢在江东父老面前承认自己的失误，这种强烈的自尊欲望是牵引他走向上失败、失去东山再起机会的一个重要因素。正如司马迁在《史记·项羽本纪》最后评论中所说的：“自矜功伐，奋其私智而不师古，谓霸王之业，欲以力征经营天下，五年卒亡其国，身死东城，尚不觉悟，而不自责，过矣，乃引‘天亡我，非战之罪也’岂不谬哉！”

人的一生总会有顺境、逆境，有的人处在顺境的时间长些，而有的人则处在逆境的时间多些。处在逆境时，有些人会表现出一种非常消极的情绪，如忧伤、沮丧、烦躁、彷徨、郁闷、消沉等。如果是自己事业无成，常有失败，就会怨天尤人，诅咒别人，诅咒天地，就是不找找自己的原因；如果是自己不被重视、重用或无用武之地，他会觉得生不逢时，发出“既生瑜，何生亮”的慨叹。所有这些不良情绪都会使一个人无法跳出从逆境走向逆境，从失败走向失败的循环怪圈。

有这种状况的人无非有三种根源。一是这种人开始追求的欲望与主客观实际差距较大。要么是他主观能力根本达不到那个欲望的高度，要么就是他的主观努力不足，或者是他的欲望在当时的客观条件是不可能达到的，硬要满足那样的欲望，被碰得头破血流。屡败屡战，看似悲壮，实是无知，最后只能以“天之亡我”解脱。二是得不出一败再败的真正原因。有些人碰到一点挫折，不是认真地去查找原因，而是相信宿命论的观点，总认为“天”在为难他，只能俯首贴耳，听天由命。三是没有直面困境的勇气。碰到一点困难就精神萎靡，就认为“老天”不公，认为自己“命”不好，而不是去勇敢地面对困难，想方设法去克服困难，总是在困难面前退缩，被困难所压倒。

人人都会遇到逆境。逆境会给你的人生追求制造各种麻烦，但逆境不是绝境。在逆境来临的时候，如果及时查找原因，及时调整欲望，勇敢面对它，正视它，在困境中继续努力而不灰心丧气，继续坚持走好自己的人生路，便会有“柳暗花明又一村”的境况出现。正如司马迁所说：

古者富贵而名磨灭，不可胜记，唯倜傥非常之人称焉。盖文王拘而演《周易》，仲尼厄而作《春秋》；屈原放逐，乃赋《离骚》；左丘失明，厥有《国语》；孙子膑脚，修列《兵法》；不韦迁蜀，世传《吕览》；韩非囚秦，《说难》《孤愤》；《诗》三百篇，大抵贤圣发愤之所为作也。此人皆意有所郁结，不得通其道，故述往事，思来者。乃如左丘无目，孙子断足，终不可用，退而论书策以舒其愤，思垂空文以自见。仆窃不逊，近于无能之辞，网罗天下放失旧闻，略考其行事，综其始终，稽其成败兴亡之纪，上计轩辕，下至于兹，为表十，本纪十二，书八章，世家三十，列传七十，凡百三十篇。

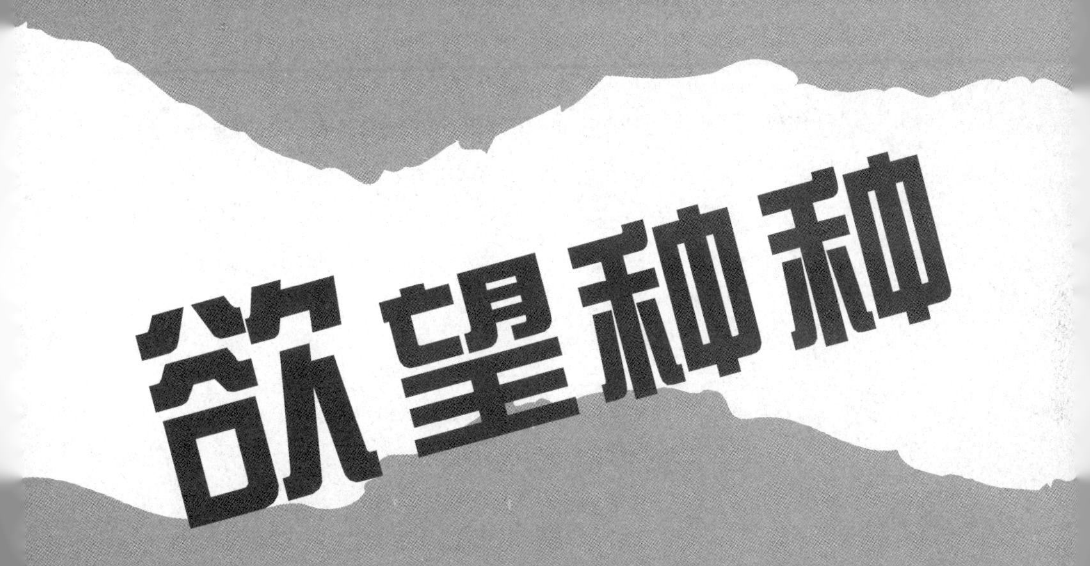
欲望种种

志在成功，必有一成——成功欲

ZHIZAICHENGGONG，BIYOUYICHENG

每一个成功者的背后都有股巨大的力量，在支持和推动着他们不断地向前迈进，这股力量就是成功欲。

求成若渴，成功就会不远

成功的欲望是行动的力量，是创造的源泉。一旦拥有了这一欲望，意识中就会激发起一种信心，在内心深处就会澎湃着一种激情，使人释放出无穷的热情、精力和智慧，进而去追求成功。

心理学家的研究也表明，在学校里智力相近的人中，成功欲望高的人比成功欲望较低的人成绩好；在社会上，受过同样训练而且提升机会相同的人中，成功欲望高的比成功欲望低的人升得要快。

不能说有成功欲望的人就一定会有大的成功，但可以说，没有成功欲望的人一定不会成功；不能说有成功欲望的人一定会有很多成功，但有成功欲望的人必定会有一些成功。

有成功欲望不是嘴上说：“我要成功！我要成功！”那种小和尚念经式的，是有口无心，嘴里有，心里没有。真正的成功欲望，如人饥饿时要吃饭、口渴时要喝水的那种发自机体内的强烈要求，是来自心灵深处的坚强信念。这种成功欲望至少包含坚定的目标和坚强的信念。

我国“冬泳之王”王刚义“我就是想当英雄”的语言，就是一种强烈的成功欲望。50 岁的王刚义是一名大学教授、律师。他从2001年开始冬泳，曾创造了五项吉尼斯冬泳世界纪录。先后征服南极长城湾、智利大冰湖、韩国汉江、日本北海道、北大西洋泰坦尼克号沉没处海域以及美国纽约冰海等低温水域。他承认自己多次与死亡擦肩而过，但他说："我的经历造就了我刚强不屈的性格，我就想当英雄，人活着需要一种精神。"

"我就想当英雄"，就是他心中的成功欲望，就是他人生的方向，是他人生成功的标准。正是这种成功的欲望激励他"生命不息、奋斗不止、挑战自我、永不放弃"，激励他去展示中国人民勇于拼搏、不屈不饶的民族精神和当代中国人的精神风貌。他还随身带着一面旗帜，上面写着：我是中国人。这面旗帜是他成功欲望的外在表现，在一直引导着他前进。实际上，每一个成功者心中都有一面旗帜，引导着自己走向成功。

罗杰·罗尔斯是美国纽约州历史上第一位黑人州长。他出生在纽约声名狼藉的大沙头贫民窟。这里环境肮脏，充满暴力，在这儿出生的孩子，耳濡目染，从小逃学、打架、偷窃甚至吸毒，长大后很少有人从事体面的职业。然而，罗杰·罗尔斯走上了另一条道路，他不仅考上了大学，而且成了州长。在谈到他的奋斗历程时，他谈到了自己上小学时的皮尔·保罗校长，是这位校长激发了他的成功欲望。

皮尔·保罗校长初进大沙头诺必塔小学时，发现这儿的穷孩子不与老师合作，旷课、斗殴，甚至砸烂教室的黑板。校长想了很多办法来引导他们，可是收效甚微。后来他发现这些孩子都很迷信，于是在他上课的时候就多了一项内容——给学生看手相。他用这个办法来鼓励学生。当罗尔斯从窗台上跳下，伸着小手走向讲台时，校长说："我一看你修长的小拇指就知道，将来你准是纽约州的州长。"当时，罗尔斯大吃一惊，因为长这么大，只有他奶奶让他振奋过一次，说他可以成为五吨重小船的船长。这次，校长竟说他可以成为纽约州的州长，着实出乎他的意料。他记下了这句话，相信了它。

从那天起，"纽约州州长"就像一面旗帜，在前面引领着罗尔斯长大，引领着他走向成功。他的衣服不再沾满泥土，说话时也不再夹杂污言秽语。他开始挺直腰杆走路，在以后的40多年间，他总是按州长的标准要求自己。51岁那年，他终于成为了州长。

"将来你准是纽约州的州长"只是校长用来引导罗尔斯遵守学

校纪律的一句善意的谎言，倒不是校长慧眼识人才。然而，罗尔斯却是当了真。他把那句话深深地植根于自己的心田，让他生根、发芽，长出了成功的欲望，结出了“纽约州州长”的果实。

从成功者的成功欲望中，我们看出成功欲望中的方向基本是向前的，朝着一个方向，很少有变化的；而其中的“位”却是在调整的。这个位有的是超过心中所想的某一个人、某一类人、某一群人；有的是心中确定的某一个地方，或某一个量化的标准。像一个标杆树在心中，随着人们奋斗。一些标准不断地被超越，心中的标准又不断地在提高。如王刚义要征服一个又一个的低温水域，征服了后又可能提出在水温上不断下降，在入水的时间上不断延长，挑战自己的极限。当然也有减低标准的，原来成功欲望的标准偏高，自己不断努力，却一败再败，进行得很不顺利，这时人们会暂时退一退，降低一下标准，从较低的标准一步步向上超越。

这是成功欲望的一个要素。它的另一个要素就是坚定的信念，它使人历经艰辛而百折不挠，愈挫愈坚，最终成功实现目标。

一次，普鲁士国王因其率领的军队又被英格兰军队打败，在一所古老的茅屋里避难，这是他第六次被英格兰军队打败。他沮丧地躺在柴草上，看着一只蜘蛛在结网。他没好气地毁坏了蜘蛛将要完成的网，然而蜘蛛并不理会，立刻继续工作，又去结一个新网。国王又把网破坏了，蜘蛛又开始结另一个网。普鲁士国王开始惊奇了：“我在英格兰军队面前败了六次，我已准备放弃再打下去了。假使我把蜘蛛的网破坏六次，它是否会放弃它的结网工作呢?”于是他又开始毁坏蜘蛛结好的网，连续六次，蜘蛛对这些灾难毫不介意，又开始第七次做新网，终于成功了。国王被这种精神所打动，内心的热情重新被激起，胜利的欲望又一次被点燃。他再次招募新军，精心准备，终于打败了英格兰军队，把英格兰人赶出了普鲁士的国土。

蜘蛛就是要织好一张完整的网，不管风吹雨打，还是外力的破坏，都是一门心思织网。如果没有胜利的欲望，就只有在那柴草堆上失望沮丧；要想胜利，就要有蜘蛛那种把网织好的顽强劲头。

人需要的也是这种强烈的成功欲。是一名学生，就应有强烈的求知欲；是一名商人，就应有商场获胜的欲望；是一名科技工作者，就应有不断攻克科技难题的欲望；是一名体育运动员，就应有取得最佳成绩、战胜对手的欲望。著名美籍华裔物理学家、诺贝尔获奖得者丁肇中教授说过：“我毕生的追求，就是满足自己的好奇心，也就是兴趣。”有了这种欲望就会激发你的智力、发挥你的潜力，使你无论遇到什么困难，都会一往无前地奔向成功。

人生成功的点线面

给你一滴水，让你从二楼上把这滴水滴进地面上的一个瓶子里，这个瓶子的口径比这滴水略大一点，成功的机会极小，那你只能碰运气了。如果给你一桶水，你把一桶水像下雨一样地泼向瓶子，成功的机会就稍大一点，总有一滴水会滴进去。如果把地面上的瓶子换成直径一米的大盆，那一滴水滴进去的可能性就会很大一些；如果用一桶水向大盆里倒，那成功的机会就会更大。

人走向成功的路也是这样。开始时，只能确定一个大致的成功方向，无法具体到某一个点。目标要适当地大一些，准备的“水”也要多一些。比如有的人想：我将来要在科学研究上取得成功；或者再小一些，我将来要在物理学研究上取得成功。范围如果再小，具体到物理学中的某一个项目，除非是已经进入到物理学领域的人，否则你将来是不是在这一个项目上获得成功则很难说。因为人脑没有精确制导系统，很难把你成功发射到预定的很窄的目标上。

其实，人的成功之路不是一条线，而是一个面；选择成功的目标不是一个点一条线，也是一个面。人的成功之路是一个扇形的面，像一座躺着的金字塔。在这个扇形的面上，从底部向顶处散射着若干条人生路，每条人生路上又布满了大大小小的成功和失败的点。在人生的大扇面上又有若干的小扇面，人的成功就是从一个扇面上到另一个扇面。

人最初起步向成功迈进的时候，是在扇面的底部，这时有许多条通向成功的路。在前行的进程中，这些路逐渐由多车道合并为一车道，并指向着成功的顶点。当我们从成功者走过的路往回看时，可以看到许多成功的人都是这样走过来的。

哈默在青少年起步迈向成功时，可清晰地看到，他走的是

“四车道”。

第一条路线是音乐。哈默的祖母有很深的音乐造诣。祖母说三个孙子中惟有哈默具有音乐天赋，从小就教他学钢琴。他上钢琴课时，总是恋恋不舍，不肯离去。哈默五岁时就举行了独奏会。上中学时，还坚持练习钢琴，而且进步很快。后来他拜知名音乐教师尤金·伯恩斯坦为师。老师对他寄予很大的期望，希望他将来成为一名优秀的钢琴演奏家。

第二条路线是科学发明。上中学时，哈默经常在晚上或夜里摆弄原始的无线电，很快就掌握了莫尔斯电码，并装配了一些矿石收音机。后来又对航模感兴趣，自己动手制作航模参加比赛，还得了奖。

第三条路线是医药事业。他的父亲是一名医生，同时还经营药店和制药厂。哈默自己轻松地完成了哥伦比亚大学医学院的学业，并获得了医学院荣誉学会授予的金质纪念章，被国际上闻名的细菌学家汉斯·津泽尔称赞为是一名优秀的学生。他还是贝勒维埃市立医院两名获奖实习医生中的一个。在医学院学习的同时，只有 18 岁的他还从父亲手里接管了古德制药厂，令这个濒临倒闭的药厂起死回生，并发展壮大，厂名也改为“联合化学和药品公司”，产品畅销全国。

第四条路线是经商办实业。在刚刚上中学不久哈默就用零用钱购买无线电零件，装配成矿石收音机出售。后来他又把得奖的航模复制品出售给别人。16 岁时，他向哥哥借了钱，花 185 美元购买了一辆旧的双人座敞篷车，并在圣诞节期间用这辆车给糖果制造商运送糖果。两周后，他就还清了哥哥的钱，使这辆汽车完全属于自己所有，而且还有盈余。他后来回忆说：“这就是我的第一笔巨额交易。”以后在医学院读书期间经营的那家药厂，在他从医学院毕业后，以 200 万美元的价格卖给了他的一个雇员，这使他成为了富翁。后来哈默又成功地经营了制笔厂、酒厂、养牛业、石油行业等一些实业，并最终成为一名石油大亨。

从哈默青少年时期的四条路线上看，谁能预测到他今后会在哪条路上成功，取得较大的成就？有可能在音乐上，有可能在科学发明上，有可能在行医制药上，也有可能在经商办实业上。就像在四车道的高速公路行驶的汽车，条条路都可以走，方向始终是向前的。不断地前行，不断地并轨，车道逐渐减少。有的线路被舍弃了，有的线路被兼并了。当还有一条路时，就进入了一个新的扇面，就像哈默后来舍弃了前三条路线，最后走上做一名出色的实业家的路，从而又进入了实业家成功的扇面一样。

走向人生成功的扇面路有两点最重要，一是始终向着成功的方向，始终向前、向上，大方向不能变；二是始终在不停地走，坚持不懈地向着前面的方向走下去，只要走下去会有一路的成功。走到最后便会越走越高，越走越精。

越走越高。走完一个扇面就是一个或一系列成功，从一个扇面到上一个扇面，成功的层次越走越高。同时，成功的概率越走越高，可能性越来越大。比如，同是十个成功的点，在扇形的底边时，分布比较稀疏，走到成功点上的概率就小；而在扇形腰部时，分布相对集中，走到成功点上概率就大。因而，30 岁到 60 岁的人成功的多，成功的事也多。

越走越精。扇面的路，越向前、越向上走，不是越走越窄，而是越走越精。从面积上看，越向上面积越小，那是人生不断地向前，不断地舍弃了一些与成功无关、或关系不大的东西；压缩了虚无的东西，提炼了精华。

这主要体现在：为成功奠定的基础由多到精。起初为了成功需要学很多的东西，需要为成功准备很多原料，等到走向成功时，舍弃了那些无用的原料，并对适用的原料进行加工提炼，产生成功的精华；可成功的领域由多到少。人们越向前走，越对准目标，越接近成功点，因而可成功的领域就不会像在青少年时那么宽；投向成功的精力越来越专。不断地向前，道路不断相容、相并，自己的业务相对集中，无用功减少，心无旁骛，专注一点。这时，成功就不远了。

人人都能成功，处处都有成功

茫茫世界，人事繁杂，到底哪里是成功的方向，哪里有成功的希望？翻开中国五千年的历史，凡是政治清明、经济繁荣、社会安定的年代，也是人才辈出的年代。而我们今天所处的时代，更是一个前所未有的大改革、大开放、大发展的年代，更是一个政治民主、经济繁荣、人民安居乐业的年代。这个年代为每一个群体的成功，为每一个人的成功创造了非常好的环境和机遇，这是一个人人都能成功、处处都有成功的年代，只要你努力，只要你向正确的方向走下去，你就一定会成功！

那么，向哪里走是正确的方向呢？《左传》中说："大上有立德，其次有立功，其次有立言，虽久不废，此之谓不朽。"古人把"立德"、"立功"、"立言"当作可以不朽的事，就是成功的方向。坚持不懈地向"立德"、"立功"、"立言"的方向走下去，每一个方面都可以成功。只是时代不同，其中德、功、言的内涵不同、所达到的境界也不一样。

在当今社会中，德、功、言都可以有三种境界，达到任何一个境界，就是成功的了。达到最低的境界，就小有所成；达到第二种境界，就已获得较大的成功；达到最高境界，就是有巨大成就了。

立德，就是可以在社会主义思想道德建设中、在践行社会主义道德的过程中，作出自己的贡献，这是一种成功。

立德的最低境界：不做恶事。一个人做一件好事并不难，难的是一辈子做好事。恶事也是如此。一个人不做一件恶事并不难，难的是一辈子不做恶事。特别是能在有利害冲突时，不做损人利己的事。古人云：离开恶行就是美德。

立德的第二个境界：为长者折枝。《孟子》中说："为长者折枝，是不为也，非不能也。"这里讲"为长者折枝"就是要去做力所能及的好事，去加强自身修养，做一个遵守社会主义道德的人。形成正确的世界观、人生观和价值观，遵守社会公德，遵守职业道德，遵守家庭美德，就是在家庭是个好成员，在单位是个好职员，在社会是个好公民。

达到这个境界你的人生就是很大的成功了。这个成功，是靠平时所做的一件一件的好事逐渐积累起来的，绝不是一日之功，只有平时坚持加强自我修养，持之以恒地做好事，才能达到。如古人所说的"勿以善小而不为，勿以恶小而为之"。我们每一个人都应该向这个方向努力，这是大多数人能够达到的境界。

立德的最高境界：社会楷模。达到这个境界的人，具有科学的世界观、人生观和价值观，有崇高的理想和坚定的信念，并乐于奉献，勇于牺牲。他们的言行代表着社会先进思想道德，引导着社会思想道德的进步，在一定区域内、时间内成为他人学习的榜样和楷模。像为中国人民革命而献身的革命先烈，为建立新中国作出巨大贡献的老一辈革命家。像张思德、白求恩、雷锋、孔繁森、任长霞等许许多多的英雄人物，他们在人民心中树起了一座座丰碑，他们的事迹激励着一代又一代人在立德的道路上不断前进。

立功，就是在国家的建设和发展中或在保护国家和人民利益的过程中，作出贡献，创造价值，取得成功。

立功的第一个境界：默默无闻地工作。只要有一双勤劳的双手，就能在这个境界中享受成功。干一项事，就要勤勤恳恳，踏踏实实地把这件事干完、干好。通过你的辛苦劳动创造了价值，虽然没有惊天动地的业绩，但有勤勤恳恳的工作，这就是成功。

立功的第二个境界：成为行业骨干。在各条战线、各种行业组成的有机整体中，每一个人都会在这个整体中负责一方面的工作，与其他人一起共同维系着这个整体的正常、有序、有效地运转。在这个整体中，功绩的大小，不是根据从事的工作种类、职务高低以及岗位的好差来定的，而是根据工作效率和效果来定的。许多人在工作上兢兢业业，精益求精，忘我劳动，成绩突出，被授予“劳动模范”、“先进工作者”等光荣称号。这是立功的第二境界。

立功的第三境界：创造巨大价值。这是立功的最高境界，创造和奉献是他们的特点，他们用自己的一生创造了巨大价值，为推动人类历史的进步，作出了历史性贡献。

立言。就是在探索和发现人类社会和自然界的规律中，在推动社会发展和进步中建言立说，并有指导作用。

立言的第一个境界：一得之言。一得之言，可以是一个人、一群人在某一方面工作经验的感悟，可以是一个人一定时期的所思所得，可以是一个人一生的人生经验总结。它可能不是一个完整的体系，但它们都会对人产生一定的效用。像奥斯特洛夫斯基“当我回首往事时”那段话，激励着千千万万的青年人为人类崇高事业而奋斗；像“艰难困苦，玉汝于成”鼓励着多少人从困难中奋起。虽然是一两句话，或一个片段，但影响很大。

立言的第二个境界：一家之言。在某一个领域或某一个学科中形成有完整体系的论说或理论，其言论有自己的独特见解，是多年探求研究的结晶，对社会和他人有较大的影响，在某些方面、某些领域有较大的指导作用。

立言的最高境界：至理名言。他在研究和探索中，发现了人类社会和自然界的某一方面的规律，发现了能够对社会进步起重大作用的理论，形成了完整的思想体系，对人类社会有普遍的指导意义。像《资本论》、《共产党宣言》等。

一个人可以在立德、立功、立言三个方面的一个方面取得成功，也可以兼而有之。三个方面的最高境界是少数人能够达到的，最低境界是人人都可以达到的，但不管是高还是低，一味观望、等待、不努力、不奋斗，一样也不会成功。

人生成功的度量衡

有的人说，成功是信心的实现，是辛劳的报酬，是能力、机会和勇气的结晶；有的人说，成功是一种境界，是一种快乐，是一种激情飞扬，是指点江山的豪气；有的人说，成功是一种态度，造福社会，利人利己；也有人说，成功是人活在世上每一天，并活得很充实；还有人说，成功是能够游刃有余地驾驭一个个难题，成为一个智者……许许多多的人都从各自认识的角度，根据自己的经验，对人生的成功进行了描述，有道理、有启发，也有欠缺。

这里也不想为人生的成功下一个全面科学的定义，只是从欲望的角度去概括人生的成功。这就是成功的人生，是有效地驾驭欲望的人生。人的一生会有许许多多的欲望，如果不能正确地把握它，就会走向失败；如果能熟练地驾驭欲望，欲望就会为你服务，把你带向成功之巅。那么到底如何去衡量人生的成功呢？

地位是衡量人生成功的标准吗？不是。上下五千年产生过多少帝王将相，他们的位不可谓不高，官不可谓不大，可是名垂青史、流芳百世的能有几人？相反那些位不显赫的，如孔子等思想家，如孙武等军事家，如张衡等科学家，如张仲景等医学家，如杜甫等文学家，可谓流芳百世。

实际上，地位只是给人的成功提供了一个平台，提供了一个奔向成功的机会，地位本身并不代表人生的成功，也不能衡量人生成功。

金钱是衡量人生成功的标准吗？不是。金钱只是衡量一个人物质贫富的尺度。但金钱会使人产生欲望，如果被它驾驭，就成了金钱的奴隶，注定是失败的人生。金钱本身并不代表人生的成败，但面对金钱，能够驾驭它，能取之有道，去之有度，用之有益，人生也会走向成功。

名气是衡量人生成功的标准吗？也不是。有些人以为进了名牌学校就是人生的成功，有的人认为穿的、用的、吃的都是名牌就是成功，还有的人认为是大腕、大亨就是成功等。这些只不过都是自我感觉而已。名气，要看是哪个圈子里的名气，要看是怎么得来的名气，看是不是名实相符。如果是德高望重，那确是成功的人生；如果是名不副实，空有虚名，那名气正好证明了是失败的人生。最关键的要看是不是流芳百世，这才是人生成功需要的名气。

那么，人生的成功不以地位、金钱、名气去衡量，以什么来衡量呢？可以用两个标准去衡量，一是超越自我，就是要有效地驾驭欲望；一是造福社会，就是驾驭欲望为人类造福。

超越自我。小时候看过一个故事，至今记忆犹新。故事讲森林里召开运动会，一只大象与一只蚂蚁比赛举重。大象轻松地举起了一根大木头，而小蚂蚁拼了小命，脸涨得通红举起了一根火柴。小时候看到这里时，非常肯定地认为大象是冠军，因为一根火柴的重量哪能跟一根大木头比。但结果却出乎意料，猴子裁判把冠军判给了蚂蚁。当时的小脑袋就是转不过弯来，还为大象鸣不平。后来才知道，蚂蚁成功举起来的重量是自身重量的几倍，而大象举起来的重量才是它自身重量的十几分之一。这样一比，力量悬殊显而易见，冠军应该是蚂蚁的。现在更明白，蚂蚁挖掘自己最大的潜能，奋力一搏，取得令人难以想象的成绩，这就是战胜自己，超越自我，它是当之无愧的冠军，是实实在在的成功者。

造福人类。言行能创造价值，为人类造福，人生就是成功的。爱因斯坦就是这样一个伟大的成功者。后世的许多发明创造得益于他提出的理论。如全球定位系统之所以能将物体的位置精确到米，正是根据爱因斯坦的相对论对地球卫星发出的信号进行修正的。

伟大的人物是这样，普通的人也是这样，只要他为人类、为社会创造了价值，给人类带来了幸福，他的人生就是成功的。

人生是一个不断变化的多边形
——完美欲

RENSHENG SHI YIGE BUDUAN BIANHUA DE DUOBIANXING

人的一生是一个不断变化的多边形，有的人的边少，面积小，离圆相去甚远；有的人的边不断增多，面积不断增大，不断趋向于圆，接近于完美。

人不可能没有缺陷，但不能缺志

很少有人敢说自己是一个完人，但敢于直面自己缺陷的人也不多。人们总是把别人看成是一个有棱有角的多边形，却常常把自己看成是一个完整的圆，殊不知这种只看到别人缺陷、看不到自身缺陷本身就是一种缺陷。

“金无足赤，人无完人。”世界上没有零缺陷的人，人不可能没有缺陷。

有一位科学家得知死神正在寻找他，便利用克隆技术复制出了 12 个自己，想在死神面前以假乱真保住性命。面对 13 个一模一样的人，死神一时分辨不出哪个才是真正的目标，只好悻悻离去。但是没过多久，对人性的弱点了如指掌的死神，想出了一个识别真假的好办法。

死神又找到那 13 个一模一样的科学家，对他们说：“先生，你确实是个天才，能够克隆出如此近乎完美的复制品，但很不幸，我还是发现你的作品有一处微小的瑕疵。”话音未落，那个真正的科学家暴跳起来大声辩解道：“这不可能！我的技术是完美的！哪里有瑕疵？”“就是这里。”死神一把抓住那个说话的人，把他带走了。

死神对那位科学家先褒后贬，捧一下打一下，使那位科学家的弱点暴露无遗。死神知道，完美的是假的，有缺陷的是真的。但这种“完美”也只是表面上完美，它没有思想，这是更大的缺陷。“假”本身就是一大缺陷，给人类社会、给自己会带来更大的危害。因而，与其去造假以求完美，不如去直面真的缺陷。

人有缺陷是正常的，不正常的是不敢正视缺陷。人有缺陷不可怕，可怕的是缺志。有志向、有志气、有追求完美的欲望，缺陷就会变小、变弱，缺陷会被冷冻、被制约。因而，面对自身的缺陷，我们应持有正确的态度。

一是能认识自己的缺陷，勇于承认自己的缺陷。人往往不易认识自己，尤其是不易认识自己的缺陷。这又常常会使人不能扬长避短，从而使自己的潜能得不到很好的挖掘。只有认识到了自己的缺陷，才能使自己有针对性地选择方向和途径，充分发挥自己的潜能，避免做无用功。

二是不被缺陷牵着鼻子走，不做缺陷的奴隶。有的人脸上有一个小疙瘩，深感不美，时时放在心上，天天用手去挤，结果越挤越坏，反而留下一个疤。一个小小的缺陷，往往成了心病，朝也想，暮也思，有时搞得茶饭不思、心神不宁，把精力都浪费在这个小缺陷上了。

前不久，湖南发生了一件人造美女跳江自杀的事件。起初，这位女孩对自己相貌平平感到悲观失望，不愿直面自己的容貌缺陷。后来用了几万元做了整容手术，成了人造美女，这也很正常。但这种美很快又变成了“缺陷”，成了她的心病，她怕别人说她是“人造美女”、“假美女”。她心里不能承受这种“缺陷”的压力，于是选择了自杀。这就完全被缺陷牵着鼻子走了，一辈子、一生都围着缺陷转了。

三是变换环境，找准方向，变缺陷为长处。有的缺陷在这种环境下是缺陷，在另一种环境下则是难得的长处。姚明如果做一个普通的工作人员，则有诸多不便，个子太高成了他的缺陷，但他进入篮球界，则成了难得的人才。缺陷总是在比较中显示出来，在特定的环境下起作用。如果能了解这一点，就会使自己身上的缺陷变少，使身上的缺陷转变为长处。

四是创造条件弥补缺陷。缺陷不但可以转化，也可以弥补。生理的缺陷，可以通过医疗去弥补；性格上的缺陷，可以通过一些陶冶情操的方法去弥补；能力上的缺陷，可以通过加强学习和锻炼等去弥补；品格上的缺陷，可以通过加强修养去弥补。总之，只要自己有志气、有信心去弥补，是会收到好的效果的。

五是把自己的长处发挥得淋漓尽致。集中精力把自己的长处充分地发挥出来，用自己的长处去获得人生的成功。把目光吸引到你的长处上，让人人羡慕你的长处，忽略你的缺陷。这样，就冷冻了缺陷，弥补了缺憾。

人人都会遭遇来自背后的冷风

人的背部比较薄弱，从背后吹来冷风，极易伤及人的身体。俗话说：神仙怕个脑后风。连神仙都怕，可见背后冷风的厉害。

人总是希望自己一帆风顺，只求来自正面温和的风、热烈的风。不过，这只是一个美好的愿望，事实上风来无影、去无踪，它会从任何一个方向朝你刮来，特别是从背后袭来的冷风，会使人刻骨铭心。

这背后的冷风是什么呢？是来自背后的风言风语，来自背后的冷嘲热讽，来自背后的诽谤诋毁。人不愿接受这些来自背后的冷风，但自己又自觉不自觉地去在意别人的背后吹冷风。

就拿嫉妒心说吧，谁没被嫉妒过，谁又没有嫉妒过别人？只不过是有的人嫉妒的表现很强烈，有的人则表现得很微弱，还有的只在心中，表面上未起波澜。

当然，我们不会嫉妒与我们无关的或关系不大的人。一个工人不会去嫉妒爱因斯坦获得诺贝尔奖，但他会嫉妒另一名工人比他挣的钱多，会嫉妒同事进步快、受表扬，因为他们的成绩意味着自己的失败。

不过，嫉妒不总是恶意的，看如何去表现，如何去引导。西班牙心理学家埃莱娜认为：“一切取决于如何引导。如果我嫉妒一个同事，并打算通过竞争超过他，而我的行为又不会对他造成伤害的话，这也不是坏事。在这种情况下，嫉妒会成为一种积极的动力。”她说：“重要的是要有自信心，要有平衡的价值尺度。如果你同他关系很好，又善于把现实和愿望区分开来，就不会对他人和自己造成伤害。”

嫉妒是背后冷风的主要风源，有恶意的，有无意的，也有正常的。恶意的，必欲置你于死地而后快；无意的，是自己一种失意感的发泄，无意中对别人造成了伤害；正常的，是自己对别人进步、能力等方面的一种心理平衡，成为一种激发自己前进的动力，对别人并无伤害。但不管属于哪一种，不管冷风强弱，都要正确对待，如果处理不好，伤害的是自己，高兴的是别人；处理得当，会坏事变好事，冷风变动力。

首先，对待来自背后的冷风要看得透，要冷静，能容忍。古人说："水激逆流，火激横发，人激作乱。"遇到背后的风言冷语、谣言谩骂，要冷静地分析，不能马上就跳起来，大怒不止。这样，不但显出你修养差，而且会激化矛盾。对此，要看得透。不要把自己看得十全十美，无懈可击，好像任何人都不可说你的不是。其实，这种完美的人是没有的，任何人都不要指望背后无人对你指手划脚、品头论足。

美国有一名叫阿扎洛夫的作家，前半生因勤奋努力，创作了许多脍炙人口的作品，得到了不少读者的好评。后来一个叫马利丁的文坛小丑的出现改变了他的一生。马利丁为了抬升自己的身份，以卑鄙的伎俩不断地在报刊上制造一些低劣的花边新闻，向阿扎洛夫叫板。凭着阿扎洛夫的地位，他本不该去理会这种"跳梁小丑"式的人物，但是，阿扎洛夫却难以释怀，他被那个小丑激怒了，并丧失理智地与这个叫马利丁的人在小报上展开了长达数年的论战。作家从此再没有心思和精力进行创作，也没有写出令人满意的作品，最后一蹶不振，郁郁而终。

其次，对待来自背后的冷风要善听、善改、善于承担责任。《呻吟语》中说："君子有过不辞谤，无过不反谤，共过不推谤。"一个有修养的人自己如果真正有过错，就要接受批评；如果没有过错，也不要反过来去诽谤别人；如果是与别人共同的过错，就不要推卸责任。因而，要正确对待背后的冷风，就要广开言路，接受正确的意见，改进不足，承担责任，这样背后还能有多少冷风？

第三，要与对手融为一个和谐的整体，把对手变成帮手。人是喜欢竞争的，因而总会选择对手，有的是公开的，有的是暗暗较劲的。有对手不是一件坏事，对手会使自己保持一种谨慎、奋进的状态，会使自己千方百计去提高自己的能力和水平。

法国有两位科学家，一个叫普鲁斯特，一个叫贝索勒。他们围绕着定比定律进行了长达9年的争论。最后，普鲁斯特发现了定比定律，成为这场大辩论的获胜者。贝索勒虽然失败了，但他却为在科学争论中发现了真理而欣喜万分，真诚地向普鲁斯特致函祝贺。而普鲁斯特则向贝索勒倾吐了衷心的感谢之情："要不是你的责难，我是难以深入地去研究定比定律的。"并向人们宣告，发现定比定律，贝索勒有一半功劳。

面对责难，普鲁斯特把它当良药和动力。因而，有对手不要怕，关键是不要把对手变对头，而是把对手变帮手。

幸运的人总是从不幸中走过

经常会看到那些善男信女在佛像面前祈求幸福，祈求好运常在。就是一些不信教的人心里也总会希望自己万事大吉好运相随，但一辈子总是走运的人是很难找到的，人不可能一生都包在好运之中，总会有不幸的时候，遇见不幸的事。

面对不幸，不论是天灾还是人祸，都不能一味唉声叹气，怨天尤人。

有的人迷恋命运，把命运看得太重，把自身的努力、自身的开拓看得过轻。事实上，命运也是可以创造的，也是可以由自己掌握的。那些真正成功的人并不把命运看得很重，他们都是从不幸中走过。把不幸甩在身后的人，都是自己掌握命运、创造好运的人。

西班牙作家塞万提斯创作的长篇小说《堂·吉诃德》享誉全球，可说得上是幸运了。但是他的幸运却是踏着接二连三的不幸走出来的。

塞万提斯23岁入伍，24岁在抗击土耳其的勒邦德海战中断了左臂。

28岁在回国途中被海盗掳至阿尔及利亚服苦役，5年后才被赎回国；之后好不容易当了一名军需官，不久又因征税事触怒了大主教，被驱逐出教。

45~58岁的14年间又数度被诬陷入狱。

56岁，他迁至瓦利阿多里德的下等公寓，楼下是酒馆，楼上是妓院。他就在这样恶劣的环境中完成了《堂·吉诃德》第一卷。

58岁，因门前有人被刺而涉嫌被捕入狱。

64岁，因女儿陪嫁的事被控告出庭受审，不久妻子去世。

67岁，市场上出现伪造的《堂·吉诃德》的续篇，蓄意歪曲他的作品，并对他进行恶意的人身攻击。

69岁，去世。

塞万提斯可说是一生与不幸结缘，不幸总是跟随着他。但他既不理睬它也不看重它，而是把不幸当成了生活的一部分，似乎生活原来就是这样。因而面对种种不幸，他没有退缩，并在适应这些不幸中继续努力奋斗，最终成就了事业。

面对不幸，首要的是适应，要平静地去对待不幸。物竞天择，适者生存。一位教授以一窝蚂蚁给一群学生上课。他指着一棵老槐树说："这里有一窝蚂蚁，与我相伴多年，近些日子，我常常用泥巴、木楔封住它们的大小洞穴，可它们总是能从别处找到出路。我甚至动用了樟脑丸、胶水，但是，它们都成功地躲过了劫难。有一段时间，我发现它们惟一的进出口在树顶，这是很不方便的；而一周后，我发现它们重新在树腰的空虚处开辟了一个新洞口。"他对学生们说："蚂蚁的生存环境并不比你们广阔，它们在我的人力作用下，又连遭厄运。然而，当它们知道自己无法改变洞口被堵死的不幸时，它们就很快地适应了。"

蚂蚁如果被洞口一堵再堵的不幸所激怒，硬要与教授打一场洞口保卫战，那么这个蚂蚁窝也只能成为蚂蚁的纪念堂了。如果蚂蚁听之任之，缩在窝里无所作为，那这窝最终也只能是它们的坟墓。因此，适应不幸，不是被动地接受，不是无奈地等待，而是要在适应中战胜自己，在适应中开拓新路。

有个叫雷·克洛的美国人，中学毕业后，他本该去读大学，可正好碰上1931年美国经济大萧条，读大学的机会因没有经济支柱而丧失。后来他涉足房地产，第二次世界大战爆发了，房价急转直下，结果他被弄得两手空空。56岁那年，他来到加利福尼亚，到一家做牛肉馅饼和炸薯条的小餐馆打工。在打工中，他发现这两样食品非常好卖，便留心学习，掌握了制作手艺。后来，这家小餐馆转让，他就接了过来。到1996年，这家小餐馆在地球上的分店已有5000多家，年收入3亿美元。现在在中国的许多地方也有了分店。这家餐馆就是麦当劳，这位曾长期时运不佳的雷·克洛，就是它的创始人。

命运有时也会捉弄人。有的人一直在好运下生活，日子过得不错，却没有什么本事，成不了大事；有的人长期不幸，却能在不幸中磨炼自己，磨出成就，使不幸变成大幸。

一位老人在山里拾到一只孤单的被雨淋湿的幼鸟，便带回家放在小鸡群里，让母鸡养育。长大了，人们发现这只幼鸟原来是一只鹰。村里人担心鹰会吃鸡，强烈要求杀了它或者将它放生。老人决定将鹰放回大自然。他把鹰带到村外的田野上，可没过几天那只鹰又回来了。他打它不让它进家门，也还是没有用。后来，老人将鹰带到附近一个最陡峭的悬崖绝壁旁，然后用力将鹰向悬崖下的深涧扔去。那只鹰开始如石头般向下坠去，就在快要到涧底时，它轻轻展开双翅开始滑翔，然后拍打翅膀，向蓝天飞去，越飞越高，越飞越远。

这只鹰在幼小时被雨淋成为一只孤单的小鸟是为不幸；然而有老人收养，母鸡抚养，逐渐成熟，它又是幸运的；但在这幸运中，它只知行走吃食，与鸡朝夕相处，而不知展翅于蓝天，虽几次放归，终不能高飞，它又是不幸的；最后被逼上绝境，反而在绝境中奋飞，恢复了雄鹰的本来面貌，它又是幸运的。

因而，不幸会伤害人一时，却不能伤害人的一生。正如富兰克林所说的："我未曾见过一个早起、勤奋、谨慎、诚实的人抱怨命运不好。良好的品格，优良的习惯，坚强的意志，是不会被所谓的命运击败的。"

登高而招，见者远——权位欲

DENGGAO ER ZHAO，JIANZHE YUAN

权位存在于所有人群中，也存在于所有人的脑海中。它可以让你从奴隶到将军，也可以让你从将军到奴隶。

权位的获取——较量

权位是什么？权位是一种支配的力量，是强者的象征，包含着一种责任、一种义务。谁能得到这种授予？那就要在比较中形成，从较量中产生。

在动物世界里，无论是狮子，还是猴子，它们在争夺大王的位置时，必要经过一番厮杀，胜者为王。这是力的较量。

中国古代传说中，尧把国家的权位让给舜，舜又把它传给禹。他们没有把权位传给本家族的后代，也没把权位让给那些有野心无仁心的人，而是传给那些品德好的人。这是德的较量。

我国古代从隋朝开始建立科举制度，通过考试选拔官吏，全国各地才子进入考场比试，考中的授以权位。这是智的较量。

因为权位的诱人，有些人在正路上较量不过，就走歪门斜道，利用逢迎拍马、栽赃陷害、财色收买等各种恶劣的手段爬上某一个权位。

东北某省一个市的原市委书记就是这样一个人，他把其执政的市委大院变成了一个乌纱帽批发部。在这位书记那里，小到乡镇党委书记、乡镇长，大到县委书记、县长，以及各市县区内部委办局各部门的一、二把手，每个位置都有其“价格”。他从任书记到被“双规”的 6 年间，先后收受贿赂及礼金计人民币 500 多万元，涉及领导干部 260 多人。这个市下辖 10 个县市的处级以上干部有一半被卷入这场买官卖官的较量中。

也有较量失败采取极端手段的。东部沿海某省国税局两位女同事，同在一个办公室上班，都是业务骨干，平时情同姐妹。两人都下派挂职，挂职回来一同竞争副处长，职位只有一个。结果揭晓时，胜者还来不及走上权位，竟被败者泼了一脸硫酸。

福建沿海一个富裕村，在 2003 年底发生一起枪杀案，村支部副书记雇凶将村委会主任杀死。原因是半年前副书记与主任在村委会竞选中落败，在争位的较量中失败；后又与主任争村里的财务大权，在争权的较量中又失败，因而产生仇恨，出此下策。

这些就像一些电视剧中个别武林高手为争门派霸主，较量不过，使用暗器伤人一样，最终害人更害己。

人们对那些采取不正当手段谋得权位的人也很不服气。因为他们谋得权位，要么是没有经过较量，要么是不公平的较量。这样谋的权位难以服众，也会大大降低权位的效能。因而，较量，要真较量，不能虚晃一枪，要公平较量，减小或杜绝场外交易。

其实权位不仅存在于官场，它广泛存在于各种行业、各种人群中，存在于每一个人的心中。人天生就有一种权位欲，都有一种支配、指挥、领导别人的欲望，只要有两个人，就会比较或较量一番，使其中的一个人具有相对的权位。当然，这种较量不一定是真刀真枪，往往是心理的比较和暗示。

权位的陷阱——万能效应、磁场效应与高原效应

《孔子家语》中说：“为上者譬如缘木焉，务高而畏下滋甚。”意思是说：向高处追求的官吏，如同爬树一样，竭力往高处爬，但非常害怕掉下来。因为越高风险越大，摔下来跌得就越重。不只如此，权位的周围还有许多陷阱，如果掉到陷阱里跌得就更惨。有这么大的风险，当然十分害怕掉下来，就必须谨小慎微。

然而，一些人只知高处风光好，不知高处风险大。对权位的风险与陷阱不闻不知，还以为权位的风光就是那样，往往把风险也看成风光，把陷阱当成馅饼。这样的人，一定很危险。

那么，权位周围有哪些陷阱呢？这些陷阱主要表现为三种“负效应”上。

第一个陷阱：万能效应。就是一旦获得某一权位后，在这一权位范围里就如一夜有神助，样样都通。如古人所说：“势家多所宜，咳吐自成珠。”意思是说：有权有势的人家做什么事都是合理合法的，即使是他们的唾沫也成了珍珠。

意大利著名雕塑家米开朗基罗在佛罗伦萨雕刻了一尊石像。经过近两年的创作，他才完成这一作品。当他的作品预展时，佛罗伦萨万人空巷，人们对他的创作叹为观止。市长率一帮权贵也来参观。市长朝雕像看了几眼，问“作者来了吗？”米开朗基罗被请到市长面前。市长说：“雕石匠，我觉得这座石像的鼻子低了点，影响了整座雕像的艺术氛围。”米开朗基罗说：“尊敬的市长，我会按照您的要求加高石像的鼻子。”说完，米开朗基罗便让助手取出工具，捏着石粉对石像的鼻子进行加工。一会儿，他来到市长面前说：“尊敬的市长，我已经按照您的要求加高了石像的鼻子，您看现在行吗？”市长看了点点头说：“雕石匠，现在好多了，这才是完美的艺术。”

市长走后，米开朗基罗的助手百思不得其解地问：“您只是在石像的鼻子上抹了三把石粉，石像的鼻子根本没有加高啊?!”米开朗基罗说：“可是，市长认为高了！”

因为是市长，掌握着全市的大权，因而他对全市范围里的各行各业、各类事情，都能指指点点。因为“权位”第一，其他任何方面他自然也成了“第一”。万能效应就万能在这里。一旦获得了某权位，或从下一权位晋升到上一权位，随着权位的提高，“万能”也随之而来。

第二个陷阱：磁场效应。就是一旦获得某一权位后，他的身边就有了一个磁场，许多东西便自动涌过来。

有一官员做过一个梦，梦见自己到火星上去招商引资，正想到要写一份合约，办公室主任和秘书来了；正梦到火星上的菜烧得不合口味，后勤主任和厨师来了；正梦到带的钱快用完了，财政处长和会计来了；正梦到该回家了，地球带着月球来了。

醒来后，官员哈哈大笑，暗忖：我哪来这么大的吸引力呢！

其实，真正有吸引力的不是他本人，而是他的权位。一旦有了这个权位，身旁就形成了一个磁场。在这种磁场的作用下，美言来了，你可以听到各种对你本人、你家人、你的想法、你做的事的赞美语言，而且这些赞美之词可以远远超过你的实际。总之，吹牛的、拍马屁的、送高帽子的纷纷来到你的身边。美女来了，一夜之间，倾慕你的女人增多了，向你表达“真爱”之情的人增多了；美钞来了，大量钞票主动送上门，远远超过其工薪收入，而且来的态度都十分“诚恳”，来的钱都很“干净”，你收下是非常“应该”的；美事也来了，好事都会被你碰上，家人的工作、家里的生活一遇到什么困难，很快就会解决，荣誉也总会落到你的头上。

总之，因为权位造成的磁场，所有想到的和没想到的都会聚到你的周围。权位越大磁场引力也就越大。有时不只是你有磁场，还会在你的家属、亲友中形成一个强大的磁力圈。配偶、孩子以及其他亲友忽然也都有了磁性，在他们的周围也会黏着许多东西，形成强大的磁场。

第三个陷阱：高原效应。就是头昂得很高，傲气十足，自以为是。

古人云：“独上高楼云渺渺，天涯一点青山小。”原意是说：独自登上高楼，只见云烟渺渺，天涯尽头的青山小得只有一点点。因为处在高位，看到下边的都是缩小了的东西；又因为高处有云烟遮挡，远处的东西往往也看不清。有了权位，处在高处，也就会有这种眼光。看自己，因处在高处、近处，一切都是高大的；看别人，因处在低处、远处，一切都是渺小的。往往有过错都是别人的，有成绩都是自己的；自己的能力、水平都高，决策都是对的，别人的能力、水平都低，想法往往是可笑的。自己不闻过、不知过，有过也不认过，更不会去改过。

权位的三个陷阱，有的易识破，有的不易识破；有的人会识破，有的人不会识破；有的人有时能识破，有时不能识破。识破的，就会正确把握权位，正确地使用权力，不能识破的，就会被权位牵着鼻子，一步步地走向陷阱，走向败亡。

权位的外套——面子

谁不爱面子？俄国伟大的现实主义作家托尔斯泰在他的日记

里就曾多次对自己爱虚荣、爱面子的言行进行过剖析。他在日记中写道：

“我是一个伪君子，但不是在他们责备我的那一方面。在那方面我是纯洁的，正是那方面对我有益。我的伪善在另一方面，即我一面想并且说，我在上帝面前为了善而活着，因为善好，一面又为了名而活着，让名把我的灵魂弄脏到这种程度，以致我无法到达上帝那里了。我阅读报刊的时候，总在寻找自己的名字。听人谈话的时候，也总是等着别人谈起我来。我每天说，我现在不愿意为了今生个人的肉欲，为了尘世的虚名活着，而无论何时何地都要为了爱而活着，可我还是为了今生个人的肉欲，为了尘世的虚名活着。”

他又写道：“我发现我的癖好主要有两个，一是好赌，一是好虚荣。而虚荣心有数不清的形式，诸如要表现自己、轻率、不在意，等等，因此更加危险。”

可以说，人的名气越大，权位越高，面子越重要。托尔斯泰在日记中解剖自己，对过分爱面子已经厌恶，但又不敢公开地向世人解剖自己“伪君子”的一面，还是出于爱护自己的名声，怕失面子。

对于每个人来说，面子都很重要，因为面子问题对自己、对自己所在的群体会产生很大的影响。因面子问题闹出的事可大可小，小的轻蔑一笑，大的可造成重大损失，甚至于发生家庭之间、民族之间、国家之间的严重冲突。

千万不要认为面子就是人那张小小的脸。小面子，大问题，它实际反映的是人丰富、复杂的内心世界。那么，面子到底是什么？

面子是一个人心中认为的，自己以及自己所在的群体在外界一定范围里的声誉、名声、形象。这是一种自己认为的形象，认为自己在外界就是这样一个形象。如果听到外界对他的评价与他自认的形象不符，就会感到挫伤了自尊；如果自认为的形象在外界受到损坏，他就感到很失落。

面子在一定的范围里、一定的圈子里才起作用。不同的面子会有不同的范围、不同的圈子。人的尊严，圈子最大，不管到那里，总要维护这个面子；丈夫的尊严，圈子很小，只能在家庭范围里，顾不顾做丈夫的面子，只是妻子一个人的事。英国维多利亚女王就有这样一则故事。

一天晚上，皇宫举行宴会，女王忙于接见贵族王公，却把她的丈夫阿尔贝托冷落在一边。阿尔贝托很生气，就悄悄回到卧室。不久，有人敲门，阿尔贝托问："谁?"敲门的人昂然答道："我是女王。"门没有开。女王悻悻地离开了，但不一会又回来敲门。房内又问："谁?"敲门的人和气地说："维多利亚。"可是，门依然紧闭。她气极了，想不到以女王之尊，竟然敲不开一扇门。过了一会她又敲门。里面仍然冷静地问："谁?"敲门人委曲而婉和地说："你的妻子。"这一次，门开了。在这里，女王要女王的面子，丈夫要丈夫的面子，最终女王屈驾，转换了角色，照顾了丈夫的面子。正是这样，他们维持了和谐的夫妻关系。

人们对面子在不同的层次，会有不同的反应。一位中学教师做错一道题，他的大学导师说他做错了，他会感到是一种爱护；在中学课堂上学生指出他讲错了，他会感到很丢面子。因为层次的不同，同一件事在上一层次，他并不感到是失面子，在下一层次，他就会感到是失面子。这就要看他自认为的形象是处在哪种层次上，失面子的事与面子在同一个层次，其伤害感最重。

人们爱面子，一般有两个方面：一是维护、保护已有的自认为好的名声，保持自己在某一个范围内强于别人的东西。如果有人对他这方面不尊重，他就会采取措施，竭力维护这方面的面子。二是要掩盖自认为有损面子的缺陷、缺点和过错，不使自己的缺点、缺陷在更大范围里传播，以免影响面子。

不管哪一方面，爱面子本身无所谓好坏，重要的是看爱面子的方式和反应程度。方式不对、反应过度，易引起别人的反感，甚而引起不必要的冲突，也会使自己陷入自责、怨恨和痛苦之中。有的人考试作弊，怕考不好失面子，实际被抓住更丢面子。这就是想保全面子，结果是更丢面子。方式正确，反应恰当，反而是促进自己努力向更好的方向发展的动力，更是一种制约自己做有损于面子事的力量。

从爱面子反应程度看，大致有两种情况：

一是自尊、自爱。首先是坚决维护自己的人格，维护国家的、民族的尊严。那种丧失国格、人格的行为是为人们所卑视的。古今中外的仁人志士，都是宁愿死也不会丧失人格、国格，决不为五斗米折腰的。其次是按照社会道德规范去约束自己，不去做不道德的事，不去做违反社会公德、职业道德和家庭道德规范的事。古人说，人必自侮而后人侮之。从另一个角度也可以说，人必尊人而后人尊之。第三，是踏踏实实地做事。做好事，自然会有好名声、好面子。正如古人所说，假金方用真金镀，若是真金不镀金。

一是过度自尊，爱护自己的一切，不管其他人的好坏。首先，这种人追求的是一种纯粹的虚荣。他们把自己的三分能耐炫耀成十分，夸大自己的成绩，有的甚至是造假、装假，把虚假的形象当作自己的面子。还有的借名人、借领导人来抬高自己的面子。其次，是竭力掩盖自己的缺陷、缺点和过错，对自己的缺陷、缺点和过错讳莫如深。这种人如果做错了事，无论别人的证据多么确凿，他都会极力否定自己的错误，或把过失推给别人，以此来保全自己的面子。第三，是大搞形式主义，注重面子的装潢。一位哲人说：虚荣促使我们装扮成不是我们本来的面目以赢得别人的赞许，虚伪鼓动我们把自己的罪恶用美德的外衣掩盖起来，企图避免别人的责难。那些热衷于虚假面子的人，必定是只注重形式而不重视实际的人，他们往往靠形式的东西去维持他们的地位，甚至提高他们的地位，通过在公众中创造的形式、制造的假象来保全他们的面子。还有的把不能作面子的东西作面子。有的人认为穿名牌、吃名牌就是面子；有的人认为博士生养猪就没面子；贪官成克杰还认为像自己这种高级别的人没有风流韵事是没面子，如此等等。第四，是为说自己好而说对方不好，争胜斗气。因一言半语、一些小事触及自己或别人的面子，而争得面红耳赤，甚至于拳脚相加，舍身拼命。正如《呻吟语》中说的：“两人相非，不破家不止，只回头认自家一句错，便是无边受用；两人自是，不反面稽唇不止，只温语称一句好，便是无限欢欣。”为了面子，一点小事，两人想不开，谁也不相让，最后只能是两败俱伤。内心都伤了，还有什么面子？

桃李不言，下自成蹊。面子，是要靠自己实实在在地努力自然形成的，是靠自己实实在在的成就显示的，而不是靠夸耀、做作、造假得来的。因而古人说，劝君不用镌顽石，路上行人口似碑。把你的名字刻在石碑上，把你的脸面雕像塑在繁华路口，是没有用的，时间一长这些都会风化，惟一有用的是多做实事、好事，让人们的口碑成为你的面子，那才是光彩的面子。

权位的腐败——商品化

某市原市委书记受贿被判刑，在狱中的忏悔中，他是这样描写过去对权力的认识的："权力到底是什么？我对这个问题虽经过思考，但在同时又得到一个扭曲的结论，这就是权力是紧缺资源，权力是无形资产，权力是无价之宝。既然这样，就进一步推理为，权力既然是紧缺资源，交换就能实现价值；权力既然是无形资产，投入就能得到回报；权力既然是无价之宝，利用就能产生效应。"

他把权力比成"紧缺资源"、"无形资产"、"无价之宝"，这些都是可以用金钱来衡量的，都是为了说明权位就是商品。一个市委书记管理着数千亿的资产，数百万人口，对权力有这样的理解，他手中的权、座下的位能不成为他腐败的工具吗？

一些人错误地认为市场经济社会下，一切都可以成为商品，什么都可拿来做交易，更错误地把权位也当成商品，演绎了一幕幕的权位悲剧。可以肯定地说，一个人把权位当成商品，这个人必然是一个悲剧人物；一个群体把权位当成商品，这个群体就会消失；一个国家把权位当成商品，这个国家必定走向衰亡。古今中外概莫能外。

公元 178 年，汉灵帝开设了一个叫西邸的园子，公开卖官卖爵，分别以官职大小高低及油水肥瘦，分等收钱。还私自叫宦官亲信卖公卿官职，"公"一千万钱，"卿"五百万钱，到后来达到"二千石二千万，四百石四百万，其以德次应选者半之，或三分之一，于西园立库以贮之"。到了公元 185 年，朝廷公卿和地方刺史、太守，以至三公，往往都因入钱西园而得之。正因为权位的商品化，带来了官吏们的倒行逆施、横征暴敛，致使朝政黑暗，统治混乱，社会矛盾不断激化，促使了东汉王朝的解体。

在现代社会中，一些人仍然沿用封建社会那些手法，步封建官僚的后尘，把权位当成商品，为如何获得这一奇货搅尽脑汁，想通过交易的手段去获取权位，用货币去买权位。前不久，东部沿海某市中级人民法院对一原任县委书记腐败案作出判决，以受贿罪判处其死刑。有关法律文书显示，1996 年 5 月至 2003 年 4

月，在其担任县委书记期间，利用职权，先后251次非法收受68名干部、职工贿送的钱款，先后15次非法收受3名包工头贿送的钱款，其中，一名科级干部为登上副县长的宝座，先后向其行贿10万元；一名副局长为当上局长，也先后行贿10万元。

在某区，一个小学未毕业、连自己姓名都写不好的农民包工头在短短的3年时间内，从国家聘用干部起步，到交通局党组副书记、副局长，主持交通局全面工作。能走过这段不正常的路，手法就是买。他先后分别向原任区委书记、区长行贿12.8万元。

还有的用钱买头衔，什么会长、理事长；有的用钱买荣誉，什么十佳、百强；有的用钱买著作，什么“某某名人文集”等，不一而足。这都是没有获得权位的人，把权位当成商品，像买家庭用品一样用钱买回来了。还有的是处在一定权位上的人，用权位做交易，换取想要的各种物品、用品以及其他。

如此种种，把权位当商品，通过交换得到想要的一切；把权位当成了变戏法人手中的魔杖，要什么变什么；把权位当成了点石成金的手指，手到之处，无不成金。然而，戏法总归是戏法，终归南柯一梦，最终必然逃不脱法律的惩罚。

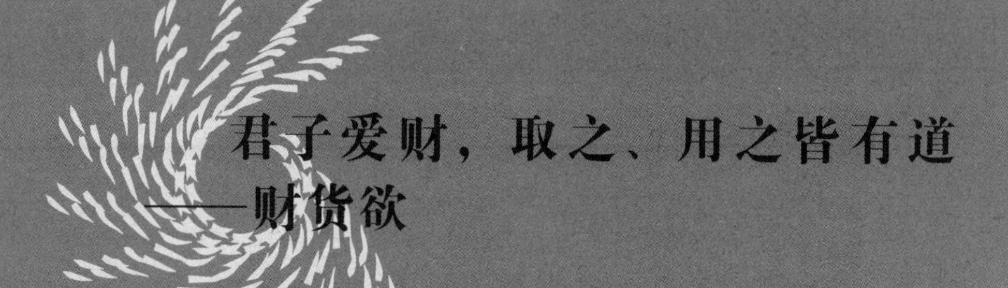

君子爱财，取之、用之皆有道
——财货欲

JUNZI AI CAI,QUZHI、YONGZHI JIE YOU DAO

生活需要金钱，但生活不仅是金钱。金钱能否给人带来快乐是不一定的，但容易给人带来痛苦则是一定的。

金钱买不到的东西最珍贵

在商品经济社会里，人类为自己创造了成万上亿的商品。几千年的人类历史中，没有一个人能拥有人类所有的商品。因为这既不可能，也是没有必要的。你走进一个巨大超市，看看琳琅满目、数以万计的商品中你真正需要的并不多。人的一生，几十年时间，世界上绝大多数商品你没看过，更没享用过，真正伴过你的商品只是世界上商品中极少极少的一点点，同时，商品的享用、物质的享受在人一生的生活中又只是极少极少的一点点。这“一点点”以外的大部分生活不是靠金钱就能买到，或者说就能买好的。

若干年前，美国亚美利加河畔发现了黄金，于是引发了一股旷日持久的“淘金热”。加利福尼亚挤满了来自世界各地的淘金者，许多人跑到这里来圆发财梦。但有些人发财了，有些人却抛尸荒野。很多淘金者在回首往事时都感到那是一个充满野心的残酷时代，在那个时代，充斥着背叛者，形形色色的罪犯和图谋不轨的奸邪之徒。很多人最后发现，虽然找到了黄金，发了财，但幸福并没有跟随而来。

但是我们现实生活中，许多人并不懂得这些道理，并不相信商品享用在人一生的生活中只占一点点，人一生所享用的商品在所有商品中也只占一点点，而是满脑子充斥着商品、充斥着物质享受，相信金钱是万能的，相信金钱会带来幸福、带来快乐，认为金钱可以买到一切，因而对金钱有一种天生的崇拜，最后得了金钱，反而失去了更珍贵的东西。

有一对夫妇在一家小服装厂上班，收入虽不多，但因为有一个能干的好主妇，日子过得也很舒心。后来企业倒闭，两人一起下岗。即使这样，他们没有在愁苦中消沉下去。妻子白天去当钟点工，晚上到夜市卖日用杂货，丈夫则替别人开出租车，一家过着平静的日子。突然有一天，妻子买的彩票得了特等奖，奖金150万元。此后，买了房子、买了车，还把婆婆接来同住。久住一处，婆媳之间产生了矛盾，并逐步升级。一次婆婆又与媳妇争吵时，婆婆喊回儿子。儿子气冲冲赶回家，上去就给妻子一记响亮的耳光，妻子则捂着脸说："明天咱们就离婚！"丈夫这时才知自己太过分了，于是发疯一般抓起车钥匙冲出家门，漫无目的地把车开上高速公路，时速高达230公里，当晚车毁人亡。

丈夫下葬后，妻子整理丈夫遗物时发现家中的存折不见了。原来，婆婆与小姑已将80万元存款提走了。这时，妻子的态度十分明确，这笔巨款应该按照法律程序进行分割。但小姑们态度也很明确，想要钱没门，想打官司奉陪。无奈之下，妻子准备将家庭矛盾推上法庭。可这时，心力交瘁的妻子突发心脏病住进了医院。从死神的手里挣脱出来后，她突然发觉眼前的一切显得多么不真实，在不到3年的时间里，从意料之外的惊喜到意料之外的噩运，真像是一场梦。她多么希望，没中过百万大奖，平平安安回到以前的生活呀！

她下定了决心，出院后不再为那80万元耗费精力，相濡以沫的丈夫都没了，要钱有什么用呢？她要把那座大宅卖掉，回到以前的生活中。她对女儿说："孩子，踏踏实实地做人，踏踏实实地赚钱。什么是幸福？平平安安、快快乐乐的一家人过最平常的日子就挺幸福。可惜，妈懂得太晚了！"就在她病重期间，婆婆也得了肾炎，后因肾衰竭在短短的半个月内去世，老人弥留之际的最后一句话是："把钱还给人家，妈心里不安哪！"

这位妻子最后还是想回到以前的生活中去，但已是不可能了。150万元可以买许多商品，可以供他们夫妻享用一生了。但150万元并没有带来想象中的快乐，反而噩运不断。

许多人都是这样，往往去追求那些表面上金碧辉煌而实际上并不珍贵的东西，对那些表面上平平常常而实际上非常珍贵东西却不屑一顾。为什么？因为在他们头脑中东西的珍贵与否是用金钱来衡量的。在他们眼里，需要的钱越多，东西就越珍贵。一般情况下，在买卖商品时是可以这样推论的，但是人的生活中还有许多东西是金钱买不到的。

金钱能买到的东西，再珍贵它也有个价。有价的东西花的钱再多，它也不算珍贵，只有金钱买不到的东西才最珍贵。《发展的悖论：生活越好，感觉却越糟糕》的作者伊斯特布鲁克写道："美国和欧盟创造了巨大的财富，但代价是他们的公民都患上了抑郁症。从金钱的角度来说，这些地方的人们花了大量的钱，结果只是让自己陷入不佳的情绪中。"很多人都同意，即使是亿万富翁，抑或拥有百万家财，也不是整天守着一堆钱就开心的。

在这个世界上比金钱更珍贵的东西很多，金钱买不到的珍贵的东西也很多。比如时间、健康、生命、亲情、爱情、友情、事业，等等。"千金何足惜，一士固难求"，"万两黄金容易得，知心一个也难求"。在这些方面，金钱会有一定的作用，但这个作用有可能使你更有利于获取它们，有可能使你更容易失去它们，关键看你如何去把握金钱，最后起决定作用的还是你自己。

美国《金钱》杂志有过一项研究认为，美国家庭收入和快乐程度之间的关系可以用一个坐标图来描绘。家庭年收入达到5万美元以上，显示快乐程度的曲线就逐渐变得平直。也就是说，家庭年收入在5万美元以上，收入的继续增长对快乐程度就不大起作用了。所以，在人的生活中，金钱是需要的，但只能把金钱作为人生的一种工具，而不能把它当作人生追求的目的，过分追求金钱不仅仅是不健康的，而且是没有意义的，人生应该追求更珍贵的东西，追求那些金钱买不到的珍贵。

金钱是一种效用很强的药

清代王晫在《松溪子》中写道："财者，颠倒万物者也。知者得财而暗，愚者得财而贤，诚者得财而伪，曲者得财而直，卑者得财而倨，尊者得财而屈。”

有的人有了金钱会向正方向发展，也有的人有了金钱后向反面转化的，也有第三种状态的，就是时好时坏，有的方面好，有的方面坏。

看起来金钱似乎很神奇，会让人变来变去。其实倒不是金钱有这种功效，关键是人本身的奇妙。人本身内在素质的差异，与金钱碰撞后会产生千差万别的变化。由此，也可以说金钱像一种药物，用在不同的人身上会有不同的结果。在这个关系中，人取决于德的高低，“药”要看量的多少，还要看它的“真”和“假”，这个“真”就是正当所得，“假”就是不正当所得。

对于道德水准较高的人，金钱是一种自我完善的营养药。金钱碰到道德水准高的人，就变成了一个忠实的奴仆。

对于那些道德水准一般，或对某方面有道德缺陷的人来说，金钱是一种麻醉药。对于这些人来说，碰到金钱会被麻醉。有时清醒，有时昏迷，清醒时能保持原有的一点良心，昏迷时就会被金钱牵着鼻子走。这些人中有的爱贪小便宜，为一点点蝇头小利，会抛弃良知，会降低人格；有的诚信缺失，头脑里只有金钱；还有的金钱一多就承受不了金钱之重，被压得矮了一截，变得不是原来正常的人了。

《讽刺与幽默》之《诚信试验》一文中讲道：一位研究经济学的朋友找人在10个地方做诚信试验，要他在不同的商店买10次东西，每一次买东西都付两次钱，看有多少人拒收第二次付款。

他先走进一家服装店，给孩子买了一件20元的衬衣，付过钱出来后，一会儿又进去说：“对不起，刚才我买衣服忘了给钱。”他把手里的衬衣举到店主的面前说：“你看，我买的就是这件衬衣你开价30元，我说15元行不行，你说再加点吧，20元卖给你。我说20就20。”他故意仔细描述买衣服的情景，给店主足够的时间和机会，可是她不耐烦地打断他的话说：“你不是说还没给钱吗？快拿20元来。”他只好乖乖地把20元钱给了她，再去别的商店做试验。

他一连试了9个店主，竟然没有一个拒收第二次付款。最后他到一个卖饮料的高中同学开的店做试验，看熟人怎么反应。他买了一瓶矿泉水，付了两元钱出来。几分钟后又回到店里说：“哎呀，老同学，我刚才买矿泉水忘了给钱。”老同学说：“算我送给你喝的吧!”“那怎么行!”说完把两元钱递过去，老同学竟然伸手接了。

这个试验可能只不过是作者的一篇讽刺杂文，确实写出了一部分人一碰到金钱时，道德思想就被扭曲，诚信意识就被麻醉了。这些人之所以能在金钱面前被麻醉，说到底，还是道德素质的欠缺，思想品质的免疫力不足。

对那些道德素质差的人来说，金钱是一种致人于死地的毒药。这类人有两种，一种是道德规范在他头脑中尚未形成，对于金钱根本没有正确的认识。主要是一些世界观、价值观、人生观尚未形成的青少年，他们碰到金钱，往往会被毒倒。某市做过一个调查，这个市 1363 名未成年刑事作案成员中，盗窃 1109 人，抢劫 121 人，占总作案人数的 90%。就是说绝大多数未成年人犯罪都是栽倒在金钱上。另一种是原来道德基础较差，后逐步被侵蚀，甚至于道德败坏。金钱对于这种人来说，就是一剂毒药，随时都可能置他于死地。那些贪污受贿的人，那些拿别人的钱或公款在赌场豪赌的人，那些偷盗抢劫的人都是这类人，他们吃进了金钱这服“毒药”，成了金钱的奴仆，最终死在金钱的毒害下。

由此看来，金钱确实是一种效用很强的“药”，有时有营养，有时会麻醉人，有时又会有毒性，但金钱本身并不存在这些属性，关键是与金钱接触的人，关键是这个人的道德水准。道德水准不同，金钱就会在他体内形成不同的“药”。

花钱的态度

世上的人花钱有四种基本的态度，就是节俭、慷慨、吝啬和奢侈。

节俭和慷慨不是反义词，他们是一对孪生姐妹，真正节俭的人，必定也是一个慷慨的人。节俭和奢侈是一对反义词，慷慨与吝啬是一对反义词。他们的区别主要表现在自己的钱如何花在自己身上和花在别人身上。

节俭是去掉自己不必要的花费，在自己身上花钱时考虑的是科学、合理、实用。

慷慨是在别人有困难需要帮助时，用自己的钱去无私地帮助别人。

吝啬是在自己花钱和别人需要帮助时都锱铢必较，爱钱如命。这种人像《元曲》中描写的那样："夺泥燕口，削铁针头，刮金佛面细搜求，无中觅有。鹌鹑嗉里寻豌豆，鹭鸶腿上劈精肉，蚊子腹内刳脂油"。又像巴尔扎克笔下的欧也妮·葛朗台。

奢侈是为自己花钱时，挥金如土，一掷千金，花钱如流水，讲排场，求豪华，但对于别人却是吝啬的。这些人大致是两种情况，一是钱来得容易，二是出于自心卑心理。

华东地区有一某市首富，以财大气粗闻名，终日进出灯红酒绿的娱乐场所，过着奢靡的生活。他曾大言不惭地说："（某市）KTV小姐的小费都是我提高的。"他除了平时出入豪华酒店、娱乐场所尽情享乐外，还经常带巨款前往澳门葡京赌场豪赌。一次他带了好几皮箱钱去豪赌，将钱输了个精光。

他的钱哪里来的呢？原来是他用钱色拖金融干部下水，骗贷得来的。至案发，他从银行骗贷32笔，共计1223万元，最终被判处无期徒刑。

出于自卑心理的，是他们生怕人家说他不富，生怕人家不知道他有钱，那样似乎会比人家矮一截。因此，总要炫耀自己的富有。他们挥霍金钱时，总是要让别人看到，要有人捧场，让人知道他是某地的富豪、首富，以此来抬高他的"社会地位"、抬高他的身份。

其实真正懂得金钱是什么的人并不会过奢侈的生活，像比尔·盖茨等这些富人，他们越是富有，越会把金钱用到最需要的地方去。

*在对金钱的看法上。*比尔·盖茨说："我只是这笔财富的看管人，我需要找到最合适的方式来使用它。"

*在衣食住行上。*比尔·盖茨说："如果你已经习惯了过分享受，你将不能再像普通人那样生活，而我希望过普通人的生活。"衣着上，比尔从不看重它的牌子或是价钱，只要穿起来感觉很舒服，他就会很喜欢。他平时喜欢穿便裤、开领衫、运动鞋，其中没有一件名牌。饮食上，他很少去一些豪华的餐饮酒店，有时由于工作上的需要才不得不光顾一些高级餐馆。一般情况下，他和夫人会选择肯德基，或是到一些咖啡馆，有时还会一块光顾一些很有特色的小商店。出行上，每次坐飞机，他通常都坐经济舱，

没有特殊情况，他是绝不会坐头等舱的。有一次，在美国凤凰城举办电脑展示会，比尔·盖茨应邀出席。主办方事先给比尔·盖茨订了张头等机舱的票，比尔·盖茨知道后，没有同意他们的做法，硬是换成了经济舱。

在对待子女上。比尔·盖茨夫妇十分疼爱自己的孩子，但是在满足孩子们的一些要求上，他们绝对是一对“吝啬鬼”。他从不会给孩子们一笔很可观的钱，他认为：再富也不能富孩子。他们从不随意给孩子钱，他们认为在钞票中长大的孩子，他们的养尊处优终将会让他们一事无成。比尔·盖茨公开表示过：“我不会将自己的所有财产留给自己的继承人，因为这样对他们没有一点好处。”

在对待慈善事业方面。比尔·盖茨奉行美国钢铁大享卡耐基说的一句话：“富人在道义上有义务把他们的一部分财产分给穷人。”他在短短几年里给慈善事业的捐赠达235亿美元，相当于他现有净资产的60%。

在事业的发展上。在私人的金钱花费上，比尔·盖茨非常节制，但是在事业上，他却是很放开的。有时他会不惜重金让自己的产品打入市场。在占领DOS市场的时候，其他软件价格都在50~100美元，而比尔·盖茨会以接近免费的低廉价格，即1.5美元推出自己的产品。当互联网逐渐发展起来的时候，微软为了抢占网络浏览器软件市场，比尔·盖茨决定免费赠送客户大量的软件、使用手册与免费的电话服务。

从以上几个方面看，节约、吝啬、慷慨、奢侈在这些比较中也已一目了然。比尔·盖茨花钱态度，是很值得我们深思的。

撒向人间都是爱——情爱欲

SA XIANG RENJIAN DOU SHI AI

在情爱的浇灌下，人生之路处处开出幸福的花。缺少情爱，你将不能快乐走过人生。

情爱是深海中的一汪水

生命因为有了情爱才丰满充实，人们因为有了情爱才幸福快乐。但情爱并不总是给人带来快乐，它像深海中的一汪水，有时风平浪静，竭尽温柔，有时又汹涌澎湃，海浪滔天。

一日下午，奶奶带着孙子在肯德基用餐。小男孩比较顽皮，吃着吃着，便拿着店方赠送的玩具跑出去玩。不一会孙子哭着跑了进来："奶奶，叔叔叫我喊你赔钱，还打了我一耳光"。奶奶马上怒气冲冲地跟孙子走到了店外的一辆宝马车前。"这小孩用玩具在我的车上划了一道印痕，这可是宝马760。"宝马车司机说。"你要赔钱是不是？那你等一下。"奶奶说着拨通了儿子的电话。

儿子来了会怎么样呢？母子情、父子情会因一个4岁小孩的一条划痕如何表现呢？

10多分钟后，儿子带着自己公司的6辆奔驰600到了现场。"你这个宝马760买来160多万是不是？加完税180万是不是？那我180万把它买了。"儿子向宝马司机说。已经被6辆奔驰600弄得晕乎乎的宝马司机点点头。"好，这个宝马是我的了。儿子，看叔叔们把这辆车砸烂了。"说完，他便和另外几个奔驰司机将那辆宝马的车窗砸得稀烂。

小孩无意中给宝马车划了一条痕迹，按常理推测顶多花点修理费，就可以补好。然而事态的发展完全出乎意料，母子、父子的情爱掀起了一场不小的风波，一道划痕的价值也因此倍增，居然猛增多倍，花去了180万元。车子的划痕是无影无踪了，可是，这次砸车事件却给那4岁孩子的心灵中留下了一条永远难以补平的划痕！

这就是情爱欲变幻莫测的第一个方面，一点小事会引起很大的情感波澜。在与情爱相关的小事面前，如果缺乏理智的控制，缺少法制意识和社会道德，只从情爱的角度考虑问题，就会由小事酿成大问题，造成远远超过那件小事价值的重大损失。这种情爱的代价太大，也算不上是真正的爱。

情爱欲变幻莫测的第二个方面，是情爱的起伏有时从表面上看不出有任何理由。就是说，一个人的情爱表现突然有所变化或反常，有悖于常理，让人感到莫名其妙。如一对热恋中的情侣，女孩突然感到情绪低落，由原来对男孩有好感转而有一种厌恶的情绪。男孩可能会感到不知何因，对此不可理解。表面上看没有理由，但细细分析女孩情爱欲的变化还是应该有原因的。有可能是男孩的某方面的言行举止让女孩厌恶，也可能是来自其他方面情爱的压力等。总之，一定是会有理由的，只是当事方因被情爱所迷，难以分析到真正的原因罢了。

情爱欲变幻莫测的第三个方面，是情爱波澜的趋势难以预料。这主要有以下三种复杂的情况：一是情爱欲是一张复杂而巨大的网，其间结结相扣，动一个“结”，你难以知晓情网上还有哪些“结”会随之而动。情爱欲中复杂的体系，你很难知道他内心哪种情感类型起的作用更大，因而对其外部反应较难判断。二是情爱欲过强容易使人的认识能力下降，对事物作出不符合客观情况的判断。所谓“情人眼里出西施”就是这一类。英国科学家发现爱情令人盲目。脑部扫描显示当情侣沉溺爱河时，会失去判断能力，较难发现对方的缺点和彼此间相处会出现的问题。婚姻顾问因此呼吁情侣不要因激情而闪电结婚，以免日后后悔。不只是一些情侣会出现这种情况，其他一些处于悲哀、愤怒、傲慢等情绪下的人，一样会错判事物。因为错判的程度和对象不一样，变化比较复杂，因此，对其情爱的波澜起伏较难判断。三是表里不一，故作姿态。明明心中不满，表面却装得很喜欢；明明心中喜爱，表面却装得很讨厌的样子；等等。

情爱欲像深海中一汪水，连绵千里，难以割舍。人和人一旦建立某种情爱便难以割舍，如果其后断了，也多数还是藕断丝连，总会有触到那根神经的时候。

春秋时期，鲁国的贵族孟孙打猎时获得一只小鹿，派属下秦巴西牵回去。这时，母鹿跟随在后面哀叫着，秦巴西于心不忍，就把小鹿放还给母鹿。孟孙知道后十分恼怒，便赶走了秦巴西。过了一年，孟孙又把秦巴西召回来做他大儿子的老师。左右的官员们问他："秦巴西对您是有罪的，现在您为什么又请他做大儿子的老师呢?"孟孙说："对一只小鹿都不忍加害的人，又怎么会不爱护我的儿子呢?"

孟孙和属下秦巴西之间的情爱虽经割断，一年后又再续起；小鹿和母鹿的情爱也被割断，但母鹿恋恋不舍，最终又相连；而同时，孟孙又把秦巴西对小生命的爱转移到自己的大儿子身上，使之变成了师生之爱。这些就像海中的浪，低下去，又抬起来，再低下去，再抬起来，虽有低潮，但很难断绝。像李白的忧愁："抽刀断水水更流，举杯消愁愁更愁。"又像白居易的遗憾："天长地久有时尽，此恨绵绵无绝期。"

总之，情爱给人带来快乐，丰富人生意义。但情爱欲本身却是一汪海水，需要人们把握它的深浅，了解它的脾性，能趋利避害，而不被潮起潮落所左右。

柔软是情，坚硬也是情

情爱，有时以"柔"的面貌出现，有时以"刚"的面貌出现，有时刚柔相济，介于两者之间。但不管是柔，还是刚，它都是一种力。

"柔"不是软弱，只是表面上看起来柔弱，或看起来柔媚、柔和，让你感到可亲、可近，有安全感。但实际上她也隐含着一种力量，一种让人难以自持、必须有所行动或停止行动的力量。如"笑"，有的笑是一种笑里藏刀，表面温柔，实际是温柔一刀；有的笑却是一种春风，能吹拂人的心田，使人心旷神怡，随着笑的节拍而行动，甚至于产生一种巨大的力量，以柔克刚，征服对方。

有一家公司想购买一块地皮，但被这块地皮的主人——一位性格倔强的孀居老太太一口拒绝。一个天寒地冻的下午，老太太恰好经过这家公司的门前，她想顺便劝总经理“死了这条心”。她推开门，发现里面收拾得十分整齐干净。她觉得自己穿着脏木屐走进去很不合适，正犹豫不决时，一位年轻的姑娘笑容满面地迎上来。姑娘毫不犹豫地脱下自己的拖鞋给老太太穿，然后像亲孙女一样搀扶着老太太慢慢上楼。穿着带有姑娘体温的拖鞋，老太太在瞬间改变了坚决不卖地皮的初衷。

这位姑娘并不认识老太太，她是出于一种职业的需要，给每一位来访者体贴和关怀，她也是出于一种情爱，给予每一个人以善心、爱心。正是这种善良的爱心，产生了一种强大的感染力、说服力，使原本那么坚决的人改变了自己的决定。

柔软是力，坚硬更是力。这种“坚硬”主要表现在情爱上的挚爱或痛恨。挚爱时，意志坚定，情绪激昂，有一种敢叫日月换新颜的气魄；痛恨时，可以怒发冲冠，咬牙切齿，拍案而起。这是种难以控制的情感表现，如果控制得好，可以使事态、情爱向有利的方向发展；控制不好，则会适得其反。

无论是柔，还是刚，都会产生一种巨大的力，这种力会在人们身上发挥两种主要作用。

第一种是催人奋进，使人积极生活，不断前行、不断奋斗。施特丹·阿尔丁格高中毕业时，母亲要他考文学系，他自己要考化工学院，争执不下离家出走。到第三天，他饿得两眼冒金星，在一位妇人“热狗”摊前垂涎欲滴。妇人看出他的心事给了他两个“热狗”，还倒了一杯饮料，让他坐下慢慢吃。阿尔丁格吃着吃着，眼泪不由自主地流了下来：“我和母亲吵架，一赌气我就……”

妇人说：“我给你两个‘热狗’、一杯饮料，你就感动得泪流满面，你母亲给你18年的物质和情感的关爱，你不但无动于衷，反而狠心地离开她！她会十分伤心的！”妇人这句话让他有生以来第一次感悟到母爱的伟大。他立即回到家中，投入母亲怀抱痛哭一场。此时，母亲也同意了他的选择。

他大学毕业时，母亲患了肝硬化。母亲临终前握住儿子的手说：“我从医生那里得知，你和你父亲都恳求用你们的肝脏移植给我，谢谢，我死而无怨！孩子，你能不能发明一种肝脏透析机，像肾脏做透析那样，滤出肝脏中的病毒?”阿尔丁格跪在母亲床前，挥泪发誓：“儿子一定完成您的重托，您放心吧!”

为实现母亲的遗愿，施特丹·阿尔丁格考入罗斯托克市医疗设备研究所。在他31岁时，他与其他物理学家一起，经过上百次实验，终于研制成功玛斯分子吸附循环系统——肝脏透析机。它可以对肝脏血液进行体外净化，将滤去病毒后的血液再输送回肝脏内。

妇人的两个“热狗”、一席话唤起了施特丹·阿尔丁格对母亲的情爱，使他产生一股回家认错的力量。而母亲临终的一席话，使他永远把母爱当成自己的一种精神力量，催促他勤奋学习、刻苦研究，激励他不懈努力，终于实现了母亲的遗愿。就像希腊神话中的大力士，只要靠着地球母亲，他就会有一种无往不胜的力量。每一个人都要珍藏好这种力量，发挥好这种力量，利用这种力量使自己的人生更加辉煌。

第二种是阻止你前行，拉你下水。情爱产生的力不只有使人前行的作用，还有反作用，使你停步不前，甚至于倒退、衰亡。这完全在于你自己去识别、去把握。有时情爱太浓，使人沉溺于情爱中，使人失去时间、失去精力、失去追求；也有时，情爱欲会拖你的后腿，把你拖进泥坑；也有时，有人会把情爱当作一种武器，用这种武器战胜对手。

宋代临安府柳府尹上任新职，大摆筵席宴请宾朋，许多人都来祝贺。但是在竹林峰修行52年的高僧玉道禅师那天却没有来，柳府尹认为是丢了面子，便怀恨在心，暗中设美人计，陷害玉道禅师。他暗中唤来官妓吴红莲，对她说：“你明天去水月寺内，哄那和尚云雨之事，事成之后，将所用之物前来照证，我将对你重赏，并判你从良。如办不成，定当记罪。”吴红莲第二天来到水月寺，用欺骗手段，骗使玉道禅师破戒坏了道行。玉道禅师知道中计以后，十分恼怒，不久便坐化圆寂了。

不管是柔力，还是硬力，只要你自己稳得住，力再大，也能化解，关键是对情爱要有清醒的头脑，真正的情爱，我们不要放过，更不要忘记；对那表面温柔，骨子里藏刀的情爱要能识别它，排斥它，才能使自己轻松自如，不被情所困，不被情带入人生的陷阱。

最易冲动也最忌冲动

从前，一位能干的大臣奉命出使到外国去购买珍奇异物。他遍游外国的街市商场，所看到的东西自己国家都有。一直走到街市尽头，才看到一位长者坐在地上出卖智慧，面前却空无一物。使臣问道："你卖的智慧是个什么样子？一件要卖多少钱？"长者回答说："我卖的智慧值500两金子，你先付给我金子我才告诉你。"长者得到金子后，只说了20个字："遇事多思维，不宜轻发怒；今日虽不用，终会有用时。"使臣买得智慧真言后，便启程回国。当他顺路回家时，正值深夜，皓月当空，分外明亮。他从门外看到自己妻子床前有两双鞋，便怀疑妻子与人私通，心中产生了杀死奸夫淫妇的恶念。其实此时，他的夫人正得了重病，他的母亲陪儿媳睡在一起。使臣没有急于下手，而是一遍又一遍地背诵着贤者教给他的智慧真言，仔细地观察着，思考着。当他慢慢地看清楚是自己的母亲之后，口中不断兴奋地自语："太贱了！太贱了！"他母亲听到儿子的声音，从床上惊起，问道："我儿得了什么宝物？"使臣回答："我的母亲和我的妻子，有人给我万两金子，我也不会卖。何况是五百两金子！岂不是太贱了吗？"

如果这位大臣回家时，不能控制自己的冲动，冲进门去杀了床上的"奸夫淫妇"，那将是场难以挽回的悲剧。他用五百两金子换来的智慧真言在他情绪将要冲动时，像汽车的刹车器一样，使他冷静了下来，避免了一场悲剧的发生。

冲动是情爱欲中一种激烈的情绪反应，是情爱欲过强的表现。情爱欲过强，产生冲动，常常会带来不良后果，往往造成巨大的损失。

在办公室里，两个同事，有时会因一句刺激的话而被激怒，双方冲动起来，互相殴打，甚至失手伤人。在家庭中，有时会因一点钱、一句骂人的话而引起冲动，产生冲突，发生家庭暴力，矛盾越积越深，进而离婚，甚至走上极端。两个国家，有时会因一块土地、一片水域等的争执，引发两国之间的战争。

可引发情绪波动，引起冲动的言、行太多太多。人在受到伤害损失时极易冲动；在突发性事件中，人的情绪也较难控制，控制不好会出现混乱局面；在遇到常规之外的事、听到常理之外的话、得到出乎意料的结果等情况下，人的情绪也常常会出现较大波动，会出现反常现象。所有这些冲动一旦发生，便会造成当事双方的损失，有时还会殃及池鱼。

一位学者说过："罪恶的冲动起初甜美诱人之至，惟其结果总是极为苦涩。"特别是手中握有一定权力的人，一旦冲动起来，会造成更大的损失。谚语说："国王冲动，百姓遭殃。"一个地方的领导一冲动起来，可能会毁掉一个人、一群人一生的前途，可能会毁掉一群人的财富、一个地方的发展。

人的感情有时很脆弱，一遇到风吹草动，极易冲动。但冲动也不是不可控制的。简单的处理方法有两种。

一种是理智地对待自己的情绪，冷静地再想一想。古人说："坚而必断，刚则必折，为人处世，'忍'字最为重要。"遇到易冲动的事，先"忍一忍"，就会避免不良后果，避免重大损失。

英国科学家法拉第的童年是很艰苦的，他从未上过学，卖报时从报上学识字，后来当图书装订工，从装订的书籍中学习。后来，他申请到皇家学院戴维教授的身边工作，当实验室的一名助手。一次，戴维教授带着新婚夫人去欧洲大陆旅游时，让法拉第随行。这位夫人是个傲慢的女人，待人苛刻，把法拉第当仆从使唤，有时还不给饭吃。法拉第由于气得难以忍受，好几次想中途离去，但是，为了事业只好忍气吞声。就这样，他虽然在旅途中饱受戴维夫人的凌辱，但却大大地开阔了眼界，认识了当时欧洲大陆上的不少科学家，学到了在实验室里学不到的许多知识。

在这种环境下，情绪受到压抑，人格受到不平等对待，产生冲动的情绪是完全可以理解的。可是，如果法拉第真的冲动起来，甩手而走，那他就不可能认识那么多科学家，不可能有那么多知识上的交流，那能否有后来的成果，就很难说了。

我国秦朝末年，韩信如果在胯下受辱时冲动，杀了那几个泼皮，那他可能被关进监狱，或被斩首，哪里还能有后来的淮阴侯呢？所以，在这种情况下，冷静下来想一想、比一比是很必要的。

还有的人在处理这种情况时，心放得很宽，以幽默的态度对待，完全释放了冲动的能量。

德国柏林空军俱乐部举行盛宴，招待空战英雄，一位年轻士兵斟酒时不慎把酒泼在乌戴特将军的秃头上。顿时，士兵悚然，全场寂静。可是将军却悠悠然，轻抚士兵的肩头说："老弟，你以为这种治疗秃顶的办法有用吗?”话音刚落，全场立即爆发出响亮的笑声，人们绷紧的心弦也松弛了。

如果这位将军认为这是对他尊严的蔑视冲动起来，那不但整个宴会会搅乱，那位年轻士兵的人生更会遭受沉重的打击。将军的那一幽默，不但缓解了紧张的气氛，更是影响了年轻士兵的一生。

另一种方法是充分认识、了解情绪，以适当的方式表露自己的情绪，以转移的手段化解冲动的情绪。在易使情绪冲动的环境下，想到别人的事，另辟一条路或离开当时的环境，会扼制当时的冲动，开辟一片新天地。

罗曼·罗兰曾深爱着意大利姑娘索菲亚。有一天他向索菲亚表露，却遭到她的婉言回绝。罗曼·罗兰陷入痛苦的深渊，在痛苦中他终于悟出一个道理：摆脱失恋的最好办法就是学习和创作。为了鞭策自己，他在日记里写道：“我明白，我能创作，我是自己的，一切属于我，包括我的那些锁链。我是我自己的各种痛苦的主人!”他从失恋中站立起来，把一切烦恼都驱逐得远远的，一天到晚不离开书桌，经过10年呕心沥血的写作，终于完成了一部轰动世界文坛的巨著《约翰·克利斯朵夫》。

冲动是过激的情感表现，牵涉到个人的私情时，一定要冷静、转移，加以理性地控制，这样才能让你走过情爱的雷区，而不被冲动的情爱所害。但冲动也不都是消极的。有时在死水一潭的环境下是需要冲动的，特别是关键时刻需要冲动去打破局面，开创新局面。

有时一个人的冲动能完成一种创新，或引发一种伟大的思想、伟大的理论。在思想上守着旧的框框会死气沉沉，如果能让思想冲动一下，可能会有所突破。正如人们所说的：许多疯狂是非凡的见识，许多见识是十足的疯狂。就像亚里士多德在浴盆里思想的冲动发现浮力定律一样。

情爱错觉

错觉是人观察世界常会出现的一种现象。这是一种由于背景等某种原因引起的对客观事物的不正确的知觉。因这种错觉的存在，人们对客观事物常常会产生错误的判断。

情爱欲也有这种现象，人们处在情爱中，对情爱的判断也经常会产生一种错觉。

伦敦大学的科学家在试验中让20名母亲分别观看自家小孩以及其他孩童的照片，并同时利用功能核磁共振技术对受试者的脑部活动进行监测。结果发现，当受试者面对自家小孩或是亲友的小孩时，大脑中负责“批评”的区域思维活动明显减弱，但负责“表扬”的区域思维活动则明显增强，这最终导致了母亲的评判标准出现了波动，评判结果也就具有明显的主观性了。他们的研究证实，在面对爱人、孩子以及其他亲朋好友时，母爱与情爱都会让人暂时“失明”。

这种“失明”就是情爱错觉。在这种情爱错觉的支配下，人会闹出许多笑话，会产生许多烦恼，会留下许多遗憾，会演绎许多悲剧。那么，情爱错觉有哪些表现呢？

第一种，错误地想拥有对方的全部情爱。一个人对另外一个人产生爱，或对另外一个人产生情，总以为对方会全身心地把爱、把情都给自己。其实，在现实生活中这种情况是很难做到的。因为，一个人在社会上不只是充当一种角色，而是会承担多种角色。一个妻子，同时会是一个母亲，一个儿媳妇，一个单位的成员。一个人在社会上会有很多种角色，每一种角色，他都会、也都要付出他的情爱。如果想独占他的情爱，那他只能做一种角色了。

有的恋人、夫妻错误地认为既然你的情爱是给我的，就不能对别人有任何情爱。这种人往往把爱情与情爱混淆起来。爱情是自私的，是一对一的，应该专一；但情爱是广泛的，有朋友情、同事情、同学情等多种类型。

第二种，错误地认为大家对自己都会有情爱。有的人总认为自己付出的情爱总会得到同等的回报。在自然界中“种瓜得瓜，种豆得豆”，但在情爱领域中，“种瓜”并不一定“得瓜”。

罗马尼亚有位叫格古额图的男子，在一次打官司中被美丽的女法官所迷。虽知道女法官已结婚，但还是按捺不住自己的欲望。终于，想到一个办法，就是在法庭上一睹“情人”的芳容。于是，他寻找控告以前雇主的理由，包括员工对拥有两块毛巾的权利和在工作时应有足够的肥皂洗餐具等。他并不在乎理由大小，一次次地将以前曾雇佣过他的所有倒霉的雇主告上法庭。在法庭上，他对官司不感兴趣，而是死死盯住女法官，欣赏她的美丽。当女法官知道这事后，她怎么也没想到自己多少天审理过的这些没完没了的小案件的原告是冲着她来的。

这真像苏轼在词中写到的:“墙里秋千墙外道。墙外行人，墙里佳人笑。笑渐不闻声渐悄，多情却被无情恼。”这是一种单相思。如果把这种相思埋藏在心底，也可能是一种美好的回忆。但也可以在适当的时候把这层纸捅破，能合拍则很好，不能合拍应该尽快摆脱这种情感缠绕，免得浪费了自己的青春年华。

还有一种一厢情愿，自己有名气，或有地位，也有不少追随者、崇拜者，以为大家都会把情爱付于你。

有位歌星外出坐车，司机是一位 30 多岁的中年男人，问清了目的地后，那人就一言不发只管开车。这让歌星甚感失落。到目的地车费 22 元，歌星没有零钞，拿出一张 100 元，表示不要找了。虽然司机也没足够的零钞，但他说：“这不行，我去超市把钱找开。”歌星一看时间不早了，就拿出两张她签名的专辑：“你不认识我吧？我用这两张我的专辑抵车费吧。”司机的回答大大出乎她的意料：“认识，你是干唱歌的吧。不好意思，我不喜欢听歌。要不，车费就算了吧。”……歌星后来说，她时常想起那位司机。记住有人不喜欢你，这时常让她感到自己的渺小，渺小得经常叫人担心来阵风就会把自己吹丢了。

第三种，是错误地把性欲当情爱。性欲是人的自然本性，是人的生理现象。积极健康的性生活具有繁衍后代、享受快乐、增进健康的功能。古书中把适度的性行为比喻为人参肘子，“只宜长服不宜多服，只可当药不可当饭”。

人类的性行为实质上又是一种文化现象。它受到感情、道德、风俗、法律、知识的影响和制约。其他方面不说，就以性欲的情爱来说，性欲应该在情爱的框架中才真正可以显示出它的功能，否则会走向反面。

有些人则不以为然，他们或者把性欲等同于情爱，认为发生性行为就是有情爱；或者把性欲游离于情爱之外，完全把性行为当成一种生理发泄。这种没有情爱的性行为可能会有一时的快感，但会带来一世的痛苦。

总之，人们对情爱要有正确的认识，要避免被情爱所蒙蔽而产生错觉，这样可以减少人与人之间一些不必要的误会，减少矛盾和冲突。

情爱的根

有一个地方，当你犯了过失而想起她或走进她时，你会流下悔恨的泪水，深感对不起她；当你取得成绩而想起她或走进她时，你会泣不成声，把一切都归功于她。这个地方，就是家。

家是一个人情爱的发源地，又是一个人情爱的归属地；是一个人情爱的脐带，一个人情爱的根。当一个婴儿离开母体时，医生会剪断他的生理脐带。但一个人无论是近在咫尺，还是远在天涯海角，这根情爱的脐带都永远不会被剪断。这根脐带，会给你力量、给你精神，会给你灵感、给你希望。如此重要，我们每一个人都应该尽力去维护她、建好她、发展她，让她成为一个充满活力的、和谐的家。

说到家庭的责任，有些人可能压力太大，又会搬出那句老话，就是“婚姻是爱情的坟墓”。这是对爱情片面的理解。恋爱和结婚都是爱情的表现形式，只不过是侧重点不同而已。恋爱是以浪漫为主，以发现、接受对方的优点为主的爱情；而结婚是以现实为主，以发现、接纳对方的缺陷为主的爱情。

把结婚当坟墓的人，是用恋爱的眼光看婚姻，而没有用家庭的眼光看婚姻，因而会有一种诧异、一种失落。用家庭的眼光看婚姻，婚姻只不过是在恋爱的基础上加入了3 种调味品，这就是：平平淡淡、琐琐碎碎和磕磕碰碰。加入了这3 种调味品，会使爱情更加浓厚、更加珍贵。

家庭中的平平淡淡。结婚以后，夫妻俩可能今天要重复昨天的生活，明天重复今天的生活。每天重复跑一个菜场，每天下班做饭，一家在一起吃饭，然后是看书或看电视，熄灯休息……日复一日，年复一年，就这么过着平淡无奇的生活。偶尔会在这平静的水面上泛起一些涟漪或掀起一些波澜，如生子，夫妻某一方的进步、成就，夫妻吵架、怄气，子女升学、就业……涟漪、波澜之后又会恢复平静。这就是大多数家庭的生活，但在这平平淡淡的一天一天中，夫妻各自接纳了对方的缺陷，并使对方的优点得到了较好地发挥。

家庭中的琐琐碎碎。在家庭生活中，你如果是一位丈夫，当你妻子抱小孩时，你就要容忍她喊“老公，拿块尿布”；当你妻子做饭时，你就要容忍她喊“老公，剥两根葱”；当你妻子洗衣服时，你就要容忍她喊“老公，拿衣架”；当你妻子上班时，你就要容忍她每天站在门口喊“老公，我的钥匙呢”……你如果是一位妻子，当天天吃韭菜炒肉丝时，你就要允许他说“明天能不能换换口味”；当他拿出洗过的衣服穿时，你就要允许他说“这油斑怎没洗掉”；当有重大比赛时，你就要允许他说“调到体育频道”……家庭生活就是这样，每天相互听着对方想都不要想脱口说出的话，讲着这些琐琐碎碎的事。但在这些随口说出的琐碎中，隐含的是亲密无间，体现的是和谐。试想，谁会对外人说这些不设防的琐碎的话，这种琐碎的话就像一首轻音乐，在家庭中飘荡。

家庭中的磕磕碰碰。磕碰是和谐家庭中的一个音符，一个插曲。没有过磕碰的家庭，可以说基本上没有。因为，一个人有时自己还有思想斗争，还有犹豫不决，何况两个人呢？家庭中的磕碰，一般都是夫妻两人之间因性格、思维方式、认识水平、分析能力、生活经历等不同，在误解情况下产生的，是无意中产生的。如妻子常抱怨丈夫下班回来不跟她讲话，或不听她说话；而丈夫则嫌妻子唠唠叨叨，或问的话叫人无从答起。这时就易发生磕碰。又如，人们对情爱了解不深，有时情爱很奇怪，越是亲近的人，之间越不会客气礼貌，越不可能设防，因而夫妻双方常会抱怨对方对人家热情、帮助、讲礼，对自己指使、发脾气、不礼貌，有时还会出口伤人，说脏话等。这时也易发生磕碰。再如在一些非常时期，丈夫在单位受到挫折，情绪低落时，妻子生理上有不适，情绪不稳时，都有可能产生磕碰。

磕碰不要怕，矛盾冲突家家都会有。关键是要把磕碰控制在一定的强度下、一定的范围内，不使它升级扩大，不至于动摇家庭的根。这就要夫妻双方共同努力去爱根、护根。

首先，不要使磕磕碰碰公开化。没有原则冲突的磕磕碰碰，可以在夫妻之间化解，而且夫妻之间会有化解这种磕碰的本领。就像一条河对一般的小污染有净化能力一样，夫妻间是可以“净化”的。

其次，在磕碰中不使用“离婚”、“分手”之类的语言。磕碰不是主观故意挑起的冲突，不是原则性问题，只要冷静下来，相信时间会化解它。一旦把“离婚”、“分手”之类的话说出来，就很难收回，那必将把矛盾扩大。脸皮撕破了，人也就无所顾忌了。

第三，在磕碰中要相互信任，但不可放任。夫妻之间吵嘴、怄气，还是要信任对方，不要把对方多少年的不是一件件抖出，更不要无中生有地说出怀疑对方的话。但也不能放任自己，因为吵架，一气之下，摔门而出。

和谐家庭是家庭所有成员的根，建立和谐家庭是所有家庭成员的义务。这样，夫妻间的爱情才会越过越和谐，情爱的脐带才永远不会被剪断。

珍爱生命，让生命实现它的价值——生命欲

ZHEN'AI SHENGMING, RANG SHENGMING SHIXIAN TA DE JIAZHI

在生命欲望的面前，一切欲望都显得渺小，能懂得生命的人才知道：活着真好！能把握生命的人会知道：活出价值！

失去就永不再来

在雅典残疾人奥运会结束时，因7名高中生遭车祸遇难，大会组委会取消了闭幕式的文艺演出，以表达对遇难者的悼念。对此，大多数人表示理解和敬佩。但是，也有一些人对此举表示困惑：残奥会是属于全世界的，雅典为了7名高中生遇难而取消残奥会闭幕式的文艺演出，是不是有点小题大做了？

那7名高中生是在前往观看残奥会比赛的途中遭遇不幸的，是在追求崇高的残奥精神的路途中离去的。在那一天，所有的运动员甚至世界上所有得知这一噩耗的人，都会为那7个孩子遭遇的不幸感到悲伤。所有运动员、演员，尤其是那些遇难孩子的家长、亲友，都不会再有心思观看表演。残奥会也因此蒙上了一些悲伤、阴郁的色彩。

此时此刻，取消文艺演出，体现了一种伟大的奥运会精神，体现了一种伟大的人道主义精神。这一举动中彰显的对生命的敬畏和尊重，是一种无法用其他任何东西替代和超越的神圣之感，是一种尊重生命的文化信仰。

失去生命是一种不可挽回的损失。在人生的其他挫折和损失中，如失业、下岗、降职等，包括一些事故中的财产损失，都有在将来挽回损失的可能，但死亡是不可逆转的。一个人可能会重新得到更好的工作，获得更多的财富，但生命只有一次，失去了就永远失去了，失去了就永远不会再来。因此，人必须珍爱生命、热爱生活。而珍爱生命、尊重生命是人一生的追求，是人一生中一种崇高品德的体现。那么，如何去珍爱生命呢？就是要在社会的允许下，让生命变得有意义。

*首先，要珍爱你已拥有的。*20 世纪 20 年代末，纽约股市崩盘，许多人倾家荡产，一些人因此一蹶不振，甚至选择结束生命。有一家大公司的老板回家后伤心地大喊大叫："完了！完了！我被法院宣告破产了，家里所有的财产明天就要被法院查封了。"似乎生命已无意义。这时妻子挽救了他。

妻子说："你的身体也被查封了吗？""没有。"

"那么，我这个做妻子的也被查封了吗？""没有。"

"那么孩子们呢？""他们还小，跟这事无关！"

妻子接着说："既然如此，那么怎能说家里所有财产都要被查封呢？你还有一个支持你的妻子以及一群有希望的孩子，而且你有丰富的经验，还拥有健康的身体和灵活的头脑。至于丢掉的财富，就当是过去白忙一场算了！以后还可以再赚回来的，不是吗？"

3 年后，他们公司再度成为《财富》杂志评选的 5 大企业之一。

这位老板在妻子的启发下，没有结束生命。如果生命结束了，也就不可能有他后来的东山再起。其实，在现实社会中，因为种种原因，使你一夜回到起步前，甚至于连起步前都不如的情况太多了。此时，如果头脑里只有失去的，那就会感到生命无意义；如果想到自己仍然还拥有的，你又会点燃生命的希望。从前的你不是从那时开始奋斗的吗？现在还可再来。

*其次，必须珍爱你存在的每一天。*生命都是一天天成长、一天天成熟。成长中，不要以为日子还长而放任自己；成熟后，不要以为日子苦短而放纵自己。那都是对生命的残害。更不要在受到损失、挫折打击后而放弃自己，只有珍爱存在的每一天，才有可能让生命有意义、有价值。

一对孪生兄弟在一次火灾中死里逃生，但大火已把他俩烧得面目全非。哥哥整天唉声叹气："以后怎么见人，怎么养活自己？"他对生活失去了信心，再也没有活下去的勇气，总是自暴自弃地说："与其赖活着还不如死了算了。"弟弟劝哥哥："这次大火只有我们得救了，我们的生命还存在，我们的生命更显得珍贵。"

兄弟俩出院后，哥哥还是忍受不了别人的冷眼，偷偷服了安眠药离开了人世。弟弟却生存了下来，无论遇到多少嘲讽，他都咬紧牙关一天一天地挺了过来。一天，他还是像往常一样做事，路过一座桥时，看到一个年轻人往河里跳，他立即停车救人。年轻人被他救起后还连续跳了3次。

后来他才知道自己救的竟是亿万富翁。亿万富翁感激他，资助他干起了事业。他凭着自己的诚信经营从一个积蓄不足10万元的司机，发展成了一个拥有3亿多元资产的运输公司的大富翁。几年后医术发达了，他又用挣来的钱修整好了自己的容貌。

真是留得青山在不怕没柴烧。死的也就死了，活着的活得一天比一天好。活着不是还有阳光、还有时间吗？这些都会抚平创伤，会逐步挽回损失。离开了阳光、离开了时间，就什么也没法挽回了。

珍爱生命，不只是爱自己的生命，还应该珍爱其他生命，对其他生命也尊重、敬畏。珍爱其他生命也是在珍爱自己的生命。

一次，在温布尔登网球公开赛中，一只小鸟突然飞进正在进行激烈比赛的赛场。非常不凑巧，飞速腾空的网球正好打在小鸟的身上，小鸟当场坠地身亡。击中小鸟的那位运动员立即中止了比赛，走到小鸟面前，当着全体观众的面，为自己的这一过失，虔诚而毫不犹豫地跪倒在那只小鸟的面前。全场为之感动。

虽然是一只小鸟，与人不可比；虽然是无故伤害，与故意伤害不可比，但体现了这位运动员对生命的尊重和珍爱，显示出这位运动员高尚的品格。

生命没有大小、先后、优劣之分，只要是应该生存的，你就无权去结束他。如果你结束他，可能也就伤害了自己。因而，要珍爱生命，珍爱一切生命，认认真真地走过每一天，以坚强的意志、顽强的毅力坚持守住生命的阵地，不到最后一刻绝不放弃。

生命的盲者

人一生下来就忙着去认识世界，去享受生活，却很少有时间静下来去了解一下自己的生命。因而一些人对自己的生命一无所知，或者是知之甚少，甚至于了解的是歪曲的东西、相反的一面，这些人就成了生命的盲者。

生命的盲者看不到生命的短暂。任何生命都有生必有亡，庄子说“朝菌不知晦朔”，说的是一种寿命极短的菌类植物，这种植物是朝生暮死，可见其生命之短。人的生命要比朝菌的寿命长得多，但也不过百年。更何况死亡的威胁，总是伴着人的一生，它可以在一瞬间剥夺人的所有幸福。从这一点看，人的生命实际是很短暂、很脆弱的。但是，那些生命的盲者则看不到这一点，把自己有限的生命投入到无聊的生活中去，让宝贵的生命在空虚中白白地流逝，成了一个多余的人，就像俄国作家普希金笔下的奥涅金。

奥涅金是普希金诗体小说《叶甫盖尼·奥涅金》中的主人公。他是俄国文学中第一个多余的人。他受过资本主义文明的熏陶，读过英国经济学家亚当·斯密的《国富论》、卢梭的《民约论》，喜爱拜伦颂扬自由和个性解放的诗歌，并且对科学技术在农业上的应用发生兴趣。他也曾有过热情的梦想，希望在俄国出现某些资本主义性质的变革。但他远离人民，看不到变革俄国社会的力量和道路。结果，热情消失，梦想破灭，只落得整天无所事事，沉溺于舞会、剧场、酒馆与美女之中，以填补自己内心的空虚，成了一个游手好闲的人，一个多余的人。

现在，确实有些人就是这样对待生命的。他们原来也学习过、奋斗过，一旦得意或失意后，他们就变了一个样，逐步成为多余的人，成为“二混子”。其实这是在慢性自杀，是在缩短寿命，是在向生命中注水。

生命的盲者看不到生命的渐变。有个叫“贝勃定律”的实验，就是一个人右手举着300克重的砝码，这时在其左手上放305克的砝码，他并不会觉得有多少差别，直到左手砝码的重量加到306克时才会觉得有些重。如果右手举着600克砝码，这时左手上的重量要达到612克才能感觉到重了。也就是说，原来的砝码越重，后来就必须加更大的量才能感觉到差别。

细小的变化不易被察觉，自然界的事物是这样，人的生命更是这样。生命总是在不断地变化之中的，而且总是逐渐趋向于消亡。有的人总会拿放大镜去一节一节地看这个过程，因为看不出什么变化，也就成了生命的盲者，也就对生命若无其事起来。这种人大致有两种情况：

一是自以为有时间的人看不到生命的变化。年轻人，刚刚享受生活，认为有的是时间，“老”对于他来说是很遥远的事，因而把生命用在享受上。有一则报道，讲一位贫困农村的父亲，为了替儿子筹集读高中、上大学的学费，卖血8年。到儿子读大学的时候，父亲卖血的频率不断加快，量不断增加，最后母亲也一起加入卖血为儿子筹集学费的行列。但儿子拿着这些真正的“血汗钱”在干什么呢？他并没有好好读书，而是整天混迹于电脑游戏上，父母8年的“血汗钱”最后换来的是儿子的退学通知书。这不仅是对自己生命的残害，更是对父母生命的残害。

二是自以为健康的人看不到生命的变化。自认为身强力壮，生命力强，因而酗酒、吸毒、沉溺于色情之中。有一个老板从一个穷孩子不断奋斗，打工、开饭店、开装潢公司，终于成了有几百万资产的富翁。这时才30多岁，正是身强力壮之时。然而，他没有让生命更有意义，而是去玩弄自己的生命了。他同时找了4个情妇，天天与情妇约会，又发展到与几个情妇同处一室，日日寻欢，此时看不到生命的变化，看不到死神已经逼近，仍然拿生命去享受，染上了多种疾病。这时才慌了，哀求医生无论花多少钱都要救他，最后在“百万钱财也救不了我的命”的哀叹中逝去。

生命的盲者看不到生命的对手。生命也是有对手的，这些对手有强有弱，但它们总是寻找机会去危害生命、剥夺生命。而生命的盲者不但看不到这一点，还反过来去哺育生命的对手，不断增强生命对手的力量，最终被这些对手打败。

那么，这些对手是什么呢？这些生命的对手就是吃、喝、嫖、赌、毒，你一旦沾染上，这些将会残害你的生命。

西南某市有一位女大学生，美丽漂亮。在一次会上与某单位一位处长相识。这位已有家室的处长对她垂涎欲滴，并冒充款爷局长，不断地施展手段猎艳。在一次见面时，处长给她一张协议书。上面写道：做她的男朋友，希望她能嫁给自己；本人全力支持她考托福，并尽可能帮她拿到出国签证；以3年为期，供她考察本人的品行，若3年后她仍不肯嫁给本人，本人自愿补偿她青春损失费100万元。待美丽女生看完，处长拿出一个存折递过去说：“这本存折用你的名字存上了100万元，但密码要3年后才能告诉你。”美丽女生终于投入了处长的怀抱。此后，美丽女生发现处长不是局长，100万元存款也是假的，一气之下，大骂处长是大骗子，强奸犯，要么去坐牢，要么给100万。最后处长恶念升起，残忍地勒死了美丽的女生，当然自己也受到了法律的制裁。

这两个人一个在做违反道德的事，一个在做违反道德又违法的事，养大了生命的对手，终于被生命的对手所害，教训是惨痛的。

一个人的生命是短暂的，对这短暂的生命要看得清、认得准，懂得生命存在规律，不被其对手所蒙蔽，善于识别、坚决抵御危害生命的东西，让生命更强，走得更远。

生死抉择

生命是宝贵的，但人们常常也会碰到不顾惜生命，需要献身的时候。这个时候，你会退却吗？

李白在《比干碑》中写道：“不可死而死是轻其生，非孝也；可死而不死是重其死，非忠也。”意思是说：不应该去死却决定牺牲生命，这是把自己的生命看得太轻，不是孝道行为；应该去死却不肯牺牲生命，这是把自己的生命看得太重，不是忠诚的行为。他把忠孝作为生死抉择的标准，为了忠，为了孝，人们可以献身。

献身的事天天都在发生，舍弃生命的人天天都会出现。发生、出现后引起的反响是不一样的，因为他们舍弃生命的目的、意义是不同的，他们在人们心中的评价也是不一样的。不同主要有三种：

舍弃生命是可悲的。清代金兰生《传世言》中说：“受连城而代死，贪者不为，然死利者何须连城？携倾国以告殂，淫者不敢，然死色者何须倾国。”给他价值连城的钱财叫他去死，再贪婪的人也不肯；让他带着倾国倾城美貌女子去死，再荒淫的人也不肯。但的的确确有不少人为财死、为色亡，所谓“人为财死，鸟为食亡”。

原全国人大常委会副委员长成克杰与情妇一起共收受贿赂人民币2010万元、美元3.5万元，港币806万元，并利用手中权利非法谋利903万元，被依法枪决。

原河北省国税局局长李真收受贿赂680万元人民币、17万美元、1万港币，与他人合伙贪污公款2000万元人民币，与他人合伙侵吞股权46.47万爱尔兰镑和112.5万美元，被判处死刑。

这些人是利用手中的权力搞权钱交易，还有的人为了财抢劫杀人、绑架勒索、嗜赌如命等，他们都是疯狂地敛财，连生命都不顾的人。还有为争权位而舍弃生命的、有贪色而舍弃生命的，并不是他们不知道生命的重要，而是他们把财、位、色看得更重，把财、位、色当成了他们生命的目的。为财死、为权死、为色死不是很可悲吗？

舍弃生命是可惜的。据世界卫生组织2000年的统计，日本男性自杀率约为3.5/10000，女性约为1.3/10000。同年美国男性自杀率为1.7/10000，女性为0.4/10000。据日本警方统计，2003年日本有34427人自杀，为历史最高纪录，其中1/4以上的人是因为债台高筑或经济困难而选择死亡。

我国每年也有一些人用自杀的方式结束自己的生命。其中的原因很多，有因病的，有因债的，有因感情纠葛的，有因各种精神压力的，等等。不管什么原因，有两点是比较肯定的，一是自杀的人对生命、对死亡认识模糊，特别是一些中小学生，对死亡的概念没有最基本的认识，根本不知道生死是什么，更不知道其后果是什么。有的中小学生模糊地认为死就是睡着了，或者是暂时离开。二是这种人大多心理承受能力差，经不起挫折的打击，缺乏顽强的意志。一遇到打击，就感到痛不欲生，甚至一点很小的不幸都会让他们心烦意乱，不能排解，难以自拔。殊不知就这样舍弃生命，岂不可惜。更何况，生命不只是属于自己的，生命还与很多的人牵连着。父母养育你，你舍弃了生命也就舍弃了父母，父母更痛苦；亲友爱护你，你舍弃了生命也就舍弃了亲友，亲友也痛苦。

一个人在社会上不管遇到什么困难，遇到多大挫折，都不能拿生命去填补，而只能爱护生命、恢复生命的活力，充分发挥你生命的潜力去克服困难、战胜挫折。只有坚信路是靠人走出来的，风雨过后才能见彩虹！

舍弃生命是可贵的。“苟利国家生死以，岂因祸福避趋之。”为国而死，为正义而献身是可贵的。这样的生命也实现了他的最高价值。那些为解放全中国而英勇献身的无数革命先烈，为建设新中国而殉职的革命烈士，都是为国家、为人民舍生忘死的人。

像董存瑞舍身炸碉堡、黄继光舍身堵枪眼、罗盛教舍身救儿童……无数的英烈都是把国家的利益、把人民的利益看得比自己生命还重，他们视死如归，用生命换来的是更多人的幸福，换来的是国家的富强，这种献身是可歌可泣，可叹可赞的。

这种可贵的舍弃生命，在平常的日子也会有各自不同的表现。

一位70多岁的母亲患了尿毒症，她的儿子毅然把自己一只健康的肾移植给母亲，使母亲重获新生。母亲至今并不知道肾是儿子的。母亲养育了儿子，母亲需要儿子时，儿子不顾自己的生命，毅然给母亲以生命的回报。

在一次车祸中，出租车冲进河内，20多岁的儿子一把抓住父亲，又拉住了母亲，他要让二老从窗口逃生，然而，几乎是不约而同，爸爸妈妈同时掰开儿子的手，把儿子朝外推，已经精疲力竭的母亲艰难地挤出了两个字："快走！"最后儿子活下来了，爸爸妈妈却不幸去世。在生死关头，把生的希望留给儿子，把死留给自己，多么伟大的父爱母爱啊！

一天，两名歹徒持枪闯入广东某中学，抢走刚刚收缴上来的学费5万元。在生命和学校财产受到严重威胁的危险时刻，该校的18位教师勇敢地冲上去与歹徒展开殊死搏斗。在歹徒开枪的情况下，教师们没有被枪声吓倒，而是冒死上前夺枪，最后将其中一名歹徒当场擒获，还缴获了仿制的枪、匕首，被抢的5万元学费也绝大部分被追回。事件中，有3名教师受到不同程度的外伤。

这些都是一些平平常常的人，他们平时并没有什么惊天动地的业绩，只是平平淡淡地生活，平平凡凡地工作，但在面临生死抉择的时候，他们勇敢地作出了选择，在国家、人民、他人的利益受到损害、需要自己用生命去维护的时候，他们挺身而出，义无反顾，这才是可贵的人生价值，高尚的人格精神！

生命不止，希望不灭

人的生命并不是一帆风顺的，在一生的各个阶段都可能会遇到生存的危机，遇到突发事件，使生命受到威胁、陷入绝境。此时，能否绝处逢生，精神力量最重要。

肯尼斯·康姆勒是美国的一名著名医生，他写有一本《绝境求生》的书，专门探讨人类在极度险峻环境中的生理变化。他认为，只要一线生机尚存，人体几乎可以应付任何状况。也就是说，人在处于生命危机的时刻，就自己的生理机能来说，还是有自救或被救的时间的。此时最重要的是人的心理素质，人的精神。肯尼斯·康姆勒在谈到哪些人较能承受生存压力时讲道：

如果你有纪律，懂得放长线钓大鱼，不会只图一时之快；完成工作后默默承受满足感，而不会四处张扬；凡事有主见，而不是只为博取他人肯定，那么你就拥有绝境求生者必备的素质。因为有这样素质的人遇到紧急情况时，不慌张、不盲目，能稳得住、能沉得住气，能够忍受灾难带来的痛苦。有这样素质的人在生命危机中能够承受巨大的压力，能够沉着应对危机。同时真正要让奇迹发生，使自己获得新的生命，还必须有信念的支撑，有信念的呼唤，有信念的激励，这样才能逢凶化吉，转危为安，在自救或被救中获得新生。

在生命危机中，要有坚持战胜一切的信念。

在生活中，常常会有一些病危的老人，即将去世时，还在坚持着、等着，就是等最后见一面他最想见的人，等着最后听一句他最想听的话，等见了、听了，他才闭上眼睛离开人世。

有一位打工者，白天做瓦工活，晚上到歌厅给人唱歌挣点小费。一天，他接到家里电话告知母亲病危，他用身上仅有的300多元钱给母亲买了药，又去向老板讨要工资做路费，但老板分文未付。他在情急之下，决定徒步奔家看望母亲。他沿着铁路线行走，要饭、拾破烂，几经周折，历时8个月，历经千辛万苦，从山东走到黑龙江的家，最终给母亲唱了一首歌《想家的时候》，母亲才闭上眼睛离开人世。

2004年底印度洋海啸灾难中，一名印尼男子靠一根树枝在海上漂流8天后获救；一名女子靠一根棕榈树干在海上漂流了5天，终被一艘捕鱼船救起。

如果他们没有坚持下去的信念，他们的生命很快就会消失，哪里还有生的可能？在这种危机中，只要一息尚存，都要有生的希望，都要坚持下去。

有一位少年从贵州到河南走亲戚，在雪地玩耍时，不小心掉进了30米深的机井中。当跌入井中的一刹那，他先是一惊，随后脑子里是一片空白，但求生的本能与欲望使他在落入水中的时刻突然清醒过来，他奋力挣扎着浮出水面，用四肢、膝盖和头部死死地抵住井壁。这时他惟一的也是最强烈的念头就是："我一定要爬出去，我必须活下来！"在井里的第4天，他连抬头都很困难，棉袄磨掉了一只袖子，鞋子掉了，袜子全没了，身上多处磨破的伤口令他疼痛难忍。就这样，他在井里坚持了4天4夜，终于被人救起。

坚持就是希望，坚持就有化解危机的可能。在坚持中，会赢得自救或被救的时间，在坚持中，会得到自救或被救的机会。因此，在生命危机中，决不能放弃，必须坚持到底。

在生命危机中，要有爱能战胜一切的信念。

爱是一种力量，是一个人在生命危机中能战胜一切困难，一切苦痛的力量。因为爱，会使你不顾一切地坚持下去，会使你想尽一切办法去突围；因为爱，别人会来解救你，会来帮助你。

西南某大学一名学生，在大学四年级的一天，他突然感到坐不起来，经诊断为心脏病晚期，心肺全部坏死，惟一的办法就是做心肺联合移植。只是这种手术是一个世界性的难题，国内迄今为止只做过4例，最长的只活了87天，尚无完全成功的先例。母亲决定试一试，她对儿子说："妈妈面前有两条路：要么你每天躺在床上，靠器械维持几年的生命，要么就是接受生死未卜的手术。"儿子说："妈妈，不管出现什么意外，儿子都不会怪你。假如我赢得了生存的机会，以后我一定会好好工作、好好孝敬你们！"

手术20多天后，他新移植的肺部突然发生大面积的霉菌感染。不知多少次的积水、感染、高烧，死神一次次地侵来。然而，每当他看到母亲贴在玻璃门口的那张苍白的脸，体味着她那颗跳动的心，他就获得了一种非凡的力量！"有妈妈的爱支撑和护佑着，所有的一切都不能把我打败！"他终于闯过一个个死亡的关口！

如今，他顺利大学毕业，并通过了国家司法考试。这是母爱产生的巨大力量，这种力量使母子都坚定了战胜死神的信念，使医疗专家们也坚定了手术成功的信念。这对于处在绝境中的人非常重要，它常常会制造出生命的奇迹。

2003年5月1日，土耳其东南部发生了里氏6.4级地震。前一天是雷米和珊德拉结婚两周年纪念日，本来妻子是准备饭菜等丈夫回来庆祝一番的，哪知丈夫因采访任务很晚才回家。妻子一气之下自己独自睡去，并让丈夫睡在书房的沙发上。

半夜只听“哗啦”一声巨响，她就什么都不知道了。也不知过了多久，妻子才有了知觉，意识到自己被埋在了房屋的废墟中，到处都是钢筋、木梁、石块。她很害怕，大声地叫着丈夫的名字，对死亡的恐惧使她大哭起来。这时，从附近传来了丈夫的声音：“亲爱的，别害怕。”丈夫的声音像一针镇静剂，让妻子感觉到了生存的希望，她惶恐的心渐渐安定下来。

“亲爱的，你说有份神秘礼物要送给我的呢?”丈夫与妻子说话，想分散妻子的注意力，减少妻子的痛苦。

妻子这时才记起，她本想在纪念日的烛光晚餐上对他说的。这时想起，心里一阵痛苦。心想，这件礼物也许再也没机会给丈夫了，她对自己能活着从废墟中爬出去不抱希望，但她还是决定告诉丈夫，她说她怀孕了。丈夫没想到，他们会在这样的绝境中分享这个喜讯。他想一定要让妻子坚持下去，让她活着出去。

妻子告诉丈夫，自己很困，想睡觉。丈夫马上扯着嗓子大声地叫着：“珊德拉，现在不能睡，这一睡也许就永远醒不过来了！你千万不要放弃希望，还有我们的孩子在你肚里呢，你会没事的，生命有时不是我们想象的那么脆弱！”

又是几个小时过去了，妻子几次都忍不住想彻底摆脱这种痛苦的折磨，昏睡过去一了百了，但丈夫不时讲述一些幽默故事、深情唱起一些情歌以及对未来幸福生活充满诗意的描述，使她最终坚持下来了，她一边听着他的声音，一边紧紧地咬着自己的嘴唇以保持清醒的意识。

当她被救援人员救出以后，她才知道，原来丈夫已经离开了人世，他一直讲话的声音是他在临终前用录音笔录下放给妻子听的，那是为了鼓励她坚持下去。

人突遭生命危机，确实不幸，但此时不是考虑幸还是不幸的时候，而是镇定下来，勇敢地去面对、智慧地去面对、乐观地去面对，坚持下去就有希望，让希望与生命相伴而行，共存共亡。

留下生命的印迹

人的生命不管是短还是长，只要她来过这个世界，她都会留下生命的印迹。只不过是有的人生命消失，印迹也随之消失，而有的人的印迹在生命消失以后，还会留下很长时间，甚至于永远不会磨灭。

生命的印迹不是看你留下多少钱财，留下多少头衔，更不是靠石碑和碑文保留的，而是靠历史去拷贝的。历史会不会去拷贝你的印迹，关键是看你的生命的价值。

我国古代一些思想家在这方面有过自己的主张。

孔子主张:“老者安之，朋友信之，少者怀之。”意思是说：对老年人来说，要让他们安然生活，对朋友来说，要让他们信任自己，对于年轻人来说，使他们归服自己。

唐代柳宗元认为：“宁可有闻而死，不为无闻而生。”宁可做闻名天下而死去的人，也不做默默无闻而活着的人。

北宋张载提出：要为天地立心，为生民立道，为往圣继绝学，为万世开太平。这要求你的生命在对天地、对百姓、对历史文化、对未来万世上能有所作用。

古今中外对生命的探索很多，对生命的价值、意义和目的都有许多精辟的论说，不管怎么主张，只有那些具有价值、有意义的生命，才会留下印迹，才会在历史长河中留下印迹。

伟大人物有伟大人物的印迹。伟大人物都以他们的生命为人类作出了巨大贡献，而留下了深刻的印迹。他们的生命在历史的长河中只是一瞬间，但留下的印迹却能影响人类历史。伟大思想家孔子，他创立的儒家思想，几千年来影响着中国。伟大的政治家孙中山、毛泽东、邓小平等为国家作出了重大贡献，他们的思想和业绩开创了中国的一个伟大的时代。伟大的科学家牛顿、爱因斯坦等开创了物理学的新时代，在人类认识自然界、改造自然界的历史中发挥了重要作用。

伟大人物的生命价值是不可估量的，他们在对人类的发展和前进中具有不可替代的作用，因而在历史长河中留下的印迹将是永远不会磨灭的。

平凡的人也有平凡人的印迹。在平凡工作岗位上默默工作的人，他们都把生命倾注在那些普通的岗位上，在国家运转的大机器中充当了一颗合格的螺丝钉，在社会运转的大系统中充当了一个正常运行的小环节。他们就是那样每天、每年，天天如此，年年如此地做着平凡的事情，就是那样普普通通。但是，在这平平凡凡、普普通通中，人们会记得他们勤劳的品德、博大的胸怀、奉献的精神。雷锋、王进喜、徐虎、史来贺、吴仁宝、孔繁森、李桓英、李向群、李素丽、任长霞……是他们的代表。还有千千万万的人，不知姓名，只能从那航天飞船的轨迹中，从火车的轨道上，从机器的运转中，从植物的飘香中看到他们生命的印迹。

干大事有干大事的印迹。战国时期，秦始皇统一中国，统一的度量衡、统一的文字就是他生命的印迹。西汉时张骞出使西域，开辟了甘肃、新疆到阿富汗、伊朗等国的道路，后来逐渐形成的“丝绸之路”就是他生命的印迹。总之，无数的英雄豪杰，无数的发现者、发明者，他们在有限的生命里让生命发出了辉煌的光芒，留下了深刻的生命印迹，正如文天祥诗句中写到的那样“人生自古谁无死，留取丹心照汗青”。

做小事的也有做小事的印迹。妈妈每天早早起床，做好早饭，让子女吃饱去上学，成人、成才的子女就是她生命的印迹。父母老了，替爸爸妈妈买件棉衣、常回家看看，父母永远的微笑就是子女的印迹。街道上一只窨井盖没盖上，你把他盖上了；一个小孩迷了路，你帮他找到了家；一个贫困孩子失学了，你资助他，让他上了学；一位老人在路上不慎跌倒，你把他扶起来，送到医院；一位白血病患者恰巧与你的配型相合，你为他捐献了骨髓……世上无数的人总是在不停地做着一些小事，一些必不可少的小事，一些有益的小事，在这些小事中一样会留下你生命的印迹。

“生有益于人，死不害于人。”这是人留下生命印迹的古训。无论是伟大，还是平凡；无论是大事，还是小事，只要胸怀大志、坚持正义，只要他克己为人、自强不息、奋力拼搏，生命印迹就会留在人的心里。

生命的印迹是一个人一生中驾驭欲望的考核卡，是驾驭欲望的成绩单，你在驾驭欲望的一生中是优秀，是良好，是合格，还是不合格，都会从生命的印迹中得到显示。不合格者，其生命印迹随生命的结束而消失；合格者，其生命印迹会在一群人的心中闪耀；良好者，其生命印迹会在一群人的心中生根开花，难以消失；优秀者，其生命印迹会永远留在人们的心中，永不磨灭！

驾驭法则

用之则为虎，不用则为鼠——用欲

YONGZHI ZE WEI HU,BUYONG ZE WEI SHU ■ ■ ■

欲犹水，水能载舟，也能覆舟；欲能载你，也能覆你。载你，你会变成一只勇猛异常的老虎；覆你，你会成为一只人人喊打的老鼠。

人从虎豹丛中健——以欲育人

人置身于虎豹群中，虎豹会用它锋利的牙齿、强劲的四肢逼迫人去提高自己的体力和智力。在这种环境下，渴望生存的人惟一的选择就是使自己的体力、智力高于虎豹。这样，人在虎豹丛中，其体力、智力自然都会得到发展与提高。

人置于欲望与置于虎豹中有不同，置于虎豹中，虎豹是逼人发展提高；置于欲望中，欲望除了逼之外，还有牵。人有时会被欲望逼着走，有时也会被欲望牵着走。正因为有这逼和牵，欲望常常会被人们利用来引导人、教育人。

美国物理学家欧内斯特·劳伦斯是世界上第一个回旋加速器的创造者，世界上第一颗原子弹研制的领导者，放射性同位素在医学和工业上应用的先驱，38 岁获得诺贝尔奖。他从小就对无线电非常感兴趣，但却缺乏系统的物理学和电工技术方面的知识与能力。如果仅限于兴趣，而无坚实的物理、电工技术基础，他不可能在物理上有重大的发明创造，充其量成为一名无线电爱好者，也许会有一些无线电方面的专利产品。但南达科他大学电气工程学院院长刘易斯·阿克利却从他的欲望开始，把他引入了物理学的大门，最终没有使科学史留下遗憾。

1919年秋欧内斯特·劳伦斯考入南达科他大学，但他选择上了医科大学预科。他选的第一门主课是化学，然后是数学和法语。因他对无线电的兴趣，他认为学校要成为现代化学校，就应建立自己的无线电设备。为此，他准备了详细的汇报提纲和书面计划去找电气工程学院院长刘易斯·阿克利。听了他的计划后，阿克利院长从工程基金中批了100美元购买无线电设备，并指定由他负责在科学楼阁楼上安装。然而阿克利院长与其说是对无线电计划感兴趣，倒不如说是对这个有说服能力的年轻人感兴趣。但他不能理解为什么一个这样急于学习和实验的人竟然在安装了无线电设备以后的那个学期仍不选物理课和电工技术课。他确信这关系到欧内斯特本人的利益，认为他确实在这些方面有天才，而且他确信欧内斯特比他所认识的任何学生都有天才。他没有直截去影响这个青年学生，但是他常常用有启发性的语言，针对欧内斯特的兴趣谈起物理学界的伟大人物，激发他的欲望。他对欧内斯特讲到了赫兹、卢瑟福、爱因斯坦、伦琴、居里夫人、牛顿、麦克斯韦、瓦特、法拉第，等等。最后他还直截了当地对欧内斯特说："如果你在开学前到这儿来跟我一起度过8月份，我将使你对物理发生兴趣，如果我做不到这一点，我以后就再也不跟你谈这个问题了。"

虽然欧内斯特原计划整个夏天做铝制品买卖，但他还是同意了阿克利院长的安排。一连六周，他每天大部分时间都用来学物理，要不就在实验室跟院长一起做实验。六周过去了，二年级的物理课也就上完了。在秋季那个学期，除了化学、数学、法语、动物学和经济学之外，他还选了三年级物理。到了四年级，他选了电工课，并且还是学高级物理的惟一学生。

阿克利院长以欧内斯特对无线电的兴趣为基础，把他吸引到物理学领域中来，连欧内斯特自己也感觉到，他从来没有这样喜欢过某种事物，他也怀疑若是没有阿克利，物理是否也会这样激动人心。

利用欲望育人，有把人往正路上引的，最后有益于社会；也有把人往邪路上引的，最后有害于社会。特别是对世界观尚未成熟的青少年的引导，往左往右，往往就在那几步。家庭、学校、社会都应该十分关注，把青少年的好奇欲望向正道引，帮他们选择正确的方向，走有益于人民、有益于社会、有益于国家的道路。

选择了方向，还有个如何走的问题。人在虎豹中，虎豹会逼人去学生存的本领，会教你如何“走”；人在欲望中，欲望也会促使人去学会满足某一方面欲望的本领，也会教你如何“走”。

古代非洲有一个女人为丈夫不再喜欢她而烦恼，便跑去请教巫医：“您能否给我一些魅力，让我丈夫重新觉得我可爱？”巫医想了一会儿答道：“我能帮助你，但在我告诉你秘诀前，你必须从活狮子身上摘下3根毛给我。”怎么能摘下狮子身上的毛呢？这个女人想起有一头狮子常来村里，可它是那么凶猛。我怎么办呢？她想了又想，终于想出了办法。第二天她一早就牵了只小羊去那头狮子常来的地方。当狮子出现时，她把小羊放在它必经的小道上，就回家了。以后每天如此。不久，这头狮子认识了这个温柔、殷勤的女人。因为她总是在同一时间、同一地点放一只温驯的小羊，所以它一见到她便向她摇尾巴打招呼，并走近她，让她敲敲它的头，摸摸它的背。又过了几天，女人确信狮子已完全信任她了。于是，她细心地从狮子的鬃毛上拔了3根毛，并兴奋地拿去给巫医。巫医问她：“你用什么绝招弄到的？”女人便讲了她如何耐心地得到这3根毛的经过。巫医笑了起来，对她说道：“以你驯服狮子的方法去驯服你的丈夫吧！”

这位非洲女人的欲望是让巫医告诉她重新得到丈夫关爱的秘诀，巫医则利用她的这一欲望，引导她自己去思考、去想办法，在这个过程中，她的智慧和能力得到了提高，最终找到了满足她欲望的途径。

利用人的某些方面的欲望去教育人、引导人，可以让人找到方向，明确目标，收到事半功倍的效果，关键是要因势利导，把握好被育之人的欲望，将他自然地引上发展的轨道。不言而喻，受教育的人要多分辨、多留心，不要被坏人、恶人牵着自己的欲望，使自己变成一个害人、害己、害社会的人。对此，青少年要格外当心。

好心当成驴肝肺——以欲爱人

爱是每个人都需要满足的欲望。就是再狠毒的人，他的心里也会残留一点对某个特定的人的爱欲，虎毒还不食子呢。为了自己这一欲望的满足而施爱于人，其结果可能爱人，也可能是害人；被爱者有可能是感到你在爱，也有可能感到你是在害。如何避免好心当成驴肝肺的情况，重要的是看你怎样把自己的这一欲望施于人。

孔子说，己所不欲，勿施于人。自己不愿意要的东西，不要推给别人。这确实透出一种对别人的关爱。自己无此欲望，却硬要强加于人，谁还能认为你是爱他呢？然而，这只说出了一种情况。“己所不欲”与“己欲”有两种情况，再加上被爱者的“欲”与“不欲”，就出现了四种情况：

己所欲，人也欲。自己喜欢的，也是别人喜欢的，自己希望的，也是别人希望的。自己和别人在某些方面的欲望基本一致，这是第一种情况。这种情况下，如果大家的欲望都能得到满足，还不太能看出一个人对另一个人的爱。正是在那种不可能使每个人的欲望都满足的时候，谁满足了，谁先满足了，最能看出一个人对别人的爱或不爱。

伊索有一则寓言叫“穴鸟和鸟类”，写的是天神宙斯要为鸟类立王，便选定吉日，将鸟儿召集起来，由他从鸟类中选出最美丽的敕封为王。穴鸟自知其貌丑陋，便将其他鸟儿脱落的羽毛拿来粘在自己身上。封王那天，宙斯见穴鸟的羽毛五颜六色，十分绚丽，有意封她为王。众鸟见了十分气恼，一齐扑上前去，从穴鸟身上衔走各自的羽毛。结果，穴鸟又现出丑陋的原貌。

成为鸟王是众鸟都有的欲望，众鸟都等待公平竞争、公开评选之时，穴鸟借别的鸟的华丽衣裳，欲掠人之美，夺取名不副实的声誉和地位，这哪里能体现与众鸟之间的爱，只能引起众鸟对它的恨。

记得小时候看电影《上甘岭》，有一个场面很让人感动：志愿军在坑道里坚守已有好多天，战士们口渴难忍，每一个人嘴唇都是干裂的，谁都希望能大口大口地喝一次水。一个干部拿出一只珍藏了多时的苹果让大家每人吃一口，一个战士一个战士传下去了，最后又传到那位干部的手上，还是一个完整的苹果。其实，吃一口又能解多少渴，但在那时，战士们知道这一口苹果可能就是生命。因而，就是这一口苹果，战士们都要让给别人，体现了战友之间博大的爱。由此可见，“己所欲，人也欲”的情况下，后天下之乐而乐才是最大、最真诚的爱。

己欲，人不欲。自己喜欢的，人家并不喜欢；自己希望的，别人并不希望。自己与别人在某一方面的欲望并不一致，这是第二种情况。例如，上级对下级的长官意志，丈夫嫌妻子啰嗦，儿子埋怨父母不管他们或管得太细，同事之间、同学之间互相看不惯对方的言行，等等，都是从自己个人欲望出发，使一己之欲成为最高利益，成为判断他人言行的准则，因而必然产生许多矛盾。这种情况下，体现对别人的爱心，最值得采取的两种态度：一是不责人所不及，不强人所不能。即不要求别人去做力不从心的事，也不勉强别人去做没法做到的事。特别是不要把自己的欲望强加于人，不要迫使别人违心去满足你的欲望。二是对那些世界观还未成熟的人，就要提醒、教育和引导，把生活的规矩原则教给他，不让他走上邪路。

己不欲，人有所欲。自己不喜欢的，人家喜欢；自己不希望的，别人希望。自己与别人在某一方面的欲望不一致，正好与上一种倒了一个个儿，这是第三种情况。这种情况下，可以常常换位思考，将心比心，就会处理得很好。关键是成人之美，不成人之恶。如果对方的欲望是正向的，就应该成全他，创造条件让其满足，扬人之善，而非夺人之好；如果是负面的，就不能怂恿、纵容，如果“爱之不觉其过，恶之不觉其善”就会使爱变成了害，出现孤犊触乳、骄子骂母的现象。

己不欲，人也不欲。自己不喜欢的，人家也不喜欢；自己不希望的，别人也不希望。自己在某一否定方面的欲望与别人一致，这是第四种情况。前不久，一对东北母子去动物园游玩，在幼子手拿糖果去喂黑熊时，那只黑熊突然一口咬住了幼子的手，并用熊掌把幼子往自己怀里揽。这时这位母亲迅速冲上去，将自己的一只手伸进熊口，另一只手拼命地扳熊口，救出幼子的手，最后自己的双手被严重咬伤。使自己受伤是母子都不愿意的，但在幼子的手受到伤害时，情愿以自己手换取儿子的手，使自己承受伤害和痛苦，这是多么伟大的母爱啊！这是幼子人身受到伤害时体现出来的爱。

由此可见，以欲爱人，须分清己之欲与人之欲，在己欲与人欲的满足上作出正确选择。

辨其欲知其心——以欲识人

孔子说："不患人之不己知，患不知人也。"知人、识人、选人是每个人在人生道路上都会经常遇到的问题。人们常常会感到知人难，知人心更难。自古就有"画虎画皮难画骨，知人知面不知心"以及"天可度、地可量，唯有人心不可防"的说法。但通过一个人在不同情况下的欲望去知人、识人则是一个非常好的方法。战国时期魏文侯在选丞相时就有这样一次经历。

他对选魏成子做丞相，还是选翟璜做丞相拿不定主意，就去问李克。李克说了五句话，让魏文侯自己去观察识别。他说："居，视其所亲；富，视其所与；达，视其所举；穷，视其所不为；贫，视其所不取。五者足以定之矣。"

李克在这里说的五条方法，实际上就是要魏文侯看这两人在五个方面的欲望，从他们的欲望中去识人选相。

第一是在他们平常居处时，看他们交友的欲望。看他们亲近的是什么人，与哪些人交往，因为"物以类聚，人以群分"，"同声相应，同气相求"。思想、品性、志趣相同的人，便会相聚在一起。那么，"视其所亲"，便可识其品行。

第二是在他们富有时，看他们对财富的欲望。"见十金而色变者，不可以治一邑；见百金而色变者，不可以统三军"，这是古人总结的经验。确实，见钱忘形、见金眼红，私心很重的人怎么能委以重任呢？一个人整天花天酒地、把财富用于贿赂买官通关系，这样对待财富的人无志无德，自然不能重用。

第三是在他们显贵时，看他们求贤的欲望。一个人在显贵时，往往会"提刀而立，为之四顾，为之踌躇满志"。这个时候如果目空一切，贤愚不分，或一人得道、鸡犬升天，那么这个人就绝不能重用；如果他能真正做到"外举不弃仇，内举不失亲"，出于公心惟才是举，那他就会是一个知人善任的丞相。

第四是在他们困窘时，看他们做事的欲望。看他们干哪些事，不干哪些事。因为人在困窘时，想做的事也很多。在这时，那些丧失斗志，自暴自弃，去干那些偷鸡摸狗，有违法律道德之事的人，自然不可用。而那些在逆境中奋起，发愤图强的人才是可用之材。

第五是在他们贫贱时，看他们取舍的欲望。这个时候富贵对于他们当然会有强大的诱惑力，但如果真正有“不义而富且贵，于我如浮云”的情操，有“不以物喜，不以己悲”的精神，有“饥不从猛虎食，暮不从野雀栖”的态度，他就会是一个精神富有、品行高尚的人。

魏文侯从这五点上得到启发，最后说“寡人之相定矣”——从那两个候选人五方面的欲望可以分辨出来了。看欲望不仅可定丞相，最重要的是可以识人相，因为以其欲，可以知其志，知其德，知其能，知其情。

以其欲知其志。一个人低层次的欲望过多，整天沉湎于吃喝玩乐上，他是不会胸怀大志的。像孔子那样“发愤忘食，乐以忘忧，不知老之将至”的人，像颜回那样“一箪食，一瓢饮，人不堪其忧”而能在陋巷不改其乐者志向必定远大。

英国诗人济慈从小成孤，生活贫困。有一次他到了身无分文的窘困境地，几个朋友给他凑了一个月的伙食费。过一段时间朋友们来看他，敲了好长时间门才打开。原来，他正在屋里专心读书，连敲门的声音都没听见。朋友们进屋后，只见床上放着一堆新书，而桌上的饭盒却是空的。济慈笑着解释道，请你们原谅，你们赠送我的钱，我买了些书，我觉得生活苦一点没有什么关系，没书读要比不吃饭难受得多。后来他成了英国19世纪著名诗人，终成其志。这里不是叫人不吃饭，或者有饭故意不吃，而是不要把心思只放在食欲上，要放在更远大的地方。《庄子·秋水》中，鸱鹰的欲望在腐鼠，以为天下之鸟的欲望也都与它的欲望一样，因而一只鹓雏飞过，它会“叱之”，以为它的志向在那腐鼠的滋味，哪里知道鹓雏志在蓝天。鹓雏有“非梧桐不止，非练实不食，非醴泉不饮”的高洁志向。这是庄子用鸟的欲望来比喻他和惠子的欲望和志向。事实上，每个人的欲望都会在一定程度上反映出他的志向。

以其欲知其德。一个人贪财、贪权、贪色，或涉黄、涉赌、涉毒，那这个人的“德”便昭然若揭、一目了然。但有时其欲望没有公开表现出来，或者没有指向实在的具体事物，识别他的“德”就困难一点，就要创造一些情境，在具体工作中、生活中通过实践去观察。

《韩非子》中有一个“子之辨贤良”的故事。子之担任燕国丞相。有一天，子之假装向左右的人说："刚才跑出门外的是不是一匹白马呀?"左右的人纷纷回答说没有看见。但有一个想讨好子之的人立即跑出门外，过一会儿进来向子之报告说："确实有一匹白马跑出去了。"这样，子之就知道了这个人不是一个诚实的人，因为他刚才根本没有看见任何东西跑出门外。在现实生活中也是一样，也可以从一个人平时的欲望中，知道这个人的品德。如在分配工作时拈轻怕重，在分配物品时取好弃次，在发放奖金时斤斤计较，在与同事相处时吹牛拍马，在职位晋升时买官要官等，这种人的道德品质不言自明。

以其欲知其能。能力是需要人们努力去取得的一种东西，它要经过不断反复的磨练，直到它变成为我们身上的一部分。人不是生而知之的，一定要学而后才知。因此，如果不好学，没有学习的欲望，或者把绝大多数时间都耗费在满足自己低层次的那些欲望中，那他怎么会学到东西，怎么会有能力呢?

在秦朝末年，刘邦率先攻克咸阳的时候，刘邦的一些将士们都忙着奔仓库分财物，只有萧何直奔丞相府和御史府，把所有的文件、律令、地图和书籍等全部收藏起来。在后来长期的争夺战中，刘邦所以能对周围的地理情况、人口分布、兵势强弱以及险要关口了如指掌，完全得益于萧何当年所收藏的图表档案。如果当时萧何也与其他将士一样把欲望放在抢夺珠宝财物上，那他哪来胜任丞相、治理朝政的能力呢?

以其欲知其情。好人品在处穷时见，好友谊在交财时见。《战国策》中写道："以财交者，财尽而交绝；以色交者，华落而爱渝。"用钱财交朋友，欲望在钱财而不在友情，钱财用完了交情就会断绝；因贪美色而结合的，其欲望在美色而不在爱情，人老珠黄后"爱情"也随之消失。真正长久的友谊都不是建立在低层次欲望上的。建立在低层次欲望上的情义，就像纸造的船，遇风浪就有可能情断义绝，甚至反目为仇，不可能同舟共济。真正长久的友谊是建立在高雅情趣、志同道合的基础上的。伯牙与子期的知音情建立在双方对"高山流水"的追求上，刘关张结义情建立在建功立业的欲望上，马克思和恩格斯的战友情建立在为全人类谋利益的崇高理想上。古今中外传为佳话的师生情、夫妻情、同胞情、战友情等都是建立在共同志趣上的。

一把钥匙开一把锁——以欲用人

唐代作家韩愈在其《马说》中有这样一段写千里马的文字。

马之千里者，一食或尽粟一石……是马也，虽有千里之能，食不饱，力不足，才美不外见，且欲与常马等不可得，安求其能千里也？策之不以其道，食之不能尽其材，鸣之而不能通其意，执策而临之曰“天下无马”。

千里马一般一顿能吃完一石粮食。这种马虽然有千里之能，但如果吃不饱，力气不足，才能和长处就显示不出来，就是要它与一般的马一样也不可能。再加上使用它不能发挥它的本性，饲养它不能竭尽它的才能，听到它的鸣叫又不了解它的意思，只有无可奈何地说“天下无马”了。识千里马难，用千里马也不易。用好千里马就要根据它的天性去“策之”、“食之”，激发千里马的热忱。

用人也是这样，必须激发他的热忱，调动他的积极性。这种热忱和积极性实际上就是追求和满足某种欲望的一种心理状态。《哈佛商学院管理全书》中是这样来描述热忱的：“它能够鼓舞和激励一个人对手中的工作采取积极的行动。把它和你的工作结合在一起，那么你的工作将不会令人感到辛苦或单调。它会使你的身体充满活力，使你只需平时一半的睡眠，却达到两倍甚至三倍的工作量，而不会觉得疲倦。人类最伟大的领袖都是那些知道怎样鼓舞他的追随者发挥热忱的人。”可见这种热忱对于人的潜力的发挥作用之大。

激发热忱须从欲望入手，了解并引导人的欲望，把其欲望与他们的学习、工作结合起来，从而产生一种努力学习、勤奋工作的积极状态，使他们的潜力成倍地发挥出来。

这种欲望无非是三个方面：精神的、物质的、政治的。

精神上的包括尊重、赞赏、表彰、命名、立碑、记功、奖章、奖状、奖牌、奖旗、事迹报告等名誉上的激励。

物质上的包括奖金、奖品（衣、食、住、行、用等各方面的实用物品）、调资、福利等利益上的激励。

政治上的包括听取意见、参加会议、选为代表、调整工作、传阅文件、提高职级、提拔职位、赋予权力等权位上的激励。

人是复杂的，有的人学习、工作的欲望可能是单一的，有的人则会是几种欲望的交叉或并列；有的人这一段时间是这种欲望状态，另一段时间可能会变成另一种欲望状态。在一个群体中，一些人会有相同的欲望，一些人会有不同的欲望。总之，要激发人的热忱就要深入了解这种复杂状态。然而，我们一些管理者、领导人的工作方式则过于简单化、看不到这种激励的多样化，方法陈旧单一，使大多数人的积极性受到了压抑，这是十分有害的。

激励在我国古代一些比较开明的圣贤之士也多有提倡。《新唐书·侯君集传》中说："智者乐立其功，勇者好行其志，贪者邀趋其利，愚者不计其死。是以前圣使人，必收所长而弃所短。"尽管古人把欲望一概论为缺点，但古代圣贤用人时也会利用种种不同的欲望去激励他们。史书上还记载过一名关令尹利用老子隐居的欲望让其写书的事。老子见周朝日渐衰败，就打算隐居起来。他来到关口时，关令尹拦住他说："夫子将要隐去，请您一定要为我写本书才能走。"老子眼见不写书便难以出关，就只好住下写成了5000多字的《道德经》，然后便出关不知去向了。这位关令尹利用老子迫切要隐居的欲望，使他留下了流传千古的名著。

这些实际上都是利用人们要立功的欲望去激发人、调动人。有时还可以利用人们要改过的欲望去激励人们努力学习、积极工作、英勇奋战，这比以立功激励人的强度更大。《后汉书》、《旧唐书》中都记载过"使功不如使过"的故事，以说明有功者易骄傲，有过者能自戒自勉，就如人们常说的"戴罪立功"、"将功赎过"。一个人本来应当受到惩罚而暂时没惩罚，本来该斩的而暂时没有斩，而让他去完成一个新的任务，到一个新的战场上去杀敌。这时，他逃避惩罚、获得新生的欲望特别强烈，这种欲望，驱使他使出浑身解数去思考、去行动、去英勇杀敌，这样结果是可想而知的。

有时，下属没有某种欲望，像一潭死水，这时管理者或领导人还可以创造出一些情景，让他们产生出一些可激发热忱的欲望。如项羽的"破釜沉舟"。项羽率全军渡河，本来全军将士进则已，不进可退，没有后顾之忧。但在"皆沉船，破釜甑，烧庐舍，持三日粮"后，断了退路，本来后退生存不成问题的，现在求生成了他们的惟一欲望，在这种欲望的驱使下，楚军个个一以当十，勇猛无比，拼命厮杀，大获全胜。这正是以欲用人的威力。

打蛇打“七寸”，胜人制其欲——以欲胜人

以强胜弱，以多胜少，以大胜小，是力胜；以弱胜强，以少胜多，以小胜大，是智胜。无论是力胜，还是智胜，最有效的胜法是扼制住对手的咽喉，就像打蛇打“七寸”。这个咽喉就是欲望。

利用欲望取胜最根本的是用欲望制约对手，使对手失误，从而败下阵来。这种方法主要有以下三种。

*一是诱，以对手自身已有的欲望为诱饵，诱其上钩。*战国时期，吴国王僚自立为王，长公子姬光为了夺回继承权，命刺客专诸刺杀王僚。王僚酷爱吃鱼，专诸为了接近王僚，特别向人学得一手烧鱼的本领。一天，姬光让人请王僚到他家吃鱼，以便乘机刺杀。王僚去姬光家时身穿三层厚甲，并一路布满卫兵。进了宴会厅，又命100名壮士带长戟利刀侍候。厨师每进一道菜，在门外都要先被搜身并重新换衣，入厅以后，又要在武士的押护下跪着上前。这样的防卫不可谓不严密了。但专诸却把锋利的“鱼肠剑”藏在鱼的肚子里，骗过严密的检查。最后跪着到了王僚的面前，才“霍”地站起来，从鱼腹中拿出锋利匕首，向王僚胸前猛刺，匕首穿过三层甲衣，终于把王僚刺死。平时一般人接近王僚是很难的，带兵器靠近他几乎不可能。但专诸则利用王僚酷爱吃鱼的欲望，巧妙地藏兵器于鱼腹之中，成功地完成了刺杀任务。“图穷匕见”中的荆轲刺秦王时带着的两件东西都是秦王所要的。一是因得罪秦王逃到燕国的秦将樊於期的头，此时秦王悬赏捉拿他；二是燕国南部肥沃地区督亢地图，扩大疆域面积是秦王梦寐以求的。荆轲正是利用秦王的这些欲望，赢得了秦王的信任，成功地接近了秦王，只是秦王扯断衣袖而逃，刺杀未成。

《水浒传》中的吴用是以欲取胜的高手，他谋划组织的“智取生辰纲”是利用对手欲望取胜的杰作。北京大名府梁中书送给蔡太师10万生辰纲，为保路上安全，派杨志押运。杨志冒着酷暑赶路，中途来到黄泥冈松林中休息，押送生辰纲的军士又热又渴。正巧有一个卖酒的汉子挑着一担酒来了。军士们难忍口渴的欲望，都想买酒解渴。但杨志怕酒里有蒙汗药，不许军士买酒，强压军士们的欲望。后来另一帮贩枣的汉子买酒喝，不一会儿喝完一桶

酒，其间又在另一桶酒里搞了鬼放了蒙汗药。众军士见7位贩枣的人喝了酒，更想买酒喝，便又向杨志求情让他们买酒。杨志见六月酷暑，军士渴得难受，又见7位枣贩喝了酒没事，也就同意了。杨志本来坚决不喝，一则看军士们吃了没事，二则实在是天热难熬，也喝了半瓢。此后众军士个个头重脚轻倒在了地上，丢掉了生辰纲。

整个过程很简单，就是围绕一个“渴”的欲望，用这个欲望引诱押送生辰纲的杨志和军士们喝下放了蒙汗药的酒，从而失去战斗力，失去了生辰纲。现在不少骗钱、骗色的人也是利用一些人贪财、贪地位的欲望，以“中奖”、“谈恋爱”、“救人”等形式让人上当受骗。一些行贿者也是千方百计地去研究掌权人的欲望，贪财的送钱，好色的送色，还有送邮票、字画、古玩的应有尽有。如果掌权人挡不住诱惑，而接受这些，那他的“咽喉”已被行贿人扼住，到那时只有乖乖地被这些人牵着鼻子走的份了。

战场、官场、情场、商场、赛场处处都会有人用这种以欲制胜的法子，只是自己利用对手的欲望战胜对手时，千万要留意自己的欲望是否被对手扼制，不要被对手引诱而上钩。

二是激，当对手还没有某一欲望时，激起他某一方面的欲望。越是爱面子的人，越会被激起；越是求胜心切、好胜心强的人，也越是会被激起。这些人的欲望一旦被激起，便给了对手可乘之机。

春秋时期，吴国有个击剑能手叫要离，他是伍子胥的朋友。虽然要离个子长得不高，但他和别人击剑，总能胜利。一天，伍子胥问他取胜的诀窍，他说：“我在与对方比试时，总是先示之不能，以骄其志。然后我再示之以可乘之利，以贪其心。等到对方急着向我进攻，求胜心切而忽视防守时，我就乘虚突然向他的弱点进攻，这样就能取胜。”

要离的胜利得益于他会牵制对手的欲望。先以瘦小的外形向对手显示自己没有战胜对手的能力，激起对手骄傲的欲望，产生轻敌的情绪；接着又故意摆出破绽，激起对手急于求成的欲望，产生速胜的急躁情绪。要离调动了对手这两种欲望，使对手警惕性下降，待到对方破绽一出，便立即乘虚而入战胜对手。这里的激，关键是要把对手的弱点激出来，使他的优势无法发挥。

三是消，消除对手的欲望，使自己化险为夷。自己处在危险境地，对手针对自己的欲望又是那么强烈，这里就要设法冷却、转移甚至化解对手针对自己的欲望，从而使自己转危为安。

陈平原是楚霸王项羽的部下，因功被任命为都尉。后因事害怕被杀不得已去投奔刘邦。当他逃离项羽军营赶到黄河边急于渡河时，河上只有一条船。船夫看见陈平相貌堂堂，又是一个人走，怀疑他是个开小差的军官，身上带有金银财宝。因此，他老是盯住陈平，想找机会杀了陈平，抢夺财宝。在这危险关头，陈平想出了化解的办法。他走到船头，把身上的衣服脱得只剩下小裤衩，并主动帮着船夫摇橹。船夫看到陈平身上没有什么财物，也就不谋害他了。他安全地到了对岸，以后成了刘邦的大将领。

人处于劣势和险境时，要分析对手的欲望所在，设法去化解它、消除它、冷却它、转移它，只要抓住对手的欲望，就有转败为胜、转危为安的机会。

守如处女出如脱兔——把握原则

SHOU RU CHUNU CHU RU TUOTU ■ ■ ■

想左右天下的人，须先能左右自己；想战胜别人的人，须先能战胜自己。左右自己的关键在于左右自己的欲望；战胜自己的秘诀在于驾驭自己的欲望。

驾驭欲望的第一条原则——满足必需满足的欲望

满足必需满足的欲望，就是在欲望面前要懂得选择，知道取舍。

一是人的生命是有限的，而人的欲望是无限的，不可能满足所有的欲望。从人的共性上说，人类的欲望是无止境的，是在不断增加和发展的。从人的个体来说，人的一生是短暂的，在人类历史长河中，人的个体就像一小滴水，想以短暂的生命去享受历史长河中所有的欲望，那只能像卢生一样去做黄粱美梦了。想满足一切欲望，结果只能是失去一切，空度一生，就像上帝面前的那个小青年。

那位小青年自以为年轻，凡事都有可能，他可以拥抱世界。一天，上帝来到他的身边对他说："我的宠儿，你有什么心愿，说出来，我可以帮你实现，但你只能说一个。"那个青年很不甘心地说："我有许多心愿啊。"上帝说："这世间的美好实在太多，但生命有限，没有人可以拥有全部，有选择，就有放弃。选择爱情就要忍受情感的煎熬，选择智慧就意味着痛苦和寂寞，选择钱财就有钱财带来的麻烦。这世上有太多的人走了一条路之后，懊悔自己其实该走另一条道路。你这一生真正要什么?"小青年想了又想，所有的欲望都纷至沓来，在他周围飞舞。哪一件他都不愿舍弃，最后，他对上帝说："让我再想想。"从此，他的生活就是不断思来想去，总是舍不得放下任何一种美好的享受。一天又一天，一年又一年，他不再年轻了。上帝又来到他的面前："我的孩子，你还没有决定你的心愿吗？可是你的生命只剩5分钟了。"他大为惊讶地叫道："这么多年来，我没有享受过爱情的快乐，没有积累过财富，没有得到过智慧，我想要的一切都没有得到。你怎么能在这个时候带走我的生命呢？"5分钟后，无论他怎么痛苦求情，上帝还是满脸无奈地带走了他。

这个小青年吃亏就吃在他什么都想拥有，结果是一无所有。

*二是人没有必要满足太多的欲望。*一些人会为那个小青年抱不平，埋怨上帝也太苛刻，为什么不多满足他几个欲望，多满足他一些欲望不是更好吗？事实并非如此。人的承载能力是有限的，欲望的满足也是这样。当一个人欲望的满足的量超过自己的承受能力后，就会向相反方面转化，对人产生伤害。就像一个容器，当填充物已填满这个容器所允许的容量范围时，你还要继续向容器充塞物质，最后结果要么是填充物外溢，要么是容器被毁损。

美国哥伦比亚大学、斯坦福大学共同研究的一项成果也有类似的证明。两个大学的科学家们做了一系列实验。其中一个实验是在加州斯坦福大学附近一个以食品种类繁多闻名的超市进行的。工作人员在超市里设置了两个吃摊，一个有6种口味，另一个有24种口味。结果显示有24种口味的摊位吸引的顾客较多，242位经过的客人中，60%会停下试吃；而260位经过6种口味摊位的客人中，停下试吃的只有40%。不过最终的结果却是出乎意料：在有6种口味摊位前停下来的顾客中有30%的人都至少买了一瓶果酱，而在24种口味摊位前试吃的顾客中只有3%的人购买了食品。

可见美味欲望的满足并不是越多越好的。大多情况下，人对美味的享受反而无所适从。太多欲望的满足既不可能，也没必要。因而一个人在一生中对自己的欲望必须要有所取舍，作出选择。选择你必需的欲望，满足你必需满足的欲望。

美国心理学家马斯洛把人的需要分成5个层次：生理需要、安全和安全感需要、爱和归属需要、自我尊重需要、自我实现需要。马斯洛认为人的需要是一个阶梯形的，在较高需要产生之前，必须先满足较低需要。也就是说低层次需要的满足是高一层次需要满足的必需。他说："在没有面包时，人只是为了面包生活是千真万确的。但是，一旦有了面包，一旦他的肚子经常能填满时，人类期望些什么呢?"他的回答是这个人将被更高水平或更高一级的需要所支配。同时，他认为一个层级的需要并不是一定要完全满足后才能使这个人解脱出来，从而去追求更高一层级的需要。确切地说，在一个层次最必需的欲望得到满足后，即可进入下一层次的追求。

实际上，就是在同一个层次中的欲望，一个人必需满足的标准也会发生变化。正如《说苑》中所说的"食必常饱，然后求美；衣必常暖，然后求丽；居必常安，然后求乐"。因而，一个人一生应该去满足必需满足的欲望；在一个层级必需满足的欲望已得到满足后，再去追求更高层级必需欲望的满足。

驾驭欲望的第二条原则——满足可能满足的欲望

欲望能否满足受到客观条件和主观条件两个方面的制约，因此欲望的满足就有可能与不可能的问题，以及可能性大小的问题。满足可能满足的欲望，就是想满足的欲望有现实可能性，在现实生活中有满足的可能，不至于把人力、物力和精力浪费在那些没有可能满足的欲望上。

就客观条件来说，各人所处的客观环境是有差别的，天时、地利、人和对于各人也是不一样的。在天时、地利、人和一项都不具备的情况下，强行去满足某方面的欲望，只能以失望而告终。

《韩非子·说林》中有一则故事，写鲁国有一个人会编草鞋，他的妻子会织麻布。他们想靠自己的手艺到越国去做生意发财。朋友看见了对他们说："你们这样到越国去肯定要比在这里还穷哩。"鲁人问为什么。那个朋友说："编草鞋是穿的，可是越国是水乡，那里的人从小就光着脚走路，不穿鞋子。麻布是做帽子用的，但越国的人喜欢蓬头披发，不戴帽子。你们俩带着自己擅长的手艺到那用不着草鞋和帽子的国家去谋生，不穷，那才怪呢。"

这个鲁国人不顾客观条件的变化，凭自己编草鞋、织布的手艺，到客观条件不具备的越国去满足自己发财的欲望，当然只会越来越穷。

客观条件的限制，有的是时间、空间发生了变化，致使欲望满足的可能性也随着发生了变化，正如橘生淮南则为橘，生于淮北则为枳。人们在满足欲望时就不能仅凭经验行事，而要重新考虑客观环境下欲望满足的可能性。就如那位鲁人，他在鲁国这个环境下尚能靠自己编草鞋、织布的手艺生活，但如果真到越国去，还靠这两种手艺，不但不能满足发财的欲望，只怕连吃饭的欲望都难满足了。

客观条件的限制,还有一种是人力无法达到或者是目前环境还没发展到这一步的情况。“褚小者不可以怀大,绠短者不可以汲深”,袋子本来就小,绳子本来就短,你想要它完成超过其容量或长度的目标,当然是不可能的。除非改变条件,或者降低自己的欲望。

就主观条件来说，人和人之间存在差异。因为差异的存在，各人在满足自己欲望时的可能性就不一样。若分别叫一个刚出生的小孩、一个13岁的少年和一个70岁的老人在10年内夺得奥运会男子举重冠军，其可能性会大不一样。13岁的少年可能性会大一些，那刚出生的小孩和70岁的老人几乎不可能实现。当然这个例子比较极端，人们一眼就可看出其中可能性的大小，在这种情况下，对是否去满足这样的欲望一目了然。最难作出判断的是那种自认为自己能满足，而实际上自己无能力满足的欲望。隐约看到前边是通道，走到面前时却是一堵墙。这主要还是没有正确地认识自己和世界，对自己的真实状况看得不清，对世界的复杂性认识不足。

只有认识了自己，才能去把握欲望满足的可能性，正确地选择自己可能满足的欲望，有效地满足自己可能满足的欲望。

认识自己是一个复杂的问题，个体在欲望满足的可能性方面要注意两点：

一是要相信自己会战胜自己，但不要相信自己会战胜一切。有史以来，你看过谁能把地球拿在手里转的？你必须坚信你是一个优秀者，你是一个潜力巨大的人，但决不能把自己看成一个无所不晓、无所不能的全才。实际上，每个人的能力精力都是有限的，所谓优秀者只能是某一方面的优秀者；所谓天才，也只能是某个领域内的天才。这就要求我们能够正确地认识自己的长处和短处，扬长避短，或扬长补短，选择从事自己相对最有特长的最有望成功的领域作为自己的奋斗领域，选择自己最有可能满足的欲望，才有可能先他人获得成功，获得欲望的满足。

二是要相信自己有超人之处，但不要相信自己会超过人的一切。有些人总以为人家能干的自己也能干，等到自己去干时，往往眼高手底，并不成功。人都是有潜力、有长处的，凭自己的长处，发挥自己的潜力会有成功的希望，会有满足欲望的时候，但想在所有的领域里获得自己成功的满足是不可能的，因为自己超过所有人的长处是不可能的。因而，满足欲望必须考虑满足的可能性，最好选择自己力所能及的优势领域，这样获得满足的可能性才大、机会才多。

同时，在满足可能满足的欲望中，看其可能性还有以下三个特例下了定律：

其一，0%的可能，100%的失败。“鱼欲异群鱼，舍水跃岸即死；虎欲异群虎，舍山入市即擒。”鱼想离开水到陆地上去走走，但没有像青蛙那种水陆两栖的能耐，自然满足不了欲望。主客观都没有满足这种欲望的可能，还要去蛮干，不是死路一条吗？像这种可能性为零的欲望想都不要想，更不用费尽心机、耗尽精力去实现。

其二，100%的可能，100%的无味。可能性越高，满足度越低。那种得来全不费功夫的欲望，没有踏破铁鞋无觅处的艰辛，即使满足了也索然无味，满足后也不会有再满足的欲望了。因而，不要以为轻而易举地得到满足就是幸福，更不要羡慕那些不费吹灰之力获得的满足。

其三，1%的可能，100%的努力。有一点希望，就有一点可能，就要为此付出辛劳，作出努力。“欲致鱼者先通水，欲致鸟者先树木。”虽然有条件限制，但既然要让鱼和鸟来到你这儿，鱼和鸟还没来，还是可以创造条件的。通过挖河、栽树，创造鱼和鸟生存的环境，欲望就一定会得到满足。同时，在这个创造过程中，你会得到更大的满足。

驾驭欲望的第三条原则——满足允许满足的欲望

人作为宇宙的一分子，与世界上万事万物一起既按照自己的轨道运行，同时，与其他物质一起共同维系这个世界的秩序，维系着这个宇宙的秩序。人虽然是这个世界上的万物之灵，但也绝不能为了满足自己的欲望而破坏秩序。人类要满足自己的欲望，必须要看一看上下左右，遵守这个世界、这个宇宙的秩序；一个人要满足自己的欲望也必须要看一看左邻右舍，遵守一个国家、一个民族、一个团体、一个家庭中的秩序，满足这个世界允许满足的欲望。

首先，在规律的允许下满足自己的欲望。万事万物看起来都是一个个的个体，实际上它们都在一定范围内形成一个整体。这个整体内的事物之间通过一定的方式相互联系着。就拿猎人和麋鹿来说，他们是两个独立个体，但在一场捕猎活动中，他们则成了捕猎这个整体活动的两个方面，形成了相互之间的关系。猎人认为麋鹿是动物中最狡猾的。当猎人用网捕猎麋鹿时，麋鹿知道猎人在它的后边张开一张大网，然后又在前面驱赶它。麋鹿面对猎人的驱赶，不会向后跑向大网，而是直向前去冲撞驱赶它的猎人，从而逃出猎人的捕猎。这样反复几次之后，猎人明白了麋鹿的狡诈，就伪装驱赶，却举网推进，结果麋鹿投进了驱赶者的网中。

开始，麋鹿之所以多次脱逃，是因为它们识破了猎人的诡计，掌握了猎人有规律的捕猎活动。经过多次失败，猎人也不断地摸索，反过来又熟习了麋鹿的习性，掌握了麋鹿逃亡的规律，麋鹿便纷纷落网。不在规律的范围内，猎人想满足猎获麋鹿的欲望是空想；在规律的范围内，猎人想满足这一欲望就成了可能。人可以经过若干次失败与探索，去掌握规律，获得成功。而麋鹿则不可能有这样的实践活动。所以人们常说：再狡猾的狐狸也斗不过好猎手，但再聪明的猎手也不能在规律之外去获得欲望的满足。

要在规律允许的范围内满足欲望，关键是要真正认识规律，掌握规律。在这一过程中要防止以下几种情况：

认识的只是规律的皮毛。认识规律也不是一件容易的事，有的规律被人发现需要几十年、几百年，经过多少代人的努力；有的规律至今未被人发现。因而认识一个规律必须下一番功夫，不要以为轻而易举就可认识和掌握。如果“以木为林”，以“皮毛”代“整体”去行满足欲望之事，最终还将受到规律的惩罚。

认识的只是规律的假象。有的规律隐藏在事物的深处，而外表上都呈现出一种假象，如果拿这假象当“真经”，得到的不是满足而是惩罚。

认识的只是规律的旧貌。客观规律虽不能为人所创造，但它会随着客观条件的变化而转化、发展。这种情况下，一些规律会成为明日黄花，而一些新的规律又会出现。如果人不能随之重新认识，还迷恋着明日黄花，同样会受到规律的惩罚。

*其次，是在法律的允许下去满足自己的欲望。*一个国家的法律对一个国家公民的权利和义务都作了规定，是人们的行为规范，它告诉人们应当做什么，不应当做什么和应当怎么做。因此，一个公民不能超越法律所规定的范围去满足自己的欲望。

在法律的允许下满足欲望，关键看满足自己的欲望时，是否有违背法律规定的行为，以及是否有超越了法律规定的公民权利的行为。

在满足法律允许满足的欲望时，要做到两点：一是在满足自己欲望时，要采取积极行为，及时正确地完成法律所要求的行为。如一位企业老板想要获得利益欲望的满足，就首先要履行公民义务中依法纳税的规定，才能使自己获利欲望得到安稳的满足。二是在满足自己欲望时，要依照法律规定，不实施法律所禁止的行为，否则必然受到法律的制裁。

*再次，是在纪律的允许下去满足自己的欲望。*纪律是一个组织、团体、群体内部对其成员行为进行约束的规范。这个规范可能是严密的条款，也可以是群体成员相互间的约定或默契。如党纪、军纪、村规民约等。一个组织、一个团体、一个群体中的人，如果不顾纪律的约束，不在组织纪律的允许范围内去满足个人的欲望，那必然是对这个组织中其他成员的损害，是对这个组织的损害，也一定会受到这个组织的惩罚和纪律处分。假如一个中共党员，为了满足自己的色欲而去嫖娼，这就破坏了党的纪律，使党的声誉蒙受了损失，按党纪要求，党组织就会给他以开除党籍的处分，把他清除出党的组织。

规律、法律、纪律这“三律”是个人欲望满足的“许可证”。只有在这“三律”的许可下，个人满足自己的欲望才是自由的、愉快的；违背这“三律”去满足自己的欲望，不仅不会得到真正的满足，还会得到痛苦的惩罚。当然，这“三律”的内容也是会变化的，在客观条件发生变化时，这“三律”也会出现新的内容，这时如果不适应变化，仍然墨守成规，那张所持的满足自己欲望的“许可证”只是一张作废的“许可证”，按照这张“许可证”去满足自己的欲望，结果只能是受到惩罚，而不是获得满足。

驾驭欲望的第四条原则——满足应该满足的欲望

一个社会的进步程度如何，取决于这个社会高尚的人、杰出的人比例多少。这个社会高尚的人、杰出的人多，这个社会文明程度就高，进步速度就快；反之，这个社会庸俗的人、低能的人多，社会就落后，就衰败。每一个进步的社会总是会有一批高尚的人、杰出的人站在这个社会的前沿，代表着时代的潮流，引领着这个社会前进的步伐。

应该的欲望，就是应该要有成为这种高尚之人、杰出之人的欲望。满足应该满足的欲望，就是要用毕生精力为成为这样的人去努力，以使自己短暂的生命成为有意义的生命。“生命几何时，慷慨各努力”，这是古代诗人阮籍写木槿、蟋蟀一诗中的两句，写木槿、蟋蟀等生命虽然很短暂，但他们都在各自努力，以使其生命发出光彩。以此鼓励人们应该有这样向上奋斗的积极生活态度。王粲的“生为百夫雄，死为壮士规”，欧阳修的“生而为英，死而为灵”，李清照的“生当作人杰，死亦为鬼雄”等诗句都表达了这种蓬勃向上的欲望。

“水往低处流”是常理，“人往高处走”也是应该的，这个“高处”不是物质上的高档，而是品德上的高尚，才能上的高超。不管一个人是否会成为这样的“杰”、“英”、“雄”、“灵”，都应该有这样的欲望，没有这样的欲望就永远不会成为这样的人，只有有了这样的欲望，才能激发人向着这个目标去努力奋斗。正如《菜根谭》中所说的“立身不高一步立，如尘里振衣，泥中濯足，如何超达？处世不退一步处，如飞蛾投烛，羝羊触藩，如何安乐？”

因而，满足应该满足的欲望，就是要永远不断地向上，不断地追求高尚，追求杰出，追求卓越。在这种追求中，在满足应该满足的欲望中，实现自己人生的价值，使自己有限生命成为有意义的生命。

爱因斯坦说过，人只有献身于社会，才能找出那短暂而有限生命的意义。托尔斯泰有一篇“老人种苹果”的故事，写一个老人种了许多苹果树。人家问他，你种这么多苹果树干什么呢？要等好久这些树才会结出苹果来，恐怕你也吃不上了。老人说，我虽然吃不上，可是别人吃得上呀！这就是奉献，不是为自己，而是为别人。因而，满足应该满足的欲望，就是以自己的才干为社会创造价值，为全社会谋利益，为人民群众谋利益，将自己奉献于社会。

如何满足应该满足的欲望，关键是在“利于谁”、“害于谁”的选择上。处理不好利害关系，见利就上，见害就让，那不是在满足应该满足的欲望。古代一位哲人对此有过一个判断，他说：“见利而先，谓之贪；见利而后，谓之廉；见害而先，谓之义；见害而后，谓之怯。”他这里只从自己的角度说出了四种，其实考察利害关系应把“己”与“人”放在一起来考察，这里的“人”可以是别人，可以是一个团队，可以是一个组织，也可以是个国家。这里的“利”是指顺利、便利、利益等一切有利的；“害”是指祸害、害处等一切有害的。这样，在满足应该满足的欲望时，就有以下八种选择。

第一种情况是“己”、“人”只有一利。“己”有利，“人”则不利；“人”有利，“己”则不利。这时高尚的人应该想到的是舍己为公，成人之美；应该选择的是不以一己之利为利，而使天下受其利。

第二种情况是“己”、“人”必有一害。“己”受害，“人”就可避害；“人”受害，“己”则无害。这时的选择是痛苦的选择。《现代女报》近期登有这样一个选择的例子：

> 刑警队接到命令，迅速出击抓捕持枪抢劫犯。10多个刑警，只有5件防弹衣。刑警队长动作敏捷地拿起一件穿上，旁边的几个刑警也争相穿上。记者见此，心里有种说不出的滋味。刑警这次任务完成得很漂亮，抓捕了两名罪犯，缴获了两支手枪。此后记者又去采访，问及防弹衣的事。队长说：“我们队里只有5件防弹衣，遇上有危险的行动，去的人多，有人就拿不上，这时，我们谁都会抢先穿上一件……但你知道吗，我们队有一条不成文的规矩，你穿了防弹衣，你就必须冲在最前面，

你就要最先面对死亡!”

把生留给别人，把死留给自己，这是多么崇高的选择。在这种情况中，是“不以一己之害为害，而使天下释其害”。

第三种情况是“己”、“人”都有利。“己”有利，“人”也有利。这时没有选择，只有为共同的利益奋斗、拼搏，使共同的利益增多、变大，但切不可争利、抢利，而要多做锦上添花的事。

第四种情况是“己”、“人”都有害。“己”有害，“人”也有害。无法避免损害时，只有挺身而出，勇敢面对，尽最大努力，减少损害。

第五种情况是“己”害，“人”利。减少自己的利，增加别人的利，即损已利为人利。高尚的人，只要是国家需要，人民群众需要，别人需要，即使是牺牲一些个人利益，也在所不辞。

第六种情况是“己”利，“人”害，即损人利为己利。几千年来损人利己的行为为人们所不齿。所谓“义者不毁人以自益，仁者不乘危以邀利”，损人利己是不应该满足的欲望。

第七种情况是“己”利，“人”无害。自己的利并不会给别人带来危害。这种情况下的欲望应该去满足，使自己的潜能得到充分的发挥，做更多的好事，待到一定时机，反哺社会，惠及人民。

第八种情况是“己”害，“人”无利。自己处在困难境地，必定要有所损害，但自己的害，并不会给别人带来利益。高尚的人会在自己默默承受的情况下，想方设法减少损害，战胜苦难，使自己的意志和才干得到锻炼，将苦难变成自己的财富。

总之，满足应该满足的欲望，就是满足一个进步社会倡导的欲望，就是满足在各种情况下作出了正确选择的欲望。

驾驭欲望的第五条原则——满足适宜满足的欲望

有一则寓言讲有一个愚蠢的人到别人家做客。主人请他吃饭，他嫌菜淡而无味。主人听了就再加了一点盐。这个人觉得加盐以后的菜味道很鲜美，心里便想：“味道所以鲜美，是因为有了盐的缘故。加一点盐就这样，要是加得多，味道不更好吗?”这个愚蠢的人便空口吃起盐来。但吃了以后，反而觉得不舒服。

一般的厨师都知道菜的口味如何，盐度的把握很重要，少则淡而无味，多则难以下咽。因而，烧一手好菜的人，都是能把握盐度的人。

不光是盐，世界上任何事物都有一个度的规律性，那个愚蠢的人空口吃盐正是不知道这个度的问题。这个“度”包括事物量和质的两个方面。一个事物量的方面超过了这个“度”的范围，这个事物的质也就发生了变化。

欲望的满足也有一个度的问题。满足适宜满足的欲望，就是在满足欲望时把握好满足欲望的度。古罗马有句格言说：“凡事都有尺度，过与不及都不足取。”人的欲望的满足也不例外，过度和达不到度，都无法得到欲望满足带来的愉悦。

欲望满足的过度有两种情况。一种情况是同时要满足几个欲望，结果因为力所不能及，一个也满足不了。就像《伊索寓言》中的那条狗。这条狗衔着一块肉过河，望见自己在水里的影子，以为是另外一条狗衔着一块更大的肉。他于是放下自己这块肉，冲过去抢那块。结果水里的那块肉没捞到，自己嘴里的一块也被河水冲走了。真所谓“一人追两兔，两头都落空”。还有一种情况是在某一种欲望上穷奢极欲，结果是物极必反。

欲望满足的不及也有两种情况。一种情况是必需满足的欲望满足不及。例如吃不饱、穿不暖势必伤害身体。一种情况是应该满足的欲望满足不及。如社会倡导的个人修养、科学探索、事业追求、为人类作贡献等方面的欲望满足不及，就会给个人的社会价值和社会的发展进步带来不良影响。

人的一生在满足欲望的过程中，很难把握度，难就难在人们在把握满足欲望的度时，常常会犯两个错误，如果真正克服了这两个错误，满足欲望的度也就好把握了。

一是有的人在把握满足欲望的度时，把已足当不足。实际已超过度的范围，他还以为在度内。这个错误常常是出在对个人的物质生活追求的欲望上，如《晋书》中描写的“日食万钱，犹曰无下箸处”。托尔斯泰笔下写过一个贪婪的地主，他用一生的精力掠夺土地。等他死的时候，他侵占的土地已经需要用马来丈量了。他要死时，佃农们在原野上为他挖好一个墓穴。这个地主提出要最后看一眼自己的安息之处。于是，人们把他抬到墓穴边。面对墓穴，地主突然明白了一个朴素的道理，这就是：一个人的一生，其实只需要从头到脚六英尺长的土地，即可以把自己舒服地放进去。这一丁点土地，就足够了。所以，千万不要把已足当不足。

另一个是有的人在把握满足欲望的度时，把未足当已足。实际还差得很远，他却以为在度以上了。这个错误常常是出在对诸如“生有涯，知无涯”、“修之至极，何谤不息”、“欲穷千里目，更上一层楼”等精神生活追求的欲望上。犯这方面错误的人，往往都是浅尝辄止，把欲望的度看得过窄，因而他们对这方面的欲望稍有满足，就以为到了度的要求。最后会如托尔斯泰说的那样：“凡是满足一切，不想再把好的变得更好的人会使一切都失掉。”

是馅饼还是陷阱——看清诱惑

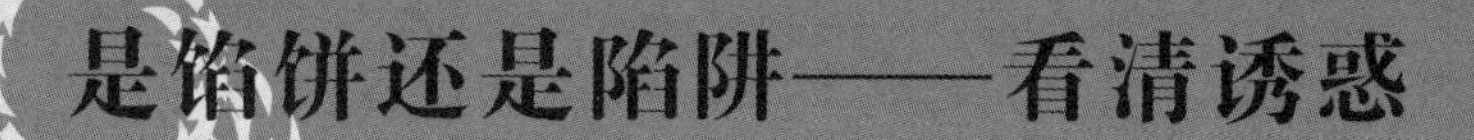
SHI XIANBING HAISHI XIANJING

鱼吞饵，蛾扑火，未得而先丧其身；猩醉醴，蚊饱血，已得而随亡其躯；鹚食鱼，蜂酿蜜，虽得而不享其利。

——清·金兰生

看准诱惑背后的是非

诱惑和欲望是两个不同的概念。诱惑是外在的，欲望是人的主观内在的。诱惑在前，欲望在后，诱惑是引起人的欲望、激发人行动的有形或无形的东西。

诱惑并不都是坏的，因而没有必要把所有的诱惑都挡住。人们对诱惑的反感，主要在“诱”背后的“惑”字上面。因为人们往往只能看清诱物，而看不清诱物背后的东西，看不清它的是是非非。

一种诱惑如“鱼吞饵，蛾扑火”、“猩醉醴，蚊饱血”之类。这类诱惑使人的欲望满足后，祸害随之而来。这类诱惑可叫诱饵。另一种是“鹚食鱼，蜂酿蜜”之类。这类诱惑使人的欲望满足后，快乐和幸福（有时自己会有暂时的痛苦）随之而来，给社会、国家、集体和他人带来的是价值，至少不给别人造成损害。这类诱惑可叫诱导。诱饵看起来是食品，背后是陷阱；诱导看起来平淡，背后是馅饼。

2003 年，国家最高科学技术奖，奖给了为研究培育杂交水稻作出重大贡献的袁隆平教授，奖金总额为500 万元人民币。与其同时，华东某省交通厅长将200 万元人民币一次性送给该省省委组织部长（目前两人均已受到法律的惩处）。一个 500 万，一个 200 万，哪个是诱导，哪个是诱饵十分清楚。

真正面对诱惑时，到底是诱导还是诱饵，不是像这样很容易就能分清的。正如孟子所说的："是非之心，智也。"在诱惑面前有是非之心，是有智慧有见识的表现。但这个是非之心不是每个人都一样的。从社会上看，在诱惑面前有是非之心的人有以下几种：

"混淆是非"是一种。鱼吞饵，它根本不知道饵背后的钩刺；蛾扑火，它也不知道火背后的灼热。它们不知道饵和火诱惑背后的是非。不知是非，必然混淆是非。

另有一些人能分清是非，但故意设局，把水搅浑，混淆是非，而他却浑水摸鱼从中得利。

"自以为是"是一种。猩醉醴，并不是猩猩不知道酒是乡人用来引诱它们的诱饵。寓言中写道："猩猩看到酒和草鞋，知道是乡人设置的机关，又知道设置机关的人的祖先姓氏。还叫着他们的祖先的名字骂摆设酒和草鞋的人。"它不是很清楚那是诱饵吗？但如此反复几次后，猩猩熬不住了。它们想，酒放在这儿这么长时间也没有人来，而且方圆几里也没有人，不如先尝点酒试试，何况我们身手敏捷，一有人的动静，我们就会逃脱。于是一哄而上。开始还有点节制，尝尝看看，看看尝尝，等尝出甜头来，哪里还知道适可而止，直到大醉被捉。

像这样在诱惑面前自以为是的人，往往过于相信自己的判断和能力，根本不去看其他的方面，顾及不到是与非。面对诱惑，有时会得到一些甜头，获得一些小成就，但最后总不会成大事，或以失败告终。

"是非分明"又是一种。春秋时，有个叫公仪休的人当了鲁国的相国。他很爱吃鱼。于是国中的人就纷纷送鱼给他，他一概不接受。他的弟子不解地问："先生喜欢吃鱼，为什么不接受馈赠的鱼呢？"公仪休回答说，"因为我爱吃鱼，所以才不接受馈赠的鱼。如果因接受赠鱼被罢相，即使爱吃鱼，自己也没有钱买鱼了。不接受赠鱼，可以不罢相，就能长期有俸禄自己买鱼吃"。

公仪休虽算不上像蜜蜂那样奉献的人，但他在赠鱼的诱惑面前，还能识别诱饵，分清是非，也不失为一个好官。在诱惑面前能分清是非，分清后，即使诱力再大，也不做为"非"的事，在这基础上，尽力多做些为“是”的事，为社会、为人类、为他人多作点贡献，那就达到蜜蜂的境界了。

看准诱惑背后的利害

诱惑大多是以利、以福等人们愿意接近的面目出现的。蒲松龄笔下的女妖精要接近王书生，只有变成艳丽少女才能给王书生一个好感。因而，诱惑的出现，总是披着一层美丽的面纱，让人跃跃欲试。

诱惑的背后有与表面相一致的，也有与表面不一致的，甚至于完全相反的。也就是说其背后可能是利，也可能是害。人们对此若分不清，就往往会被诱进陷阱。

据说，乌鸦在鸟类里是比较聪明的鸟。它能辨别人的声音的细微差异，及时确定去还是留，不是用弹弓一射就能捕到的。在古代，关中人对乌鸦的习性是非常熟悉的，认为无论什么动物没有不因其聪明反而容易被猎取的。猎人在荒野的坟间摆上饼等食物和纸钱，便开始嚎啕大哭，好像在祭奠死者似的。哭完之后，撒了纸钱丢下饼便离开了。乌鸦抢着下来啄饼，吃光了之后，看见哭的人又已立在另一座坟前，又是像刚才一样撒纸钱丢下饼便走。乌鸦又一次叫着争抢食物。直到第三、四次，乌鸦都跟在猎人后面飞来啄食。结果越来越靠近了网，终于全部被捕获。

这么聪明的鸟它也是只见饼而不见网，只见饼之利，不见网之害。人置于诱惑面前，也常常会犯这种见利不见害的错误，在取利时，一个个栽进网中，跌入陷阱。究其原因，从主观上说有三个：

心太贪。古人说：香饵之下，必有悬鱼。鱼见美食而至，是它的本能。自己内心贪婪，见到心中所贪之物，便会不由自主地粘上去、贴上去，必欲获之而后快。《画皮》中的王书生如果自己色心不重，怎么会急跑几步追上前面的小女子呢？追上小女子一看之后又怎么会“心相爱乐”呢？

2004 年 11 月，某派出所民警在一发廊抓住一对卖淫嫖娼的男女。被抓住的男子是一位法律硕士，从事的职业也是法律研究。这个男子被拘留后告诉民警，他家就在发廊附近，每天他都在楼下散步。每次经过该发廊总有年轻女孩向他作出暧昧的表情，他自己也知道这种地方藏污纳垢，然而却经不住诱惑。他懂法，知道嫖娼是违法的；他也知道那种地方是陷阱，但他还是走进了那陷阱，因为是他贪色。贪心过重，虽知道是害，还是挡不住那“利”的诱惑，如飞蛾一样不顾一切地扑上去。

识不破。自己没有看清诱惑的见识，识不破诱惑是不是陷阱，辨不清诱惑背后是利还是害。因此，这种人欲望的满足就有一定的盲目性，行动起来既不知后果，也不计后果，只冲着眼前的利而来，为着眼前的利而去，碰到利是福，碰到害获祸，掉进陷阱也只有后悔的份了。

受损多。自己屡次受损，获害太多，怀有一种破罐子破摔的态度。以为新的诱惑再有害，总不至于超过自己已受的损失吧。是一种饥不择食、迫不及待的欲望满足，不考虑诱惑背后是利还是害。饥饿已很久，捞到利自己就充饥，捞不到利自己也没损失什么，捞到的是害也无所谓。

从客观上讲，诱惑背后的利害也有其难以分辨的一面。难辨的主要是以下两种情形：

一种是利害两者十分相似，表现出来的差别细微，因而难以分清。“孪子之相似者，唯其母知之；利害之相似者，唯智者知之。”母亲对自己的孩子非常了解，因而分清自己的双胞胎孩子也不难；但利害相近时比双胞胎还难分清，更难抉择。

一种是利害都以温柔面孔出现。表面看都有亲和力，让人想接近、想亲近。《诗经》中就说过，“柔则茹之，刚则吐之”。人的天性，柔软的就吃下去，坚硬的就吐出来。然而，吃下去的“柔软”并不都是利，吐出来的“坚硬”并不都是害。往往温柔一刀更厉害。就如水一样，人们在水火面前，更易亲近水。人能赤身融入水中，而不敢置于火中。“火形严，故人鲜灼；水形懦，故人多溺。”火的形状威严可怕，人们害怕不敢接近，因此很少被火烧伤；水的样子绵软柔弱，人们喜欢游泳戏水，因此，被淹溺的人很多。

不管如何难以分辨，人在诱惑面前，都要不断提高自己对其背后利害的识别能力。要静观其“诱”，细析其“惑”。做到“三不动心”。

不是自己的，不动心。古人说：“非分之达，犹林卉之冬华。”

不是分内应该获得的显要地位，就像树木花草在冬天开花一样，会很快消失。

不费吹费之力而来的，不动心。须知天下没有免费的午餐，拿人手短，吃人嘴软。

不用正当手段而得的，不动心。孟子说：“非其义，非其道也。一介不以与人，一介不以取诸人。”就是说，如果不符合道义，不符合真理，就连一棵草也不给他，也不向他要一棵草。这么微小无价值的东西，只要是“非义”、“非道”，都不与、不取，何况那些有价值的东西呢？

看准诱惑背后的缓急

诱惑是与一定的时机相联系的。当你饥肠辘辘地坐在摆满菜肴的桌子旁边时，那满桌的菜就是诱惑；而当你酒足饭饱之后，再坐到那桌菜旁边时，那桌菜已不是诱惑了。诱惑总是在一定时机中出现，人对诱惑是拒绝还是接受的选择也有个时机问题，也有个是缓是急的把握问题。时机把握不好，过急或过缓，无论是拒绝或是接受都不能把握成功。

诱惑出现的时机与你拒绝或接受时机基本一致，你就要急，拒绝就要当机立断，事不宜迟；接受就要刻不容缓，捷足先登。

东南亚华商陈锦泉靠的就是善于捷足先登的要诀，成为称雄新加坡的金融巨头。20世纪40年代末，印尼独立后经过几年恢复开始着手发展工业。对于他来说，这是一个诱惑，是一个兴办实业的好机会，于是他便捷足先登，开办了一家以经营机械五金和汽车配件为主的进出口公司。公司开办后，业务兴旺发达。到60年代初，他便成了威震一方的商界强人。经济的发展对金融业的渴求大增，而那时，新加坡的金融业还是未开发的处女地。于是他再次捷足先登，于60年代初，与几个朋友合资开办了新加坡金融有限公司，后又创立了亚州商业银行，成为新加坡金融巨头。

自己的条件成熟，诱惑的时机又对路，接受就要急字当头，快人一步。

诱惑出现的时机与你拒绝或接受时机不相一致，你就要缓，拒绝或接受都不能操之过急。

三国时期，曹操在官渡之战中取得胜利后，袁绍已死，还存三兄弟，这对曹操来说是一个诱惑，于是他欲乘胜消灭袁氏兄弟。袁氏三兄弟面对曹操进攻，齐心合力死守冀州。曹操虽接受了这一诱惑，但无法取胜。这时郭嘉献计说，袁绍临死前，立幼子袁尚为嗣，任大司马将军，其兄袁谭、袁熙肯定不服，一定要同室操戈，相互残杀，但现在你向他们进攻，他们肯定会联合起来与你抗衡。这叫“急之则相救，缓之则相争”。不如举兵南下荆州。你大军一走，他们兄弟的矛盾就会上升为主要矛盾，等他们相互残杀，削弱力量后，你再北上击之，一定取胜。曹操于是撤兵南下，果然，不久袁谭与袁尚为争继承权而同室操戈。这时，曹操见时机已到，再挥师北上，灭了袁谭，赶走袁熙、袁尚，平定了河北。

曹操官渡大胜后，灭了袁绍，三个孤子领袁军当然是弱肉强食了，这个诱惑还不大吗？曹操自然想趁热打铁，猛追穷寇。但他并不知道接受这个诱惑时机还不成熟，困兽犹斗，何况三兄弟呢？郭嘉看准了接受这个诱惑的时机、看准了接受这个诱惑的缓急，“急之则相救，缓之则相争”，当然取缓啦。真所谓小不忍则乱大谋，只有忍一时之快，才能完成平定河北的谋略。

有时诱惑来得很急，但不能以急对急，只能以缓待之。

美国石油大亨安迪森在一夜之间，因为股市狂跌，前半生苦心经营而积累的财富顿时化为乌有。一个欲念在他的脑际不断响起：跳下河去吧，只要纵身一跳，一切就解脱了。这是一个死亡的诱惑，如果不是另一个诱惑拉拢了他，也许他就不会成为石油大亨了。这时，他看见一位年轻女子正趴在栏杆上，独自落泪。见此，他顿生怜悯之心，暂时忘却了自己的痛苦，真诚地去劝年轻女子。女子说出了自己的不幸：原来相爱多年的男友绝情而去，而一旦失去他，她简直没有信心再活下去。安迪森说：“那就奇怪了，在没有和这位男友结识相恋之前，你不是也曾活得好好的吗？”真是一语惊醒梦中人。他话音刚落，那位姑娘已破涕而笑说：“谢谢你的劝导，我会好好地珍惜自己的。”说完告辞而去。望着远去的年轻女子的背影，安迪森陷入了沉思：那么我呢，我自己呢？想当初，我也只是一个两手空空的穷书生呀。在没有赢得这笔财富之前，我不是也活得好好的吗？原来，一切只不过是从头再来。他如梦初醒，顿感豁然开朗。此后，他终于成了石油大亨。

石油大亨和年轻女子面对的死亡诱惑都比较急，如果以急对急，那很快就是两个生命的终结，但所幸他们还能相互启发，冷静思考，终于摆脱死亡的诱惑。

诱惑出现的时机与你拒绝或接受的时机有交叉重合之处，这时就不能完全等待时机成熟，而要见缝插针，所谓“急之则丧，缓之则得，而过缓则无及”。

1921 年 6 月 2 日，电报诞生 25 周年。美国《纽约时报》发表社论，其中传达的一个信息是：现在人们每年接受的信息量是 25 年前的 50 倍。当时在美国至少有 16 人瞅准这一诱惑。那就是，创办一份文摘性刊物，让人们能在浩如烟海的信息中，尽快获得自己需要的东西，他们都认为这类刊物必定有广阔的市场。他们都对这个诱惑做出了反应，都到银行存了 500 美元的法定资本金，并领取了执照。然而，接受这个诱惑还有时机不成熟的一面。那就是，当他们到邮电部门办理有关发行手续时，却被告知，该类刊物的征订和发行暂时不能代理，如需代理至少等到次年中期选举过后。得到这一答复，其中的 15 人为了免交执业税，向管理部门递交了暂缓执行的申请。只有一位叫德威特·华莱士的年轻人没有理睬这一套，继续被这个诱惑吸引着。他回家和未婚妻一起糊了 2000 个信封，装上征订单寄了出去。从此《读者文摘》诞生了，目前《读者文摘》已有 19 种文字、48 个版本，发行 127 个国家和地区，订户 1 亿多人，年收入 5 亿多美元。

这种诱惑的趋势已很明显，大家都看得很清楚，只是在时间上有超前的地方，条件上有不成熟的地方。那 15 个人因为这不成熟的部分而放弃了这一诱惑，而华莱士创造条件，不坐等时机成熟，这正是一个成功的人所应有的智慧。

看准诱惑背后的难易

难易是相对的，也是会相互转化的。

就诱惑来讲，如果具体到某一种诱惑和某一个人而言，不同的人在不同条件下面对不同的诱惑，其选择取舍的难易会有所不同。

拒绝诱饵有三易三难。

饱时容易饿时难。例如钓鱼，吃得饱饱的鱼任你钩垂多长时间，也不咬钩；饥饿三天的鱼，一见食落水就不顾饵之内的钩了，纷纷扑食。俗话说，饥者易为食，渴者易为饮。同类欲望已得到满足时，面对诱饵自然容易拒绝；难就难在，欲望尚未得到满足时也能拒绝诱饵。

咬钩容易脱钩难。不知道食内有钩而去咬钩的不属这一范围，这里所讲的是明知食内有钩偏要去咬的人。一些自命不凡，自以为经验丰富、技术高超的人，就是不信这个邪，就是要把钩外边的一层香饵吃掉。结果十有八九被钩住了嘴。这时再怎么挣扎，再怎么后悔都难有脱钩的机会了。据说有一位研究戒毒的专家，对毒品的特性了如指掌，她想尝一尝毒品是什么滋味，亲自体验一下吃了毒品后人体的反应。她自认为自己意志坚强，绝不会上瘾。第一次吃的剂量很小，第二次增加剂量，第三次吃了以后就上瘾了，最后不得不花数月的时间才把毒戒掉。

一时容易一世难。一个人某一次拒绝诱饵，或某一个时期拒绝诱饵都不是难事，难的是能一生坚持下去。就像一个人身体的抵抗力不是一生每时每刻都是很强的，总会有一些时候抵抗力下降，人这个时候抵御疾病很难。诱饵往往也是这样，会在一些非常时期轻易地钓人上钩。人在失意与得意时，其免疫力相对较弱，面对诱惑，稍不留意，就会上钩。因而想一生保持纯洁，不上钩，必须警钟长鸣，在免疫力下降的关键时期尤其要谨慎行事。

接受诱导也有三易三难。

看似容易得之难。一些诱导的东西，似乎一看就清楚会把人引向哪里，但如果细细分析，又不是那么回事，跟着诱导走时，又往往走上岔路或掉队。这些人往往只注意诱导的表面现象，并没有深究其理。“铁杵磨成针”中，“乐羊子妻断织”中，一般的人见了这两种诱导可以视而不见，但李白和乐羊子却能知其意义所在，接受了诱导，最后成就了一番事业。再如苹果从树上掉下，一般的人会把它当成秋天可以到树下捡苹果吃的诱导，而不会把它当成探索科学真理的诱导。这就是没有真正把握诱导的实质，没有得其精髓。

丢开容易再遇难。诱导的出现，对一个人来说有时就是机遇，不是时时、处处都能遇见的。诱导来时，也要像抓机遇一样把它抓住，不能轻易丢开它、抛弃它。如果丢开它，也许丢开的就是一个成功，得到的是一声叹息。一些贪官在参加一次教育大会，学一个文件时，碰到的都是一种诱导，这个时候如能接受诱导，悬崖勒马，主动交待，会得到从宽处理，不致有牢狱之苦。可惜不少贪官轻而易举地就放弃了这些诱导，失去了机会，最终失去了自由。

入门容易选择难。人的一生往往平平淡淡，但再平淡的人生也会有几处起波澜的关键之处。这些关键之处就是人生的一道道门。进门都是很容易的，但进哪一扇门则很难选择。人一生需做决定的事很多，但重要的也就是那几步，也就是在那几个关口。如果能在这些人生的关口处注意分清诱惑，把握诱导，作出有效而正确的抉择，那就会铺就一条成功的人生道路。

为者常成，往昔常至——走好五步路

WEIZHE CHANGCHENG, WANGXI CHANGZHI

管子说：“事者，生于虑，成于务，失于傲。”欲望的选择只是第一步，最终能否满足还要靠双手日日做，靠双脚天天行。

多谋善断，慎行第一步

现代作家柳青在《创业史》中写道：“人生的道路是漫长的，但紧要处常常只有几步……你走错一步就会影响人生的一个时期，甚至一生。”而紧要处的第一步更为重要，那是影响人生一个时期，甚至一生的关键之步。在这关键几处的路程上，不同的人会走出不同的第一步，不同的第一步会有不同的人生路。有快捷稳健的第一步，有颤颤抖抖的第一步，有左右摇摆的第一步，有马失前蹄的第一步……人们以这些林林总总的第一步给自己预定了一条今后的人生道路，也昭示了他今后一个时期或一生的曲曲直直、得得失失。

所以，在满足人生发展的欲望中，第一步十分重要。要多谋，就是要三思而后行，不可急躁；要善断，看准了的要当机立断，立即行动；要慎行，要谨慎起步，如古人说的“慎重者，始若怯，终必勇；轻发者，始若勇，终必怯”。其过程中的重要之处还表现在以下三个方面。

*走好第一步方法很重要，方向更重要。*第一步如何走是必须谋划的重要问题。方法对路，问题就会迎刃而解。在攻克某一科技项目时，科学家们对第一关如何过，会进行严谨地研究；在开

展某一个战役时，军事家对第一仗如何打，会研究周密的战略战术；在致富道路上，实业家对如何挖出第一桶金，也会殚精竭虑。他们都对走好这第一步的方法很重视。但成功走出第一步的人，不但重视方法，更重视方向，方向不对头，方法再好也只能前功尽弃。

从方向上来说，第一步有正向的，也有反向的。正向的第一步，就是朝着正确目标迈出的第一步，这个第一步将给问题的解决，给一个人的人生带来积极的影响，这是每个人都应该尽量争取迈好的。有偏向的第一步，大方向是朝着正确目标的，但有偏差，在今后的人生道路上需要转弯调整方向，需要更多的力气，这是大部分人所走的路。还有反向的第一步，走出第一步与正确目标完全相反，如果在第二步、第三步时能及时醒悟，拐个大弯转回来，还是可救的；如果在反方向上越走越远，离正确目标也越来越远，就很难有机会掉头了，这样注定走完的将是失败的人生、痛苦的人生，这是万万不能迈的第一步。

最近《人民日报》登载的夏长勇记者与某中级人民法院原院长（先后包养7名情妇，贪污受贿、挪用公款数百万元，被判处无期徒刑）的一段记者问答令人深思。

记者：有一句话说，人生的道路虽然漫长，但关键处却只有几步。一个干部走向腐败也是这样。在你人生观发生蜕变之初，哪件事是关键性的、转折性的？

原院长：我当市国家安全局长时，某某想调到我们局，我给他办了。后来他送给我两万块钱。我拒收而没推掉（这是第一次受贿）。后来他又送给我三四万元。面对贿赂，好多次我内心里都想拒绝的，但我这人心太软，总不想让对方难堪。于是越收越多，再也刹不住车……

我第一次嫖娼是在一家歌厅，在那儿认识了一个"小姐"，我们一来二去就处熟了，发生了不正当关系。事后我也挺害怕，但就是控制不住自己，不停地找她，请她吃饭、送她东西、陪她到外地游玩，花了好几万元。嫖了第一个，就有第二个、第三个……胆子越来越大，没人请嫖时就晚上自个儿打车去找，在这些女人身上花的钱我也说不清有多少，私生活走向糜烂。

这位院长这两个第一步都是反向的。反向的第一步一旦迈出，速度将是惊人的，想掉头、转弯、停止都很难。如这位院长，第一次受贿、第一次嫖娼后就再也刹不住车，越滑越快、越滑越远，直到“翻车”。因而，在满足欲望的过程中，没有按照驾驭欲望的原则去做，自己就不是在驾驭欲望向前走，而是被欲望驾驭着向反方向滑去。

走好第一步，胆量很重要，胆识更重要。一个婴儿在他学走第一步时，是需要胆量的。大人们总是在一旁鼓励他，增强他迈出第一步的勇气。许多人在人生道路上，都有某一事业方面的成功欲望，但都因缺乏足够的胆量，不敢迈出第一步，而使这一欲望永远只是构想。但只有胆量没有胆识也不行。只有胆量没有胆识就有可能迈出反方向的第一步。

人们都说美国实业家哈默胆量很大。他在俄国十月革命后不久，就从美国来到当时被西方人隔绝的俄国，这在别人眼中简直就像是去月球探险一样。1924 年，他在俄国申请了一张生产铅笔的执照，当他把资金投下去，办好笔厂的各项筹备工作时，他还不知道如何生产铅笔。这都是他有胆量的表现，但重要的是他的胆识。俄国革命后，西方人不与俄国来往，正是他去发展的最好时机；不懂造笔就投资办笔厂，是他对苏维埃政府的认识，他清楚苏维埃政府已经作出规定，每个俄国公民都得学会读书和写字，由此看到了铅笔的广大市场。此后他从铅笔上确实赚了数百万美元，更从与俄国的友好关系上得到了更多的市场。他的胆识让他迈出了正确的第一步。

走好第一步，完备很重要，完成更重要。迈第一步之前，能想到的要尽量考虑到；做一件事，干一项事业，开头总是很难的，必须谨慎行事，尽量把第一步的方案想周全，切不可大而化之。否则，“不慎其前而悔其后，虽悔无及矣”。不过，再完备的计划也会有遗漏的地方。如果一味求全责备，等待十全十美的计划，而迟迟不愿抬脚迈步，那就会坐失良机。看准了就要立即行动，这第一步哪怕是摇摇晃晃，哪怕是战战兢兢，但能合格完成就是胜利。它会为后面的第二步、第三步……积累经验，奠定基础，催生更稳健完美的步伐。

脚踏实地，一步进一步

成功迈出第一步后，要摘取欲望的果子还须脚踏实地，一步一步地向前迈进。

在一步一步地向前迈进的漫长人生路程中，最常见的是容易被不起眼的东西绊倒。韩非子说："不蹶于山而蹶于垤。山者大，故人顺之。垤微小，故易之也。"意思是说：没有在高山上摔跤却被蚂蚁做窝的小土堆绊倒。因为山高大，人们看得清，便能谨慎地顺着山路走下来。而蚂蚁堆的土堆很小，人们认为容易跨过去，没想到会被绊倒。

人生道路上也经常会遇到这样的"小土堆"，最容易影响前进的步伐，在人生道路上能使人绊倒的"小土堆"就是浮躁。一个人在前进道路上出现浮躁，他就不会踏踏实实干到底，就不会认认真真地干到底，就不会坚持不懈地干到底。一个人浮躁缠身，他自身就会失重、思维就会失算、行动就会失慎，结果只能是失望。浮躁的表现形式很多，一般为心浮、眼浮、手浮和脚浮。

心浮失神。心里浮躁，其思维就会出现混乱，注意力不集中，就会厌恶脚踏实地一步一步地向前走。满足欲望的速度要快，心代替了脚，心到目的就要达到，欲望就要满足，就像寓言故事中的那位国王。

国王生了一个女儿，他叫了医师来说，给我药让我女儿立即长大！医师回答说，有一种好药，给大王的女儿吃了，就能叫她立刻长大。但现在我仓促之间没有，必须到远处去寻找。在我找到药前，大王不能看女儿，等我给她服了药后，再带来见大王。于是医师便到很远的地方去找药。过了12年，医师把药取回来了，并给国王的女儿服下去，然后带上她去见国王。国王看见女儿十分高兴。心想：真是好医师，给我女儿吃了药，就叫她一下子这么大了。

谁不知道人是一步一步长大的，怎么可能出现这种国王？然而，现实中确实存在不少这样的"国王"。有的市县领导，要自己领导的市县经济两年、三年翻一番，每个月以50%以上的速度增长；有的干部，在升迁上要两年一个台阶，或者一步两个台阶；有的家长，要自己的子女在15岁和20岁获得硕士和博士学位；有的老板要自己的企业从一个销售千万元的企业，几年之内成为全国或全球500强；有的人刚大学毕业，就想要在几年之内赚几十万、几百万，等等。浅显的道理人人都懂，但一到自己碰到这些问题，就又变成了那个国王。

眼浮失真。眼浮的人有四个特点。第一个特点是世界上他难有看上眼的人和事。在他眼里只有自己最高明，只有他自己做的事最完美；别人满身是缺陷，别人做的事处处是漏洞。有一个局的负责人，他任副局长时，在他眼里，原来的局长是一只羊，他自己和局里其他人是一群狮子，个个是好样的，只是这只羊没把狮子们的潜力挖出来。等到自己做局长时，原来的一群狮子就剩他还是狮子了，别的人都变成了羊，说他领导的这帮人素质都太差。为此产生眼浮的第二个特点，就是这山看着那山高。做副局长时看中局长的位置，局长的位置还没坐热，又看中副市长的位置。这种人就是坚信儿子是自己的好，老婆是人家的好。眼浮的第三个特点是看不远、看不深，看得肤浅。什么事在他眼里一看就会，一学就懂。再深奥的道理他一接触，马上就能唾沫飞溅地讲得天昏地暗，让人云里雾里。第四个特点是看一当十，只愿意以管窥豹，看到一个黑点，就断定那是一只黑豹。一些假新闻、一些谣言、一些诽谤人的言语，除了别有用心之外，都是这样造出来的。

手浮失灵。手浮躁，就会僵硬，不但不愿做事，而且什么事也做不好。嘴与手不协调、不一致。嘴里说得头头是道，手就是动不起来。什么事只能从他嘴里过，不从手上做，只能袖手旁观，动嘴不动手。

脚浮失常。脚浮就会飘飘然，就会出现以下几种情况：一是走不稳，易失足跌倒，干一件事经常出错，总是干不好；二是走不准，偏离方向，或原地打转，停滞不前，或走向陷阱；三是走不恒，不能坚持到底，不能持之以恒地走向欲望的目的地，结果是前功尽弃，功亏一篑。

总之，浮躁虽不起眼，但它的破坏力和阻碍力却很大，是满足事业欲望的大敌，是人生道路上的绊脚石。惟有脚踏实地一步步干事的人，惟有修身养性、思想境界不断升华的人才能避开人生道路上的这个“小土堆”，才能使你人生成功的欲望得到满足。

另辟蹊径，转弯绕一步

走捷径、跑直路是不少人的愿望，但人一辈子不可能都是坦途，总会有坎坎坷坷、曲曲折折。明知南墙挡道，还要往南墙上撞，不撞得头破血流不回头的人是不可能到达目的地的，也不可能获得人生欲望的满足。这个时候必须创新思路，另辟蹊径，避开南墙，绕开暗礁泥潭，转个弯，绕一步，就会别有洞天，豁然开朗。

怨天、怨地和无悔三兄弟决心从乡下到城里谋生。当三人走到一岔路口时，谁也不清楚哪一条路才是通往城市的。于是三人各自选择了一条路。三人当中，只有无悔最终到达城市，并成就一番事业。多年以后，当无悔回乡来找当年同行的兄弟时，怨天和怨地仍在茅屋里过着日出而作、日落而息的生活。三人讲述了各自的故事，发现三条路其实并无不同。惟一不同的是，无悔面临困境时总能另辟蹊径，朝着既定目标继续向前，最终取得成功。所以，“转个弯，绕一步”在人生道路上有时是十分重要的，在特定时期转弯会更有利于进步和成功。绕一步不是避开矛盾，也不是在困难面前退却，而是主动地换一种思路、换一种角度、换一种活法。

遇到人生曲折，须转弯绕一步。

路是曲折的，行走的人还能不拐弯吗？一个人在人生道路上，突然遇到一些曲折，这时再走原来那条路显然是走不下去的，必须转个弯绕一步，避开曲折所带来的不利影响。

有一个叫罗博·李普莱的年轻人，曾立志要做个棒球名将。于是他每天辛苦地练球，但很不巧，他在一次比赛中严重扭伤了自己的手臂，医生建议他不要再从事剧烈运动，他伤心极了！经过一阵子的沉沦，他选择学画漫画，把原先打棒球的精神用在漫画上，数年后，他完成了《信不信由你》等名作，成了一位漫画家。

如果不知转弯绕一步，那他既不可能成为棒球名将，也不可能成为漫画家。正是转弯绕一步，让他获得了一片新天地。

遇到目标迷失，须转弯绕一步。

欲望目标与主观能力不相一致。要么无目标，无所事事；要么目标过高，干什么不成什么。这不是无能，而是能不对路。叫飞机在地上走，当然不如在空中飞得快啦。因而，有必要把自己的能调整到合适的人生道路上去。

谁是兽中之王，驯兽员最清楚。他分析说：狮子力大无比，按说应该是百兽之王，但它跑不过猎豹。猎豹是陆地上跑得最快的动物，它们还能团结作战，常能围剿狮子，从狮口夺食。猎豹虽然跑得快，但时常遭到老虎的袭击和捕杀，不但会丢掉猎物，还会搭上身家性命。狮子力量最大，猎豹速度最快，老虎捕杀能力最强，但它们口中的猎物常被个头不大的非洲土狼抢去。土狼耐力好，它引诱猎豹不停地追杀它们，不让它有停下来喘息的机会。几次三番，猎豹筋疲力尽，土狼能置猎豹于死地。土狼同样采取这种骚扰的办法，从其他猛兽嘴里获取食物。

谁是兽王，很难定论，野兽们各有所长，各有所能，关键是看谁能用其长、尽其能。人也是一样，人人有其长，有其能。在现实生活中，在满足欲望时，如果自己的“长”和“能”无用武之地，受到束缚，就应尽早转弯绕一步，把你的“长”和“能”调整对准到正确目标上去。

在人生道路上遇到困境，“转个弯，绕一步”是明智之举，只要坚忍不拔，人生成功的欲望就会得到满足。就像长江汇集涓涓溪流，绕过一座山又一座山，转过一个弯又一个弯，千里迢迢，日夜奔腾不息，终于投入大海的怀抱。

以退为进，主动让一步

在满足人生欲望的过程中，一味地去争斗，有时不但适得其反，还会损人伤己，危害社会。在两个迎面而行的人争着过一个独木桥，都不相让，那就谁也过不了。只要有一个人让一步，两人都能很快地通过。建立和谐的社会就是要化解矛盾，减少矛盾，最大限度地满足人民群众的物质、文化需要。

这里所说的让一步是一种奉献，一种宽容，一种策略。对人民让，是一种奉献，就是要把自己的精力和聪明才智用于为人民谋幸福、谋利益的事业中去，是永恒的。对朋友让，是一种宽容，容忍朋友与自己不一致的地方，宽容朋友比自己差的地方，不嫉妒朋友强于自己的地方，是一生的。对敌人让，是一种策略，是以退为进，为的是更好地打击敌人，是暂时的。

在满足人生欲望的过程中，也不是什么情况下都要让，主动让一步，主要适用以下几种情况。

力量不到让一步。面对强大敌人，暂时敌强我弱，或面对重大挫折，自己一时力不从心，就应该主动地让一步。在让一步的过程中，积蓄力量，恢复元气，以便克服困难，战胜挫折；以便以弱胜强，战胜强敌。

历史上敌对双方力量悬殊的战争事例很多，弱者先让一步，后发制人，往往战胜强敌。一个人在挫折以及重大困难面前，也应该先让一步，重新休整。高士其重病残疾后，从研究科学的道路上让一步，改写科普作品，向青少年普及科学知识；奥斯特洛夫斯基在全身瘫痪、双目失明后，以笔代枪，写成了《钢铁是怎样炼成的》，给后人留下了丰富的精神遗产。

众人意志面前让一步。《后汉书》中有一句话说：“智者不危众以举事，仁者不违义以要名。”意思是说：聪明的人以不使众人受到威胁的方式而实施行动，仁爱的人以不违背道义的原则来追求名誉。一个人的力量和智慧总是低于群众的力量和智慧的。一个人生活在这个群体中，应该与群体保持一致，维护这个群体的利益。与群体的其他人团结合作，共同为这个群体创造利益。当自己在某一方面与群体有矛盾、有差别时，自己就必须主动让一步，以自己的退，赢得群体的进，以自己狭隘利益的退，争得广大群体利益的进。

道理面前让一步。道理面前主动让一步，首先是在自然规律面前必须让一步，不能同自然规律较劲，不能与真理拗着来。其次是在有理的人和事面前让一步。凡事都有个理，凡人都要讲个理，输了理，不能无理取闹，蛮不讲理。自己有道理时，也不能得理不让人。

战国时，蔺相如由于完璧归赵立了大功，被提升为上卿，位在廉颇之上。廉颇说：“我身为赵将，战功赫赫，而蔺相如出身微贱，只有口舌之劳，我岂能屈居他的位下。”并扬言见面定要羞辱他！蔺相如得知后，就尽量避免跟他接触，上朝时常托病不去，以免跟他争座次；在路上望见他时，就驱车避开。后来廉颇被蔺相如的精神感动，负荆请罪，将相终于和好，二人携手，使赵国更为强大。

蔺相如之所以处处主动让一步是因为“吾念之，强秦之所以不敢加兵于赵者，徒以吾两人在也。今两虎共斗，其势不俱生。吾所以为此者，以先国家之急而后私仇也”。强大的秦国不敢侵犯赵国，正是因为蔺相如和廉将军两人在；要是两虎相斗，则必有一伤，那对国家是不利的。他之所以对廉颇那样宽容，正是因为他知道国家的安危重于个人的私怨，国家的大道理高于个人的小道理。

随机应变，遇事多想一步

凡事预则立，不预则废。满足人生欲望也是这样，如何走好这条路，事先也必须有所筹划。但再周密的筹划总是很难预计到人生路上的每一颗沙粒、每一个岔道。人们在沿着这条人生道路向前走的过程中，总会遇到筹划之外的事。对这些筹划之外的事，如果草率行事，就会酿成失误，影响人生欲望的满足。这种情况下，只有遇事多想一步，随机应变，才会将筹划之外的事顺利处置。

对细微的事要多想一步。细微之处往往被人疏忽，而往往正是这些细微的事会造成大的失误，甚至影响全局的成败。

清代时，年羹尧出征西藏。一天夜里三更时分，忽然一阵疾风从西边吹来，顷刻之间又没有声息了。年羹尧立即叫醒参将，带领300骑兵到驻地西南面的一片树林里搜索，果然发现了一批潜伏的敌人，当即消灭了他们。如果不是他的警觉，恐怕他们这支军队要被潜伏的敌人消灭了。

他是从那阵稍纵即逝的疾风中察觉出动静的。原来那风很急，只一啸而过，说明并不是风，而是群鸟疾飞时扇动翅膀的声音。群鸟半夜飞出，必然有人惊扰，而这一带，又只有西南面有大片树林，鸟大多宿在那里，所以他判断那里可能有敌人潜伏。对这细微的风，年羹尧多想了一步，胜利才被他获得。就是这样一阵细微的风声，影响了双方的胜负变化。

对可能发生的事要多想一步。事发前，总会有一些先兆，如果对这些先兆视而不见，就难以应对人生路上突然发生的事；如果对这些先兆多想一步，就有可能化险为夷，变坏事为好事。

明初，江南地区有个首富叫沈万三，每逢有人从京城回来，他都去打听京城见闻。一次一个从京城回来的人告诉他，朱元璋近日有诗写道，“百僚未起朕先起，百僚已睡朕未睡。不如江南富翁足，日高五丈犹披被”。沈万三听后叹息说，这是个预兆啊。他立刻把家产托付给仆人看管，买了一艘大船，带着妻子儿女去湖湘一带周游。后来，不到两年，江南的大户一个个财产被查抄没收，只有沈万三幸免。

沈万三从京城传来的信息中多想了一步，预测皇帝将要查抄没收富豪的财产，因而早早做了准备，躲过了一劫。实际上，世界上许多重大灾难之前，许多人遭受不幸之前，大多有过先兆，而这些先兆有的人抓住了，有的人将其忽视了。想与不想，其结果是不一样的。

对有议论的事要多想一步。你已做的、正在做的或将要做的事，外界有议论，对这些议论如不多想一步，不认真分析和正确对待，就必定会影响欲望的满足。人们对你所干的事一般会有两种议论。一种是誉言。对这些赞誉就要多想想，是真诚的还是虚伪的，是鼓励还是吹捧，是实事求是还是言过其实。要像“邹忌讽齐王纳谏”中的邹忌那样冷静地分析赞美之言，才能保持清醒的头脑。一种是毁言，对你干的事，有批评、指责，甚至谩骂，你既不要怕，也不要躲，而应该直面对待，冷静下来多想一步，哪些是真诚的，哪些是阴险的，其中是否有给人启发的东西。

对受到挫折的事要多想一步。人一生中会遇到许多挫折，特别是在影响自己人生道路的大事受到挫折时，最忌讳的是犯急躁病或一蹶不振。最可取的态度是静下来多想一步，根据挫折调整思路，采取补救措施。

清代学者顾炎武撰写专著《音学五书》时，其中《诗本音》第二卷稿件多次被老鼠咬掉，他一再誊写，丝毫也不气恼。有人劝他翻瓦倒壁，消灭老鼠。顾炎武说：“老鼠啃我的稿子，实在是勉励我。不然，稿子搁置在那儿，我怎能五次誊写并同时加以修改呢?”老鼠咬掉他的手稿，他想到的不是倒霉，而是多了改写的机会。顾炎武如果不多想一步，就此搁笔，那就没有《音学五书》留传后世了。

总之，在满足人生欲望的过程中，会遇到许多起初没预想到的情况，会碰到许多意料之外的事。不管怎样，都不应随手放过，而要随机应变，根据当时的情况冷静思考，这样才会有逢凶化吉、打开一片新天地的机会。

前欲之辙，后欲之师——从已过欲望的圈子中走出来

QIANYU ZHI ZHE，HOUYU ZHI SHI■■■

一个人的欲望，无论是满足，还是未满足，总会给人留下一段深浅不一的印记，并在这个印记上长出下一个欲望的胚胎。这个胚胎的基因如何（包括欲望的识别、选择，欲望满足的成败等）取决于你对前欲的借鉴和创新程度。

从欲望满足的陶醉中走出来

一种欲望得到满足，标志这一欲望进入了一个高潮，到达了这种欲望的一个高点。满足的人就会有一种愉悦的陶醉感。这时，不同的人在言行上就会有不同的表现。

能把握得住的人，在高兴之余，会冷静地进行分析，这一欲望的满足是否符合欲望的原则？满足前后对别人、对社会是利还是害？满足后对自己会带来什么？在分析之后作出判断，是进，还是退？

把握不住的人，会被欲望的满足所陶醉，欣欣然，飘飘然，把自己摆在了至高无上的位置，是进是退混淆不清。该进的不进，该退的不退，多数情况下是选择"过"，就是过分、过度，过犹不及。

看看发生在20世纪国外一个叫嘉宝的故事，人们会从中受到一些启发。

罗伯特·嘉宝的故事讲的是一个衣衫褴褛的穷人如何变成一个富翁又由一个富翁走向破产的传奇。嘉宝出生于加拿大安大略省一个出产矿石的小镇上。由于家境贫寒，嘉宝不得不在14岁时就退学挑起了养家的担子。他最初的工作是为当地的矿物公司清扫车库地板。

1949年，嘉宝当了某工厂的监工，他用空闲时间在渥太华建了一所房子，并以两倍于成本的价格把房子卖了出去，由此赚了3000美元。正是这3000美元大大鼓舞了他。在这一年，他又连续盖了40所房子，开始向财富进军。在50年代和60年代，嘉宝不仅获得了大量财富，而且还拥有了建筑大师的美誉。他在渥太华周围修建了两万幢别墅，并且是在多伦多湖前修建别墅的第一人。

此后，嘉宝野心勃勃。他曾在加拿大尝试过几次收购行动，包括收购当时美国最有资历且资本极为雄厚的信托公司——皇家信托公司，但这些尝试都失败了。他把失败归因于大不列颠的投资家对于他这一加拿大籍法国人的偏见。

在收购联盟百货以后，嘉宝已拥有382家商店，而此时他的私人生活却一塌糊涂。由于公司的权力争斗，他正起诉自己的大儿子；与妻子离了婚，又马上娶了自己的情妇。在此之前他早与情妇生了两个孩子，而家里人却毫不知晓。

在加拿大的收购失败后，嘉宝于1986年带着一颗复仇的心将注意力转向了美国。虽然他对零售业一窍不通，但他却在1986年以34亿美元的价格收买了联盟百货公司。接着又于1988年，在引人注目的联邦百货及其布洛明戴尔斯分部的收购竞标争斗中获胜，最高标价为66亿美元。此后因债务缠身，财产出售不利，成本削减计划不如意，服装经营失误，债券发行时机不佳等一系列麻烦，到1990年初，嘉宝公司登记申请破产，资金和名声都一落千丈。他一生积累的财富损失殆尽，与金钱同时流走的还有嘉宝显赫一时的声望。

嘉宝从一个穷孩子变成富翁，再从富翁变成破产者。真像神话一样的神奇，其中的经验和教训却令人深思。

穷孩子靠自己的努力成为一名监工，这是他地位欲望的一次满足；他没有因此陶醉，又靠自己的辛勤劳动获得第一桶金——3000美元，这是他财富欲望的一次满足；此后，他又从卖房子中，看出房地产的市场机会，用了十几年时间努力奋斗，成为一名富翁。这一过程，欲望一个又一个得到满足，但这些欲望的满足，都是靠他辛勤劳动、靠他对市场把握，是在他所了解的领域内获得的。而此后他没有把握“度”，不知自己的素质、能力等各方面已不适应更大欲望的满足，仍然一意孤行，最后从欲望的最高处落到最低点。这是他在欲望满足后不能冷静分析好好把握的悲剧。

一个人欲望满足后，往往会被满足所陶醉，只愿相信神话，而忽视简单的常识。其实自己的素质、能力远未达到更高欲望的要求，那些神话是不可能实现的。这时最应该相信的，还是现实中一些简单的道理。

没有一手遮天的本领。一些人在某些欲望满足后，就自以为了不得，无限膨胀自己的能耐，似乎自己已成为无所不知、无所不能的神仙，自以为能一手遮天，而实际上遮住的只是自己的眼光。因不相信这个简单的道理，不断地去追求满足那些力所不能及的欲望，最后成为“一手遮天能力”的牺牲品。

没有一成不变的环境。欲望满足后，既看不到环境的变化，也看不到新进入的领域与原领域的不同。山中人不信有鱼大如木，海上人不信有木大如鱼。根本不相信别的地方还有与自己原来熟习的地域、熟习的领域有不同的方面。于是沿用前面欲望满足时的老路子、老方法，如法炮制，酿出来的只能是酸酒、苦酒，而不是甜酒了。

没有一劳永逸的满足。一次欲望满足后，绝不是这一类的其他欲望，或其他类的欲望都会因这次满足而满足。绝不是一次努力后，其他欲望的满足就像下雨一样纷纷而至。每一次欲望满足的背后都有一次努力。因而，在欲望满足后，必须考虑另一欲望，不能只陶醉在前欲满足的酒杯里。一般来说，欲望满足后会有这样几种情况：

一种情况是“进”，继续前进。对那些自己主观上有能力，客观环境允许，于社会有益的欲望，要继续追求下去，要尽力而为，不断地争取满足。古人说：登山者处已高矣，左右视尚巍巍焉，山在其上。不要以为自己干的有益的事业已做得不错了，山外有山，强中还有强者，只要有益，就要不断地攀登，不断地满足。如果说自己主观条件只能达到某种水平，那就不要盲目地进，通过努力稳住这一状况，使利益不受损失，不至于一落千丈。

第二种情况是“退”，急流勇退。那些目前于社会无益，于己有益的欲望，再进一步满足下去，因环境的变化或自己主观的把握能力的有限，都有可能产生危害的欲望，要坚决地退下来，不应存在侥幸闯关的心理。如嘉宝在加拿大跨行业收购已经受挫，而自己性格、家庭、经营、管理等方面已经显示出不能再无限制地搞扩张的征兆，他却不自知，仍然去追求更大的满足，结果只能是一败涂地。

第三种情况是“过”，过分、过度，过犹不及。满足一种欲望，对社会无益，对自己表面是有益，实际再继续下去肯定有害。在这种情况下仍坚持下去，就是“过”。这种“过”就是“衰”的开始，越“过”越“衰”，最后走向消亡。

从欲望似满未满的遗憾中走出来

在2004年希腊奥运会的射击比赛中，中国射击运动员贾占波在预赛时的成绩列第三，一位美国选手列第一。进入决赛后，贾占波一直追着打，射完第六环时，他已超过美国运动员居第一，但后几发未打好。而美国运动员发挥出色，还剩一发时，超出贾占波近四环，似乎已稳居第一。观众们也都以为金牌非美国运动员莫属。奇迹出现了，最后一发贾占波打了10.2环，而美国运动员则鬼使神差般地把子弹打到旁边的靶子上了，记了0环。其实美国运动员只要正常发挥，金牌就拿到了，但他失去了，成就了贾占波，而使自己抱憾终生。

在1996年的悉尼奥运会上，中国运动员王义夫也有与那位美国运动员一样的遗憾，也是最后一环，一直领先的王义夫只要发挥正常打6.8环以上，就拿到金牌了，但他最后眼睛一黑，只打出了6.5环，把金牌拱手相让，也留下了遗憾。

遗憾是与人的欲望一起产生一起消失的。欲望伴随着人的一生，遗憾也与人一生相随。人人都会有遗憾，只不过表现不同而已。

有“鱼和熊掌只得其一”的遗憾，有理想与现实总存在着差距的遗憾。得到了，但与预想的相比有差距。如白居易“地虽生尔材，天不与尔时”的怀才不遇；如周瑜“既生瑜，何生亮”的恨；如王安石《与孙莘老书》中写的“所学者非世之所可用，而所任者非身之所能为”，学非所用，用非所长。现实生活中也有，如提拔了，提拔的不是预想的位置；上大学了，考上的不是自己心中的大学；一部电影、电视剧放映了，社会上没有其预料的好评或反响。得一点、失一点，留下了一点遗憾。

还有“好心办坏事”的遗憾，有“不该失去的失去了，应该做成的没做成”的遗憾，有“有心栽花花不发，无心插柳柳成行”的遗憾。林林总总，不一而足。

《礼记》中说：“天地之大也，人犹有所憾”。不管遗憾有多少种，也不管遗憾是大是小，我们对遗憾必须有一个正确的态度，必须从遗憾中走出来，而不能被遗憾所缠，不能被遗憾所误。否则，整天沉溺在遗憾的自责与悔恨中不能自拔，则不能走向新的成功。那么怎样从遗憾中走出来呢？正确的方法一是弥补，二是放弃。

弥补遗憾，对遗憾的部分进行弥补，虽不能完全恢复原样，但有时会有异曲同工的效果。对遗憾的弥补，有直接的弥补，有间接的弥补。

直接的弥补，就是对原先事情的遗憾处进行弥补，如对某一件艺术品的缺损处进行的弥补一样。就是要弥补造成遗憾的东西，素质不行补素质，知识欠缺补知识，能力缺乏补能力。清代苏州有一名叫叶桂的名医，一次他给一名进京赶考的举子看病、诊脉后，劝举子不必去应试了，因他病重，“寿不逾月”。后来这名举子去一老僧处诊治，按照老僧的食疗方法，居然病除免死。叶桂听说后十分惊讶，对自己医道不足深感遗憾，险些误了举子的前途和生命。为此，他改姓换名，拜老僧为师。三年后，老僧对他说：“张小三，你可以满师了，凭你现在的医术，已赛过江南的叶桂了。”原来这个“张小三”就是叶桂的化名。叶桂为弥补遗憾，隐姓改名，拜师学习，为的是不再发生类似的遗憾。

间接弥补就是从其他欲望的满足上弥补遗憾，特别是精神上得到补偿。美国一位叫史塔勒的心理医生，从对好莱坞影星伊丽莎白·泰勒经历的研究中得出一个结论：当一个人付出劳动没有得到金钱和物质的回报时，必定可以得到等值的精神愉悦。

伊丽莎白·泰勒是20世纪五六十年代的好莱坞影星，她有两项非常有趣的纪录：一是结过8次婚；二是从没有看过心理医生。结过8次婚，说明她在人生道路上有遗憾；但她从没有看过心理医生，说明她有补偿，有办法从遗憾中走出来。心理医生史塔勒发现她曾息影8年，这在好莱坞历史上是没有先例的。作为影星，息影一年就等于当时洛克菲勒家族封存一口油井，那种损失是看得见摸得着的。另外，她曾做过67次亲善大使。一段时间里，她几乎每月都到码头、监狱和黑人社区做义工。有一次，她甚至谢绝贝尔公司每小时5万美元的庆典邀请，去医院给一位小男孩做护理服务。她正是通过乐于做无报酬的慈善工作，对遗憾给予精神上的弥补，在心理上获得平衡。

放弃遗憾，对那些无法弥补的遗憾，以及没有弥补价值的遗憾坚决放弃。有的因客观条件发生变化，有的时机已过，有的一去不返等种种原因，已无法弥补；有的花了很多的精力、物力，弥补已没有什么价值遗憾，得不偿失，不如坚决放弃，向遗憾告别，转向人生欲望的新目标。这也有点像间接弥补，从一个新的领域获得成功，弥补过去的遗憾。

1936年，华罗庚到英国剑桥大学留学，在剑桥任教的著名数学家哈代因去美国讲学，临走前留条说："华来请转告他，他可以在两年内获得博士学位。"接待人员把哈代的意见转告给华罗庚。而华罗庚不想攻读博士学位，因为攻读博士只能选修一至两门课程，如果丢掉博士学位则可以同时攻七八门课程，涉猎不同学科。此后，他在两年里，发表了十几篇论文，其中关于塔内问题的"华氏定理"，被誉为"剑桥的光荣"。1938年他回国时虽然没带回博士学位，是有点遗憾，但他通过学习，带回了比获得博士学位更广博的知识。放弃不获博士学位的遗憾，而转向获取更广博的知识，积极、主动地从遗憾中走了出来。

实际上，遗憾完全弥补是不可能的，在人类社会人的一生总会留有遗憾，关键不是无遗憾，而是从遗憾中走出来，在遗憾中前进。

从欲望未满足的挫伤中走出来

在追求欲望满足的过程中，有时努力有了回报，欲望虽没有全部满足，但也满足了一部分，而有时虽然努力了，但回报却是失望，欲望完全没得到满足，得到的是失败。

法国作家巴尔扎克年轻时，父亲要他当律师，他不愿意，而要从事文学创作。最初几年，他的戏剧和小说创作，没有一项成功。同时，由于违抗父命，父母拒绝经济帮助，使他在经济上陷入困境。于是，他筹集了一些资金从事出版业务，但由于不懂出版的市场行情，受人欺骗而告破产，并欠下了1.5万法郎的债务。接着他又想在印刷业上碰碰运气，结果，又惨遭失败。这回他损失了4.5万法郎。像巴尔扎克这样，自己也很努力，但经过努力后，欲望仍未满足，目标仍未实现，难免会使人的生理心理都像生病一样，处于不正常的状态，会出现反常或过激的言行。这时，如果不能有效地控制自己的言行，不能把自己从失败的挫伤中引导出来，那自己就永远不会再有成功的机会和人生欲望的满足。

要想从欲望未满足的挫伤中走出来，最应该做的是“三不”，即不灰心、不迁怒、不贰过。

*不灰心，也不要心血来潮。*只要还有成功的欲望，有追求的信念，你就会战胜目前暂时的伤痛，从挫伤中走出来。当然也不能心血来潮，不要病急乱投医，成功心切，一不小心，又会被诱饵牵住鼻子，走向又一个失败。

在人类对白内障还束手无策时，美国有位叫麦士的成功商人患了白内障，视力严重受损，阅读、驾车外出都极其困难。与他一同患病的一位病友受不了这种折磨，每天不是喝得酩酊大醉，就是对着别人大发雷霆，仅仅过了半年，那位病友便离开了人世。麦士备感凄凉。因为疾病，他已不得不结束原来的生意，他的生活渐渐陷入困境，重见光明的欲望也不可能满足了。但他没有灰心。在那段举步维艰的日子里，书给了他希望，给了他“光明”。因为患病，麦士深深体会到视力不良者的不便与需要，他决心寻找一种容易阅读的字体，立志为视力差的人送去一片“光明”。经过一年的研究，他发现在纸上印有粗线条的斜纹字体，不但对视力有障碍的人大有帮助，还能提高一般人的阅读速度。于是麦士把自己仅有的1.5万美元存款从银行里取了出来，把这组新研究出来的字体整理妥当，计划全面推广。他在加州自设印刷厂，第一部特别印刷而的成书面市了。一个月内，麦士接到了订购70万本的订单。他虽然眼睛视力没有成功恢复，原来的生意也被迫放弃，似乎余生只能与暗淡相伴，但他没有灰心。是信心帮他走上了另一条成功的路，是信心帮他又见到了人生的“光明”。

*不迁怒。*就是欲望未得到满足，不怨天尤人，不诅咒命运，不诿过于人。在自己身上找原因时，也不要把自己看得一无是处，

对自己从头“怒”到底，要在失败中看到自己的可取之处。因为失败只是个结果，在满足欲望的整个过程中，不是处处失败，着着失误，一定有可取的地方。因而不迁怒，既不迁怒于天、也不迁怒于别人，更不要迁怒于自己的一切。

巴尔扎克在自己写作失败、经商一败再败后，没有埋怨自己命运不佳，也没有怪罪父母的不理解、朋友的不支持，而是从几次失败中发现自己在写作上仍有成功之处，会有满足更大人生成功欲望的希望。于是，他隐姓埋名躲到巴黎贫民区的一所小屋里重新埋头写作，并在书房壁炉架上的拿破仑雕像下，贴上一张纸条，上面写道：“他以剑未完成的事业，我将用笔来完成。”他此后20年内完成的巨著《人间喜剧》，被恩格斯认为是“现实主义的最伟大的胜利之一”，开创了世界文学史的新时期。

不贰过，但要知过、认过、识过。不重新犯原来犯的过错，走自己失败的老路。不贰过，前提是要能够分析出失败的原因，知道失误所在；要勇于承认自己的失败和失误；同时还要吸取教训，增强识别过错的能力，既不要有“一朝被蛇咬，十年怕井绳”的心理，也不要把诱饵当诱导，好坏不分，从而滑向另一条失败之路。更重要的是在分析过错的时候，不把自己沉浸在这种挫伤之中，而要从挫伤中走出来，把时间和精力花在如何把失败变为胜利上。

18世纪德国作家歌德年轻时也有过一段欲望未满足的痛苦经历。那是他在20岁时，在一次舞会上认识了夏绿蒂，便对她一见倾心。他们相恋后，他才知道她已与自己的朋友、外交官斯特纳尔订了婚。一天她深情委婉地向歌德诉说了自己的苦衷。他自感恋爱的失败，带着苦恼回家了。初恋的失败，给他心灵上带来了极大的痛苦。他将一把匕首放在枕头底下，曾几次准备用它结束自己失恋的痛苦。不久，传来了夏绿蒂婚姻的消息，紧接着又听到他的另一个朋友因爱一个有夫之妇，最后失恋自杀的噩耗。这时，他才猛醒，压抑在心头的炽热的感情变成了一股清醒剂，让他振作起来，他闭门谢客，奋笔疾书，只用一个月的时间就完成了小说《少年维特之烦恼》。从此，他从失败的挫伤中走了出来，走向更加辉煌的人生。

人生欲望未满足是一种挫折，但如果不能以正确的态度对待，终日沉浸在痛苦中不能自拔，或采取过激行为走极端，都会使你一败再败，走不出挫伤的怪圈。

从被欲望惩罚的陷阱中走出来

人生最大的痛苦是失去自由，最大的难事是把握欲望，最大的愚蠢是心存侥幸。有些人在追求欲望满足的过程中，一时糊涂，没有驾驭好欲望，掉进了陷阱，不但没有得到欲望的满足，反而受到了欲望的惩罚。一次，听一个服刑的人讲，他因经济犯罪被判刑5年，现在因表现好获减刑18个月，快出狱了。他在服刑期间发表了3篇小说，申请了4项发明专利。由此可见，每一个犯错的人，除了是受到极刑惩罚的，都有机会、有能力从泥潭中站起来，从陷阱中走出来。

从陷阱中走出来需要找到梯子，然后自己去搭梯子、爬梯子。

第一把梯子：反思认过，从陷阱中走出来。一些罪过过失不太严重的人，在泥潭中陷得还不太深，受到惩罚后，会对自己过去的所作所为进行思考，通过深刻的反思，主动地认识过去走的路是错的，做的事对人对己对社会是有害的。这样就有了告别过去的机会，有了走出陷阱的梯子。有了走出陷阱的希望。

俄国作家列夫·托尔斯泰青少年时期，不认真读书，考试不及格，降了一个年级。他没有觉醒，反而继续向泥潭中滑。他每天借债赌博、鬼混，过了足有一年的放荡生活。不久，在他哥哥及家人的教育和帮助下，他才逐步醒悟，对自己深刻反省，并在日记本上总结出犯错误的8个原因：缺乏毅力；自欺欺人；轻浮之风；不谦逊；脾气太躁；生活太放纵；模仿性太强；缺乏反省。他经过这次细致、深刻地反思，认识到如果再放荡下去，就等于禽兽了。于是他下定决心结束放荡生活，跟哥哥到了高加索，在炮兵队伍里当了个下级军官。后来逐步走上了文学创作的道路，成了大作家。

如果托尔斯泰不经过深刻的反思，继续放荡下去，在陷阱里就会越陷越深，也就不可能有后来的大作家了。人在人生道路上，不单要慎其前，还要思其后。做一件事或走过一段路后，要静下来，反思一下，这样会及时发现问题，及时从过错中走出来。

第二把梯子：知耻洗过，从陷阱中走出来。不知耻，就会无所顾及地去干坏事，就会真正成为一个无耻之徒。不知耻，他就不知悔改，不知如何从泥潭中走出来。不知耻，他就没有勇气去悔改，他就会逃避惩罚，为了逃避又去犯过、犯罪，结果是越逃避陷得越深。

《孟子》中讲，有个人经常偷邻居的鸡，一天偷一只。有个好心的人对偷鸡贼说："偷别人的东西，是不道德的行为。"偷鸡人认为这人说的对，就对他说："好吧，我下决心不再干这勾当了。不过，改起来很难，我以前是一天偷一只，从今以后，改成一个月偷一只，到明年就可以不偷了。"

既然知道偷别人东西不对，就应改正，月偷一只与日偷一只，在本质上是没有区别的。可见他并不是真正的知耻，如果真正知耻，他就要除恶务尽，彻底改掉恶习。

台湾有个叫马嘉利的汽车大盗开始也像这偷鸡人，但后来是真正知耻而醒悟了。这名汽车大盗从 14 岁开始，就进出看守所、监狱多达 12 次，累计坐牢时间 10 年。但多次惩罚，并没能使他悔改。1979 年后的 5 年内偷了 2000 多辆汽车。1988 年出狱后，他回到家里，家中已人事全非，老婆离婚，母亲为他哭瞎了眼睛，到学校去看女儿，女儿吓得猛推他走。这时他才真正体会到过去的所作所为，给家庭带来了多大的伤害和痛苦，才真正知耻，才开始忏悔。此后，他与人合作成功研究出汽车防盗器。还经常应汽车经销商的要求讲解汽车防盗知识，帮助汽车厂商设计安装防盗器。

只有真正知耻，才会有勇气痛改前非，才能不留情面地忏悔自己的罪过，才能把自己从迷途中救出来。

第三把梯子：行善赎过，从陷阱中走出来。一个有罪有过的人能去做好事，说明他的良心已经复萌，说明他对过去的罪与过有忏悔之意。同时，在行善中，他的心灵会得到洗涤，他会对他过去走的路不可理解，会彻底告别过去，用更多的善事去赎掉过去的罪与过。

《世说新语》中记述，周处年轻时凶狠霸道，成了地方的祸害。义兴人把他与危害他们的蛟龙、猛虎一起称为"三横"，并以周处最凶。后有人鼓动他去杀虎斩蛟，实际指望"三横"只留下一害。周处便上山刺杀了猛虎，又下水去斩蛟龙。蛟龙或浮或沉，周处追了几十里，在水中跟蛟龙搏斗。三天三夜过去，村人都以为周处死了，互相庆贺。结果周处杀死蛟龙从水中出来，得知村里的人在庆贺，才明白自己被大家所痛恨，产生了改过的愿望。后来他接受了朋友的教诲，不断自勉，努力改过，成为家里的孝子，国家的大臣。

乡里人把周处与猛虎、蛟龙并称为“三横”，可见他在乡里对百姓的危害；他三天不回，乡里人为之庆贺，可见对他恨之入骨。但就是这样一个人在为乡里做善事的过程中开始醒悟，最终获得了新生。

《论语》中说：“往者不可谏，来者犹可追。”过去的事已无法挽回，未来的岁月还可以迎头赶上。被欲望惩罚的人必须自己找到梯子，爬上梯子，走出陷阱，走上新的人生之路。

从不知欲望满足的麻木中走出来

不知欲望满足，一是物质欲望饱和，人已麻木，虽然已满足，但自己还不知，还要去追求；二是欲望的桶里装满了物欲，已没有空间满足；三是只关注自己欲望的满足，对他人欲望是否满足十分麻木。

不饥不寒，吃喝不愁，甚至过着奢侈的生活，长期处在生活欲望满足的饱和状态，对自己的生活欲望是否满足已经处于麻木状态，真正是生在福中不知福了。同时，使人除了对物质享受欲望的要求越来越高以外，对人生的其他欲望也处在了麻木状态。不仅丧失奋进信念，还会出现各种祸患，正如古语中说的：“富贵之家，爱之过甚。子所欲得，无不曲从，一切刑祸从此至矣。”富贵人家的孩子，长期过着衣来伸手，饭来张口的养尊处优的生活，最后培养的是一批只知危害他人、危害社会、为所欲为的人。

心理学上讲到人的感觉，有感觉适应的问题。人的感觉除痛觉外，其他的感觉差不多都有适应现象。如当我们刚进入冷水中游泳时，开始觉得水是冷的，不久就不再觉得冷了。在感觉的适应中，触觉适应最快，视觉适应较慢，听觉和冷觉较难适应，而痛觉根本不能适应或很难适应。因为痛觉是伤害刺激的信号，如果痛觉能够适应，就会危及有机体的生存。

正因为痛觉不能适应，长期生活在无痛环境的人，一旦受到痛的刺激，他就会无法忍受，以致整个人都垮掉。与人的感觉一样，长期生活在舒适生活中，过惯了甜蜜生活的人，对苦痛是什么一无所觉。就连那样的幸福生活都已麻木，因而既不知甜，也不知苦，一旦遇到痛苦的事、遇到挫折，就会惊恐失措，无法面对，甚至无毅力、无信心、无办法战胜痛苦，从而使人生走向失败。因而，必须从这种欲望满足的麻木中走出来，去感受人生的各种营养，去体验人生的酸甜苦辣，以能使自己对甜蜜的生活产生新的欲望，促进自己为人类更美好的生活去努力、去奋斗。

从满足的麻木中走出来，最主要的是换一换环境，多体验一下生活，从而刺激欲望的麻木状态。

法国有一个青年叫格林尼亚，他父亲是一个有名望的资本家。家境的富裕，父母的溺爱和娇生惯养，使他没有理想，整天游荡，根本不把学业放在心上。后来，在一次宴会上，一位女伯爵毫不客气地对他说："请站远一点，我讨厌被你这样的花花公子挡住了视线！"这话如同针扎一样刺痛了他麻木的心。他猛然从醉生梦死中醒悟过来，产生了羞愧和苦涩之感。21岁时，他离开了曾使他麻木的家庭，在里昂刻苦补习两年，进入里昂大学插班就读。他就是发明格氏试剂的化学家。后来在他获诺贝尔化学奖时，那位女伯爵给他寄来了一封贺信，信中只有一句话"我永远敬爱你！"

格林尼亚面对使他窒息的环境，勇敢地选择了离开，从不知欲望满足的麻木中走了出来。

白宫是美国总统的住地，占地18英亩，内有130多个房间，各种娱乐、健身设施一应俱全，侍候总统一家的仆役就有70多人。然而，里根任总统时，他4个孩子对此却并无多大兴趣，他们都不住在白宫。当时"第一家庭"的成员分住5个地方。1981年大儿子失业时还排队领过救济金。后来里根的4个孩子都长大成人，他们像其他美国人一样自己找职业，有的做生意，有的当演员，有的做编辑，在经济上完全独立。

在美国和世界许多国家，年轻人满18岁以后，一般都离开父母，另立门户过日子，靠自己的劳动和才能生存、发展。不近那别人为自己安排好的应有尽有的物欲环境是正确之举。靠自己的奋斗去创造物质生活环境，才不至于被物欲所麻醉。

一个人在物欲满足的饱和中，不能坐等自己在麻醉中睡去，不能等待"解药"的到来，而要靠自己去寻找、去开拓。这个

“解药”就是扩大空间，在欲望上扩大空间，空间中不能只有物欲，更要去寻找、开拓精神生活欲望的领域；在物欲上扩大空间，空间中不能只有自己，更要寻找、开拓更广阔的领域。

李维·施特劳斯1853年随着淘金热来到旧金山。他原来做干货生意。到了旧金山后，他发现采矿者络绎于途。于是改变主意，从纽约运了一大批帆布到旧金山，准备卖给淘金人充当帐篷和篷车顶的材料。谁知帐篷和篷车顶的破损有限。面对投入了所有资金却卖不出去的大批帆布，他伤透了脑筋，不知该如何是好。一天，他与淘金人闲聊时，其中的一名淘金人说：“每天躲在不见阳光的矿坑中，裤子都不知道磨破几条，也没找到多少金子。”这句话使李维解开了麻木的思维。他立即请来裁缝将他带来的帆布制成长裤，卖给淘金人进矿坑工作时穿，果然非常耐磨。这就是最初的牛仔裤，李维靠它为淘金人解决了难题，也为自己创造了财富。

李维起初只知满足自己赚钱的欲望，因而沉浸在赚钱的麻木中，一旦想到满足别人的欲望时，反而甩掉了自己的麻木，开辟了新局面。

欲望就是这样神奇，当你无力制服它时，它会损害你，摧残你，直至消灭你；当你成功驾驭了它时，它会引导你，推动你，助你成长，助你走向成功！